U0606975

蒙哥马利作品精选⑩

黄金之路

The Golden Road

(加)露西·莫德·蒙哥马利[著]
李常传[译]

二十一世纪出版社集团
21st Century Publishing Group
全国百佳出版社

图书在版编目（CIP）数据

黄金之路 / (加) 露西 · 蒙哥马利著 ; 李常传
译 . -- 南昌 : 二十一世纪出版社集团 , 2017.3(2022.4重印)
（蒙哥马利作品精选）
ISBN 978-7-5568-0205-0

Ⅰ . ①黄… Ⅱ . ①露… ②李… Ⅲ . ①儿童小说 – 长
篇小说 – 加拿大 – 现代 Ⅳ . ① I711.45

中国版本图书馆 CIP 数据核字 (2017) 第 043724 号

黄金之路　　（加）露西 · 莫德 · 蒙哥马利［著］　李常传［译］

策　　划　张秋林
责任编辑　刘　刚　敖登格日乐
出版发行　二十一世纪出版社集团（江西省南昌市子安路 75 号　330025）
www.21cccc.com　cc21@163.net
出 版 人　张秋林
经　　销　新华书店
印　　刷　三河市人民印务有限公司
版　　次　2017 年 10 月第 1 版　2022 年 4 月第 2 次印刷
开　　本　880mm × 1260mm　1/32
印　　张　9.75
字　　数　200 千字
书　　号　ISBN 978-7-5568-0205-0
定　　价　25.00 元

赣版权登字—04—2017—178

序

曹文轩

何为上乘小说？

可能会有各种各样的评价标准，但无论如何，大概总要承认，它之所以称得上上乘，最重要的标志就是它塑造了一个乃至几个永不磨灭的形象。作为一部穿越了时空，在今天，在世界的任何一个地方都会熠熠生辉的作品，蒙哥马利的“安妮的世界”系列为世人塑造了一个叫安妮的女孩的形象。这个形象，始终占据世界文学长廊的一方天地，在那里安静却又生动无比地向我们微笑着，吸引我们驻足，无法舍她而去。从阅读“安妮的世界”系列的第一本《绿山墙的安妮》开始，就注定了在掩卷之后我们要不由自主地回首张望，向那个让人怜爱的孩子挥手，再挥手。我们终于离去，山一程，水一程，但不知何时，她却悄然移居我们心上，在今后漫长的人生岁月中，不时地幻化在你的身边，就像她总也离不开风景常在的“绿色屋顶”一样。她的天真纯洁，会让你感动，会让你的灵魂不断得到净化；她柔弱外表之下的那份无声的坚韧，会让你在萎靡中振作，让你面对困难甚至灾难时，依然对天地敬畏，对人间感恩。这个脸上长着雀斑、面容清瘦、一头红发的女孩，是你的“绿色屋顶”，而你也是她的“绿色屋顶”。一个形象能有如此魅力，可见这部塑造了她的作品在文学史上举足轻重的地位。

有一些作品，即使是一些被文学史家和批评家们津津乐道的作品，我们阅读它们时总是很难进入，它们仿佛被无缝的高墙所围，我们转来转去，还是无门可入，只好叹息一声，敬而远之。即使勉强进入，总有一种挥之不去的距离感，读完最后一页，我们依然觉得那书在千里之外冰冷着面孔，像尊雕塑。阅读《绿山墙的安妮》却是另样的感受——说不清的原因，当年我在看到书名时，就有了阅读它的欲望。看来，一部书有无亲和力，单书名就已经散发出来了。接下来就是流畅的毫无阻隔的阅读。这部书是勾魂的。它以没有心机的一番真诚勾着你。它在叙述故事时，甚至没有总是想着这书究竟是给谁读的，作者只是把心中想说的话说出来。这是倾诉，也是亲和力产生的秘密：倾诉就是对对方的信任，这时，你与对方的距离感就消逝了——所有的人都是喜爱听人倾诉的，因为那时他有一种被信任感。蒙哥马利的作品大都带有自传性，是在说她自己的故事，现在她要把它们诚心诚意地讲出来。我们在听着，出神地听着。

除了《绿山墙的安妮》系列之外，蒙哥马利还写了一个叫艾米莉的女孩成长的故事。

同安妮一样，艾米莉也生活在风景如画、民风淳朴的爱德华王子岛；有着阳光般美好的性格和浪漫的情怀；也爱幻想，幻想使她的精神世界异彩纷呈，使她在绝望中看到了生路。而艾米莉对写作的痴迷和追求更像是蒙哥马利本人。当伊丽莎白阿姨让艾米莉放弃写那些无聊的东西时，她说："我是不能放下写作这件事情的！因为，我的身体里面流有那种爱好写作的血液。"正是这种对写作强烈地热爱，使艾米莉的人生更加丰富生动，最终成为当地人人皆知的作家。

还有，就是它的无处不在的风景描写。离开风景，对于作者来说，几乎是不可想象的。

今天的小说，很难再看到这些风景了，被功利主义挟持的文学，已几乎不肯将一个文字用在风景的描写上了。"艾米莉的世界"也离不开风景，离开风景，就会失去生趣，甚至生命枯寂。艾米莉说："有生命的礼物最叫人感到高兴！"她有很多朋友，有猫咪麦克和索儿、有呼呼叫的风姨、"亚当和夏娃""松树的公鸡"，以及温柔宜人的桦树太太……万物有灵，一切都是她生命的组成部分。她是自然的孩子，自然既养育了她，也教养了她。

无论是安妮还是艾米莉，她们的人生称得上是完美而理想的人生，她们是我们所有愿意更好地活着的人的榜样。

目录 Contents

第一章

新的路程

“我想到了一种适合冬季的娱乐方式。”当我们在阿雷克伯父家的厨房，围成半圆绕着燃烧的柴火时，我说。

刮了一整天强烈的十一月季风以后，潮湿而叫人不好受的黄昏降临人间。在户外，风在窗边、在屋檐下呼号，雨点啪啦啪啦地打在屋顶上。门边的那棵大柳树，在大风里摇摇荡荡，果树园变成了恐怖的音乐演奏会场。不过话又说回来啦！对于外边世界的感叹声和孤独，我们一点儿也不以为意。

烈烈火焰，以及年轻嘴唇所发出来的笑声，不容风风雨雨靠近我们身边。

我们在玩捉迷藏游戏。刚开始时，的确很有趣；但是随着时间的流转，就越来越不好玩了。更叫人火大的是——彼得在体验抓到菲莉思蒂的乐趣时，竟然把如何轻易抓到对方的诀窍公开了。

他有意抓菲莉思蒂时，不管使用多少层的布巾蒙他的眼睛，他仍然能够抓到，绝对不至于失败。到底是谁说过，恋爱是盲目的呢？依我看来，在恋爱中的人，即使用五层布巾蒙住他的眼睛，他仍然能够看到对方。

“好累！”雪莉的呼吸声越来越短促，她青白色的面颊染上了红霞，“大伙儿都坐下来吧！我们来请说故事的女孩讲个故事吧！”

但是，当我们坐回原来的位置时，说故事的女孩却频频向我示意，似乎在对我说，我应该把这些日子以来所拟订的计划公开宣布。

说实在的，这个计划其实是说故事的女孩所拟订的，完全跟我无关；但是她却主张——必须当作是我自己想出来的那样，当着大伙儿的面提出来。

“若不是这样的话，菲莉思蒂是不会赞成的，我非常清楚，凡是我提出来的，她都会跟我唱反调。一旦菲莉思蒂唱反调，彼得一定会站在她那边。实在太气人啦！但是，这件事必须大伙儿都参加，否则的话，就一点意思也没有了！”

“你们到底在说些什么呀？”

菲莉思蒂从彼得的椅子旁挪出身子问。

“我是说，我们来办一份自己的报纸——由我们自己来写新闻稿，把我们所做的事情告诉大家。这样不是非常有趣吗？”

每个人都瞠目结舌，久久说不出一句话。只有说故事的女孩例外，因为她假装成十分不屑的表情。

“真是异想天开呢！”她甩开了长长的褐色鬈发说，“听你

们的口气，好像你们曾开过报馆！”

菲莉思蒂以一种正中下怀的表情说：“哇！那是很好的想法！谁又能够断然地说，我们不能办一份像市镇那一类的报纸呢？如果有人不服气的话，那就站起来说出理由吧！就以《今日企业》来说，差不多已经到了快收摊子的地步了！像他们使用铅字刊登的所谓新闻也够无聊的——像某某女士头上缠着花布，到对街某女士家喝茶，那也被当成新闻呢！真是无聊透顶！”

“我认为，我们一定能够刊登更稀奇、更惊人的新闻，我相信我们一定能够做得很好。”

“听起来，好像很有趣的样子。”彼得也如此断言，“洁恩姑妈在上皇后学院时，曾经担任过新闻编辑。姑妈说，那种工作很有趣，而且，对她很有帮助。”

说故事的女孩垂下了她的双眼，皱了一下眉头，借此方才把她内心的喜悦隐藏起来。

“伯利想坐总编辑的位置呢！他又缺乏经验，到底能够干出什么名堂来呢？到时候啊，反而会碰到很多的问题呢！”

“有些人就喜欢挫别人的锐气，专门喜欢泼人冷水。”菲莉思蒂以不屑的口吻说。

“看起来似乎很有趣，”雪莉说，“不只是伯利缺乏经验，就是我们任何人也不曾有过总编辑的经验，我想——这并不会碍事。”

“那么，是否要印刷呢？”达林笑着说。

“我才懒得去管你的想法呢！”菲莉思蒂说。

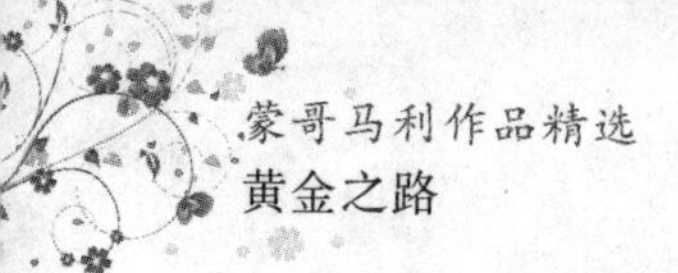

说故事的女孩很不希望达林反对我们的计划，因此，慌慌张张地闭上了嘴。

“办这种手写的报纸，也会变得有名吗？”菲利克问。

“说故事的女孩一定会出名的。”我说。

“她也会参加吗？”菲莉思蒂有点怀疑地问，“她又不是咱们一伙的人。”

“好吧，既然大伙儿想那样做的话，我当然也要参加。想来这件事情也挺有趣的！”

“好吧！那么就决定出报纸啦！”我慌张地回到了正题，“接下来，咱们得好好想想报纸的名称。这可是非常重要的。”

“多久出一次呢？”菲莉思蒂问。

“每月一次。”

“什么？报纸不是每天都要出的吗？至少，每星期也得出一次啊！”达林说。

“每星期出一次太累人啦！”我解释道。

“嗯……那的确是一个问题。”达林点点头说，“手上的工作量越少越好。这就是我的意见。菲莉思蒂你先别开口，我已经知道你要说什么了。你静静坐着，省省力气吧！如果能够不动的话，我才懒得去动呢！”

“没有工作是痛苦的来源！”雪莉引用这一句来非难他。

“我才不会相信这句话呢！”达林回应道，“不过，我一旦答应做某件事后，一定会贯彻到最后，关于这一点，我就跟爱尔兰人一样。”

“好啦！已经决定由伯利担任总编辑了吗？”菲利克问。

“那当然。”菲莉思蒂代表大家回答。“那么，我们就称这份报纸为《国王月刊》吧！”

“噢！这个名字很好。”彼得靠近菲莉思蒂的椅子说。

“可是……”雪莉有些不以为然地说，“如此一来，彼得、说故事的女孩，以及雪拉·雷恩不就要变成局外人了吗？”

“那么，雪莉，就由你指派工作吧！”我这么鼓励。

“这个嘛……”雪莉以一种求救的眼光，看着说故事的女孩和菲莉思蒂。然而当她发觉后者的视线充满敌意时，她又恢复了那种跟她们格格不入的态度，把头昂得高高的。

“既然是我们大家的报纸，那就取名为《我们的月刊》吧！这样的话，每个人都有了名份，而且能够给予大伙儿站在同一阵线的感觉。”

“好吧！那就订名为《我们的月刊》吧！”我说，“同时，我们每个人都要分摊一些工作，以避免产生一种局外人的感觉。我一旦坐上了总编辑的位置以后，你们都要以编辑的身份担任新闻稿的撰写。”

“不行啊！我干不来。”雪莉摇摇头。

“你非写不可！”我毫不留情地说，“我们的座右铭是——英国的国民就得尽义务。不过，我们可以把英国改为爱德华王子岛。谁都不能逃避。好吧！你们到底要负责哪一类的新闻稿，请说出来，但是要写得好一点哦！”

“好吧！那么，我就来负责礼仪栏吧！”菲莉思蒂说，“《家

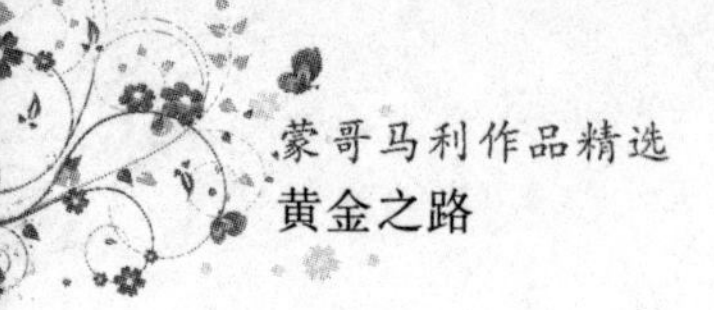

庭指南》就有这一栏。”

“当然，一定要有这一栏才行，因为达林要担任这一栏呀！”我不觉叫了起来。

“什么？达林！”菲莉思蒂不觉大叫了一声。因为她以为这一栏将由她负责呢！

“关于《家庭指南》的礼仪栏方面，我也有能力应付啊！”达林以一种挑战的口吻说，“可是，必须有人提出疑问呀！如果没有的话，又如何开礼仪栏呢？如果没有人提出质问的话，应该如何是好？”

“那还不简单？你就自己搞一些问题凑合一下吧！”说故事的女孩说，“罗佳舅舅告诉我，所有《家庭指南》的编写都是如此。舅舅还说，连那一种‘栏’也搞不来的人，实在称得上是一种稀世的大笨瓜。”

“那么，菲莉思蒂，就由你来负责家庭栏吧！”我看到美女的眉间罩上乌云时，立刻说道，“我想，没有人能够干得比你更好了！菲利克则担任常识篇与广告版。雪莉就负责流行的版面吧！说故事的女孩担任消息栏，那是责任重大的一栏呢！不过也可以像达林的礼仪栏一般，自问自答。”

“至于伯利嘛……就负责社论和剪报方面吧！”当说故事的女孩看到我不提自己的责任范围时，她说。

“难道没有小说的篇幅吗？”彼得问。

“如果你能够负责小说和诗方面的话，我们会辟出这一栏的。”我说。

彼得感到紧张，但是，他不愿意在菲莉思蒂面前退缩。

“好啊！”他很爽快地回答。

“在剪报栏里，想放什么就放什么吧！”我说，“不过，其他的报导必须自己撰写。同时，除了消息栏，必须署上记者的本名。我们必须尽自己最大的能力。我们的《我们的月刊》是一个可以高谈阔论、畅所欲言以及彼此交流的园地。”

我感到自己最后的两句话，已经产生了很明显的效果。除了说故事的女孩，大家全部都把感激之情表现在脸上。

“可是，”雪莉有一点为难地说，“雪拉并没有任何的事情做啊，如果让她有被排挤到圈外的感觉的话，那就不好了。”

真的，大伙儿都忘掉了雪拉呢！幸亏雪莉提出了这一点，否则的话，大伙儿真的把她忘了。考虑了一阵子以后，我决定指派她为广告主任。那是有名无实的一项职务。

“就这样决定了。”

因为计划已顺利地上轨道，我于是松了一口气，说道：“创刊号月刊将于一月一日发行。最重要的是——别让罗佳伯父抓到尾巴，否则的话，我们将会被当成笑柄。”

“能够顺利进行就好了。”彼得说。自从被指定为小说版的负责人以后，彼得看起来就一副病恹恹的样子。

“精诚所至，金石为开。”

“是啊，当阿修拉跟肯尼思私奔那一夜，被她父亲关起来时，她讲的就是这句话。”

我们都不约地竖起耳朵倾听，因为我们已经嗅到了故事的

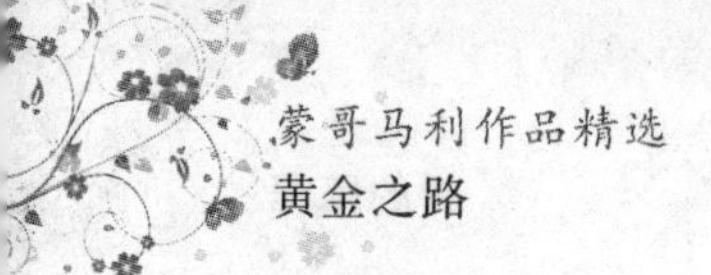

“味道”。

“阿修拉跟肯尼思到底是谁呀？”我问。

“肯尼思是笨先生的叔叔，阿修拉当然是岛上第一美女……咦？是谁告诉我的呢？噢……不！不！是某个人看着一本褐色笔记本，再念给我听的。”

“怎么又是那个笨先生啊！”我不自觉喊道。

“偏偏就是他！”说故事的女孩很骄傲地说，“上星期，我到屋后的枫树林找羊齿时，无意中碰到了他。他就坐在泉水旁，在褐色的笔记本上写东西。我走近去看时，他突然把笔记本藏起来，再抬起白痴一般的面孔瞧着我。他煞有介事地自言自语。有人说，他喜欢在一本笔记簿上写写诗章之类的。我就对他说：‘你把笔记簿上面的东西念给我听好不好？’

“他告诉我，他在褐色笔记本上写了很多的故事。我请他念给我听，于是，他就念阿修拉跟肯尼思的故事给我听。”

“真是名不虚传的笨先生！那种东西也肯念给别人听呀！”菲莉思蒂说。

雪莉都说说故事的女孩实在做得太过火啦！

“干脆一点儿！”菲利克大声咆哮了起来，“快把那个故事说给我们听呀！”

“我就尽量依照笨先生念给我听的方式，说给你们听吧！”说故事的女孩说，“可是，我不能够把他念故事时的诗意表现出来。虽然他总共念了两遍给我听，可是，我实在无法将其全部都记下来。”

第二章

精诚所至，金石为开

在一百年以前的某一天，阿修拉·坦莉在白桦树森林的深处等待着肯尼思·马克尼。褐色的果实滴答滴答地掉下来，十月的风恰如小妖精般让树叶纷纷跳起舞来。

“什么是小妖精呀？”彼得一时忘了说故事的女孩最忌插嘴地问道。

“嘘！”菲莉思蒂小声地告诉他，“不外乎是一些呆子的朋友罢了，如此而已！”

树林跟深蓝色的海湾间有一片连绵的田地；但是深入陆地后，两侧都是森林。一百年前的爱德华王子岛跟今天不一样。那时，只有少许的开拓地，而且远远地散开来。休坦利老头以厌倦的口吻说：“开拓地的男女老少我都认识！”由此可见，当时人口非常稀少。

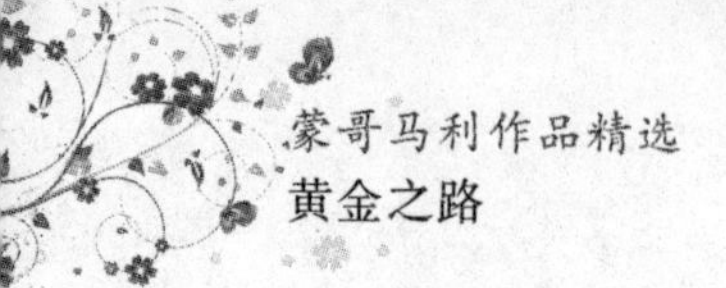

当时，休坦利老头可是名人——得人缘、高傲、任性，而且，他的女儿又是全爱德华王子岛上最标致的一个女人。

当然啦！关于这一点年轻人并非不知道。那些来追求她的男子络绎不绝，害得其他的女孩都没有人爱。

“那是想当然的嘛！”达林插了嘴。

但是，阿修拉唯一心仪的年轻男子，却无法获得休坦利老头的好感。肯尼思是邻近开拓地出身的年轻船长，有着一双使女人迷恋的黑眼睛。在那个秋高气爽的日子里，阿修拉之所以进入白桦树的森林，无非就是想会见他。

休坦利老头吹胡子瞪眼睛，把肯尼思赶出他的小屋，其实，休坦利老头对肯尼思本人并没有什么不满。

休坦利老头不喜欢肯尼思的原因其实是——肯尼思的父亲在以前的选举中，大败了阿修拉的父亲。这让休坦利老头很不甘心也很不服气。

在这座小镇的一场骚动以后，两家开始反目成仇。后来阿修拉想会晤情郎时必须偷偷摸摸，正是那场选举战争带来的后果。

“马克尼家是保守党还是自由党？”菲莉思蒂问。

“哪一党都一样啦！”说故事的女孩冷淡地说。

在一百年前，保守党也非常浪漫。阿修拉时常想去会晤肯尼思，但是，她很少称心。因为肯尼思的住处远在十英里外，而且他又是长年在海上漂泊的船长，很少在家。

他们已经有整整三个月没有见面了。

在某一个星期天，森迪·马克尼青年到卡拉尔教会。那一天，森迪很早就起身，他用手提着鞋子，沿着长八英里的滨海道路走着，付钱给港口的船家后，小船把他送到海峡对岸，他再走八英里路到卡拉尔教会。

他之所以如此做，并非是由于对宗教的狂热，纯粹是为他所爱的兄长服务。森迪守在教会门口，终于很顺利地把信件交给了阿修拉。

那封信里面写着——希望阿修拉在第二天下午，到白桦树森林与肯尼思会晤。阿修拉为了瞒过疑窦丛生的父亲和贼眼溜溜的继母，先假装在仓库做事，再偷偷溜出去。

“隐瞒父母是很要不得的事！”菲莉思蒂大不以为然地说。

关于这一点，说故事的女孩无法反驳，于是，她很巧妙地绕到伦理的侧面说：“我并不是针对阿修拉应该如何做才好。只是叙述她到底做了一些什么事情。如果你们不想听的话，那就算啦！如果说，没有人做了不应该做的事情的话，还有什么精彩的故事可言呢？”

一旦肯尼思出现以后，他俩的缠绵情形就有如预料中一般，他俩热烈地拥吻。因此，在足足半个小时以后，阿修拉才有机会开口说话。

“啊！肯尼思，我不能在这里待太久……他们会怀疑我的。你不是在信里说有重要的事情吗？到底是什么事情呀？”

“阿修拉，在这个星期六，我们的船将在黎明时从夏洛镇启航。这一次，我们要到布宜诺斯艾利斯，必须等到来年的五月才能回来。”

“肯尼思！”阿修拉叫了起来，她的面孔顿时苍白，再哇的一声哭了出来，“你呀！好狠的心！竟然想把我抛下，一走了之呢！”

“你怎会这样想呢？”肯尼思笑笑，“我们的船长打算带着新娘子一块儿走呢！阿修拉，我们将在海洋上度蜜月啊！在加拿大寒冷的冬季里，我们可以在南国的椰子树荫下度过。”

“你是叫我跟你私奔，对不对？”

“对呀！我的小姐，除了这一招，你难道还有什么更好的办法吗？”

“啊！我办不到！因为，我的父亲会……”

“你不必征求你父亲的同意呀！至少，现在不必那样。除了这条路，你还有什么路子可走吗？我想在很久以前，你就知道会演变到这种地步了吧？为了我的父亲，你的父亲绝对不会原谅我的。如今，你就不要再抛弃我了吧！你想想看，我长期在海上工作，撇下你一个人，你我不是都会很寂寞吗？你应该提起勇气来呀！我有一个方法，不知你同意不同意？”

“你说给我听听呀！”已经恢复镇静的阿修拉说。

“星期五那一天，在史普林有一场派对。女主人有没有邀请你呢？”

“嗯……”

“好吧！我虽然不被邀请……但我还是要去……我会带着两匹马，在屋后的松林里等你。当舞会进入最高潮时，你就偷偷地溜出来。从那儿到夏洛镇只有五英里的路程。我的一位牧师友人会先替我们完成婚姻的手续。当那些跳舞的男女正跳得起劲时，你跟我已经在船上逍遥自在了。”

“如果我没有到松林去与你碰面呢？”

肯尼恩以一种稍带傲慢的口气说：“如果你不来的话，翌日我就要往南美洲去。我这么一走，一定要经过好几年才能够回来。”

阿修拉信以为真，一下子就拿定了主意，把心一横，同意跟肯尼恩私奔。

“菲莉思蒂啊，当然啦！这件事情也不对劲。我想——阿修拉应该说：‘不行！我一定要从家里嫁出去。我还要举行婚礼，穿绸缎的衣裳，还有伴娘，以及很多的礼物。’但是，她到底没有如此做。因为，她比不上后世的菲莉思蒂聪明。”

“真是寡廉鲜耻的女人！”菲莉思蒂没有勇气向说故事的女孩发脾气，只好把满腔的怒气发泄到已经作古的阿修拉的身上。

“不过话又说回来啦，菲莉思蒂，阿修拉是一位很勇敢的女孩。如果换成我，我也会那样做……”

星期五晚上一到，阿修拉就换上了参加舞会的衣裳。到了

黄昏时，她就准备跟叔叔婶婶一块儿到史普林。他们打算驾驶四轮马车前去。预计在夜幕低垂以前就抵达史普林。因为十月的黄昏很快就会变成黑夜，到时就很难穿过森林了。

一切准备就绪以后，阿修拉很满足地瞧瞧镜子里的自己的姿容。阿修拉本来就有一些自恋的倾向。事实上就算经过了一百年，她仍然会如此。同时，她的自恋也有理由。

她穿在身上的那件红色的绸缎衣裳，乃是一年前从英国买回的上等货，只在总督官邸的圣诞舞会穿过一次而已！衣裳的质料非常好，跟阿修拉的朱红色面颊、闪亮的翦翦双瞳、丰厚的红色头发非常地相衬。

她离开镜子前面时，听到父亲在楼下怒骂的声音。她的面孔发青，立刻下了楼梯，她的父亲却已经爬上了楼梯。

她父亲的脸因为激怒而变成了火鸡般红通通的，阿修拉瞧到继母站在楼下的大门口处，一脸困惑的表情。大门口站着隔邻丑陋的青年——马卡姆。这个马卡姆在阿修拉还未长成以前，就一直在追求她，叫她不胜其烦。

“阿修拉！”休坦利老头大吼了一声，“你下来与这个恶棍对质，骂他是胡言乱语的混账吧！他说，你上星期二在白桦树林跟肯尼思幽会呢！他是在鬼扯淡对不对？”

阿修拉并不是个胆怯的姑娘。她以充满怒火的眼睛，狠狠地瞪着马卡姆。

“那家伙是个间谍！破坏姻缘的大浑球！不过，他并没有说谎。的确，在上个星期二，我曾经跟肯尼思幽过会。”

“好啊！你竟敢对我说这种话！”休坦利老头吼叫了起来，“还不给我回到房里去！快把那件外出的漂亮衣裳给我脱下来！你不要再梦想参加舞会了。一直等到我允许以前，不许你走出那个房间一步。不许你回嘴！如果你不自己回房的话，我就要把你推回去了。你乖乖地进去吧！在房间里编织一些袜子好了。今夜，你就别想到史普林去啦！”

说罢，休坦利老头从桌子上面抓了一把编织袜子的材料，把它们抛进阿修拉的房间里。

阿修拉知道，如果不服从父亲的话，将会被狠狠掼入房间里。于是，她狠狠瞪了一下马卡姆，再高高地昂起她的头走入房内。就在那一瞬间，她听到背后的门被上了锁的声音。

阿修拉的内心里，交杂着愤怒、羞耻与希望，以致哇一声哭了起来。哭了一阵以后，她认为哭泣并非解决问题的办法，于是，开始在房间里踱方步。不过，当她听到叔叔跟婶婶坐马车出去的声音时，她的内心又掀起了波涛，于是又开始抽泣起来。

“啊……我该怎么办才好呢？肯尼思一定会像锅里的玉米一样爆裂开来。他一定会认为我存心背叛他，然后大骂我一顿，再航海远去……如果能对他说明原因的话，我相信，他绝对不会抛下我远走他乡的……可是，如今我又能做什么呢？对啦！精诚所至，金石为开，我不可以向恶劣环境屈服！可是……窗户又那么高……唉……真急死人了！如果窗户低一些，我就能一跃而下，现在勉强跳下去的话，一定会折断腿骨……这如何是好？”

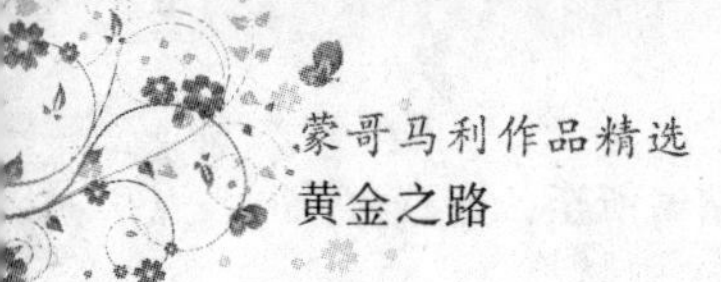

到了太阳将近西沉时，阿修拉听到了马蹄声。于是，她奔到窗边。

原来是史普林的安德鲁把马系在了大门口。安德鲁是一个很严肃的青年，他一直都是休坦利老头的盟友。他今夜也会出席舞会。

“唉……如果能够跟他交谈一下，那该多好！”

待安德鲁进入屋子以后，阿修拉也离开了窗边，但是，她一时心不在焉而差一点被粗毛线团绊倒。原来，那是父亲抛在地上的编织袜子的材料。在那一瞬间，她狠狠地瞪着毛线球……接着，她发出了轻快的笑声，再用手拍了毛线球几下。

她走到桌子旁边，飞快地写了一封短信给肯尼思。写完以后，阿修拉把灰色的毛线球扯下一段，再用一根小针把信纸固定在毛线上，接着，在信纸上再缠绕若干毛线。

黄昏时，扔下一团夹着秘密书信的毛线球，想必没有人会起疑心吧？于是，阿修拉把窗户打开，就在那儿等待着。

当安德鲁从家里出来时，天色已经微暗了。所幸，休坦利老头并不曾送他到门口。当安德鲁在解开缰绳时，阿修拉小心地把毛线球抛下，刚好不偏不倚地丢到了安德鲁头上。

安德鲁吓了一大跳！抬起头来瞧楼上的窗户。阿修拉探出了上半身，用她的手指按着嘴唇，意思是叫安德鲁别说话，然后，再指着毛线球给他看。安德鲁有一点莫名其妙地拿起了毛线球，再跳上马鞍，策马而去。

一切都解决了，阿修拉放下了一颗心。但是，安德鲁能够领悟到毛线球里夹着一封信吗？但愿他能够去参加舞会。

长夜漫漫，阿修拉从来就没有像现在这样感到度日如年。她既放不下心，又睡不着觉。一直到了三更半夜，她才感到有人抓了一把沙子丢在窗户上。

阿修拉从床上跳下来，走到窗户旁，发现肯尼思就在她的窗下。

“啊！肯尼思，你接到我的信没有？你来这儿，一点也不害怕吗？”

“我没什么好害怕的。你的父亲已经睡着了。我在街道整整等待了两个小时，一直到他房间的灯火熄灭。之后，我又多等了半个小时呢！你快一点下来呀！那么天亮以前，我们就可以赶到夏洛镇了。”

“你说起来当然容易啰，可是我被关在房间里面呀！你到仓库替我拿个木梯子来吧！”

五分钟以后，阿修拉用披肩把头部包起来，再穿上外套，悄无声息地走下木梯，来到了地面；五分钟以后，她跟肯尼思已经走到街道上了。

“我俩必须作一场坚苦的旅行，阿修拉。”

“不管走到天涯海角，我都要跟着你！”阿修拉说。

菲莉思蒂啊，那一句话是不应该说出来的；可是在一百年前的时代，根本就没有什么“礼仪讲座”啊。

在晴朗而明亮的黎明，当红红的太阳照进灰色的海洋时，那一艘“窈窕淑女”号已经航出了夏洛镇的港口。

肯尼思跟阿修拉站立于甲板上，新娘的纤纤玉手里正握着一个至宝——灰色的毛线球。

“嗯……”达林一边打呵欠一边说，“我喜欢这个故事。因为自始至终没有一个人死去。这才是一个好故事。”

“后来休坦利老头原谅阿修拉了吗？”我问。

“褐色的笔记本只写到此地，”说故事的女孩说，“不过，笨先生告诉我说，休坦利终于原谅了他的女儿——不过，那是在经过一段时间以后。”

“私奔仿佛很罗曼蒂克……”雪莉沉思了一番，才说出这句话。

“雪莉，你不应该有那种想法的！”菲莉思蒂以严肃的口吻训诫雪莉。

第三章

圣诞节的竖琴

圣诞临近时，每一家都充满了兴奋的气氛。

周围的空气弥漫着一层神秘，在圣诞好几周以前，每个人都变得非常节省，而且，每天都在算着自己存了多少钱。有一些手工艺品突然销形匿迹了，为此，大伙儿讲着悄悄话；但是，每个人都低声下气，没有人表现出不耐烦的样子。

菲莉思蒂跟母亲埋首准备节日的各种用品，快乐得不得了。雪莉和说故事的女孩，被加妮特伯母谢绝任何的帮忙。对菲莉思蒂来说，这件事情最能够满足她那点儿虚荣心。为此，雪莉愤然地对我说："我跟菲莉思蒂一样，都是家庭里的一个成员。为何每件工作都没有我的份呢？我想参加采葡萄的工作，因为圣诞用的碎肉必须加入葡萄干啊！但是她们连这个都不让我做呢！好像我连这种工作都做不来！在这种情形之下，看着菲莉思蒂表现她烹饪的才华，实在叫人不服气！"

"正因为她的烹饪连一次也不曾失败过！"我说，"她才会

感到自己非常了不起。”

远方亲友邮寄来的包裹，都在加妮特伯母与奥莉比亚姑妈监视之下，放在一个指定的地方，并且她们一再地叮咛，不能在圣诞节以前打开。圣诞节那一天，室外阴沉沉，寒风刺骨，室内却充满了喜悦的欢声。

罗佳伯父、奥莉比亚姑妈、说故事的女孩三个人，那一天很早就到了。

彼得也以一张发亮的面孔来拜访，被一阵喜悦的声音所欢迎。我们一直都在担心彼得不能跟我们同度圣诞，因为他母亲希望他早一点回去。

“当然啦，我是非回去不可的，”彼得很忧郁地说，“不过，我母亲很穷，一定不能吃到火鸡大餐。而且，每逢过年过节母亲都会痛哭。她想起父亲就会哭个不停，我实在拿她一点办法也没有呢！洁恩姑妈从来就不会哭。她时常说，这个世界没有一个男子值得她流泪。反正啊，到了圣诞这一天，我非回去不可！”

谁知人算不如天算，克雷格夫人（彼得的母亲）居住在夏洛镇的表姊，突然招待表妹到她那儿过节。当彼得的母亲问他是否要跟她到夏洛镇或者留下来时，彼得就很高兴地留了下来。正因为如此，除了雪拉，我们都留了下来。

“雪拉的母亲实在叫人不敢领教，”说故事的女孩以不屑的口吻说，“她呀！似乎是专门为雪拉而活着的，你们瞧！就连今夜的派对，她也不让雪拉来呢！”

“不能来——我想，雪拉的心是会碎的！”雪莉很同情地说，

“一想到雪拉单独被关在家里时，我实在快活不起来呢！看来她只能待在家里看《圣经》了。”

“有很多处罚方式，比读《圣经》更叫人难受啊！”菲莉思蒂说。

“但是，每次处罚雪拉时，她妈妈都是叫她读《圣经》，”雪莉又说，“今夜，她一定会哭得很凄惨……真可怜呀！”

“我可以把舞会的情形说给她听。”菲莉思蒂以安慰的口吻说。

“讲给她听跟彼此交谈，根本就不同。讲给她听只等于单行道而已！”雪莉说。

我们在打开礼物时，都体会到一种空前的兴奋。光是说故事的女孩的爸爸从巴黎寄给她的那箱礼物，就足以叫我们大开眼界了。

在一大堆琳琅满目的礼物里面，有一件崭新的红色绸缎衣裳——它并非那种要喷火似的大红色，而是会让人沉着下来的深红色，而且，有着令人目不暇给的花边和绉褶。除此以外，还有金扣子的红色绸缎鞋。至于鞋跟的高度，则让加妮特伯母惊讶得直举两手。

菲莉思蒂感到有些莫名其妙。她满以为说故事的女孩再也不想穿红色的衣裳了呢！雪莉则说，一次收到那么多的礼物，一定不可能像只收到两三样礼物时那样觉得珍贵吧。

“我对红色永远都不会厌倦呢！”说故事的女孩说，“我很喜欢红色。每当我穿着红色的衣裳时，总觉得比穿其他颜色的衣裳更为懂事呢！而且我的思维就会泉涌般活络起来……

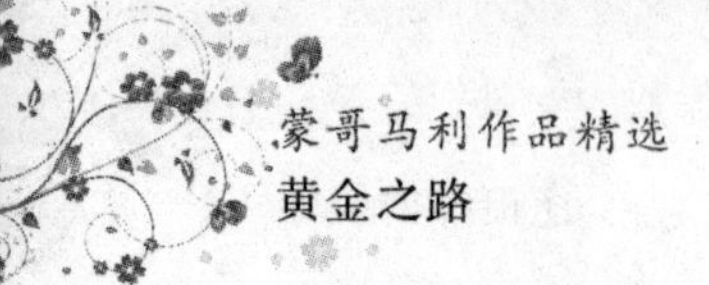

噢……我所钟爱的衣裳，我亲爱的艳光四射、玫瑰色的、闪闪发光的绸缎衣裳！”

她把它披在肩上，在厨房跳来跳去。

“你别那样好不好？”加妮特伯母以稍微严厉的声音说。加妮特伯母有一颗善良的心。不过她认为，说故事的女孩不该披着绸缎的衣裳到处招摇，因为，她的女儿们只能穿一些薄毛布或者方格布的衣裳，相形之下不是逊色了吗？

以那个时代来说，女性充其量毕生只能拥有一件绸缎衣裳，再也没有能力拥有更多了。

笨先生也送给说故事的女孩礼物——一本小小的册子，几乎每一页都沾满了墨迹，并且残缺不全。

“天哪！不是新的呀！是旧本子嘛！”菲莉思蒂叫了起来。

“菲莉思蒂，你不懂，”说故事的女孩很有耐心地解释，“我喜欢这本旧册子十倍于新书。因为它是他的身边物，他不知已经阅读和抚摸过多少遍了。他已经把自己的全副精神灌注到它里面。从书店买来的新书怎能跟它比呢！那种书一点意思也没有。他送给我这本书，那就表示他很敬重我。我喜欢它，远胜过其他任何礼物。”

“好吧！那就悉听尊便！”菲莉思蒂说，“反正，我不懂，而且我也不想懂。换成是我，把旧的东西当成圣诞礼物送人，我是绝对不干的。同时，我也不喜欢别人送旧东西给我。我简直会忍受不了呢！”

彼得感到非常幸福，因为菲莉思蒂把亲手做的东西送给

了他。

那是用红色与黄色的绣条绣着一个高脚杯的书签。高脚杯下面用绿色笔写上忠告的句子——勿碰酒杯。彼得根本就没有喝酒的习惯。就算是淡黄色的蒲公英酒他也不曾喝过，不知菲莉思蒂为何会想到那句话。不过看着彼得满足的模样，没有一个人忍心嘲笑他。

后来，菲莉思蒂告诉大伙儿说，正因为彼得父亲跟女人私奔前一直在喝酒，因此，她才会做那种书签给彼得。

“我必须向彼得暗示，不要步上他父亲的后尘。”

巴弟也获得一个青色的缎带装饰品，它在结上半个小时后，就把它拔下来给扔了。

巴弟一向不喜欢在身上使用任何装饰品。

我们准备了一顿很豪华的圣诞大餐，这一顿豪华的大餐就是在鲁克鲁斯（罗马的将军、政治家，从政界隐退后一直过着享乐式的生活）的客厅举行也不算寒酸。在每年的这个日子里，没有一个人会说出挑拨离间的话，而且到了夜晚——啊，那种叫人回味无穷的喜悦和快乐，还有姬蒂举办的派对。

晴朗的十二月夜晚，早晨刺骨一般的寒冷空气变成了秋天一般宜人的暖和。天空并没有下雪，朝向屋子蔓延的牧场草地，呈褐色而显示出悠闲的样子。那种朦胧的静寂，从紫色的天空，降落到山谷的边缘和枯黄的原野。大自然似乎察觉到了漫漫冬日已经来临，以致很满足地交叉着两手，进入睡眠之境。

最初，派对的请帖被寄到时，加妮特伯母不让雪莉去参加。

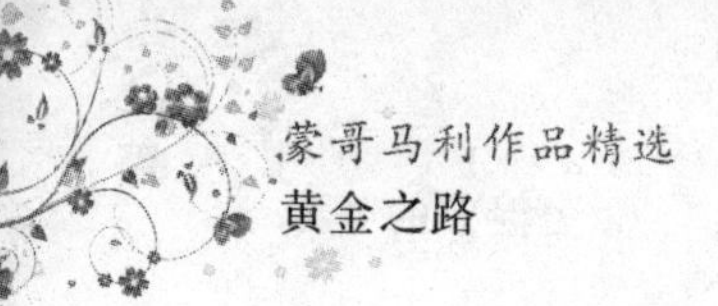

阿雷克伯父或许是怜悯雪莉的悲惨眼光吧，拼命声援我们。如果说阿雷克伯父还有孩子缘的话，那就是最得雪莉的缘了。尤其是到了最近，阿雷克伯父看起来更为关心雪莉。我时常看到阿雷克伯父凝视着雪莉，在他的眼光里，雪莉比夏季时更为苍白，她那一对温柔的眼睛看起来比以前更大了，而且在她感到放心时，浮泛在她面孔的忧郁表情，使她看起来更为可爱，但是充满了淡淡的哀愁。

同时我也听到阿雷克伯父对加妮特伯母说，雪莉这孩子长得越来越像菲莉思蒂姑妈，叫他非常难过。

“雪莉什么事情也没有啊！”加妮特伯母很尖锐地回答，“那孩子只是快速地变成大人而已！你别说傻话了。”

不过自从那一次以后，当别的孩子只能获得牛奶时，她却能够获得奶油。而且每次雪莉在外出以前，加妮特伯母总要叮咛她，别忘了加一件外套。

但是，在这个叫人感到快乐的圣诞傍晚，对于即将来临的恐怖事情，以及隐隐的预兆，都无法在我们的心灵和脸上布下阴霾。雪莉发出柔和光辉的瞳孔和栗色的长发，使他看起来比以前更为亮丽动人。

就连说故事的女孩也由于有了一颗跳跃的心和一身红色的绸缎衣裳，看起来更为魅力十足，远远地凌驾了所谓的“可爱”——虽然奥莉比亚姑妈禁止她穿红绸缎的拖鞋，一定要她穿上硬梆梆的笨鞋子，但是，她看起来仍然美得耀眼。

“我知道你在想些什么，夏娃姑娘。”姑妈很爽朗地表现了

她的同情心，“你瞧瞧！十二月的道路泥泞不堪，如果你想到马家的话，最好穿上厚厚的鞋子。在那种泥巴飞溅的路上，你实在不宜穿着巴黎制的奢侈品。好孩子，拿出战胜红绸缎鞋子的勇气来，穿着厚鞋子去吧！”

罗佳伯父也说:“你那件红色的绸缎衣裳就足够使参加派对的姑娘们感到悲伤啦！如果你再穿那双绸缎鞋子的话，她们不被你逼疯才怪！你就别这样吧！你应该为那些姑娘留下小小的虚荣心呢！”

“罗佳伯父到底在说些什么啊？”菲莉思蒂嗫嚅着说。

“他说，说故事的女孩身上的华服会叫其他女孩子嫉妒得发狂。”达林说。

“我才不会嫉妒呢！”菲莉思蒂昂起头说，“说故事的女孩，你大可尽量地去享受穿华服的趣味！不要辜负了你那么美好的皮肤。”

我们每个人都充分地享受到了派对的乐趣。这以后，我们再穿过银色星光照耀、黑影幢幢的幽暗原野，一面散着步一面走上回家的路。那时，猎户星正在我们头上行进，红色的月亮从黑色的地平线爬了上来。

小河对着在黑暗中行走的我们歌唱，一直追随着我们，它是爽朗而飘忽的流浪者。

菲莉思蒂跟彼得并肩而行，不跟我们在一起。在这个圣诞夜里，彼得的运气突然好转了。走出马家时，他很大胆地对菲莉思蒂说:“我能够送你回家吗？”

菲莉思蒂一语不发地抓着彼得的手，两个人一块儿消失于黑暗里，看得我们愣了好一阵子。

菲莉思蒂的标致是难以形容的，即使达林那种笨拙的冷嘲热讽也丝毫不能损及她。

至于我呢？我一直想问问说故事的女孩，是否能让我送她回家；但是我一直不敢说出口。对于彼得的大胆，我感到非常羡慕。

正因为我无法向彼得看齐，于是我跟菲利克、雪莉、说故事的女孩，以及达林等五个人，手牵着手一块儿走着。当我们通过詹姆斯的树林子时，彼此稍微靠近一些。从针枞树林传来了竖琴的声音。到底是谁在拨弄琴弦呢？又是在向谁倾诉呢？

当夜风摇晃着朝向星空的树枝时，飘过我们头上的音乐朗朗地响动了起来。我想——说故事的女孩之所以想起了古老的传说，不外乎是风神所演奏的音乐所使然吧？

“昨晚，我在奥莉比亚阿姨的一本书里，看到了那篇很动人的故事。你们想不想听呀？我想——很适合在此地行走时听呢。”

“可是……那个故事里没有幽魂现身吧？”雪莉有点儿不安地问。

“没有啦！在这充满诗意的地方，我才不想说吓人的鬼话呢！那个故事是这样的——

在最初的圣诞夜，牧羊者如何看到了天使？他是一个年轻的小伙子，很喜爱音乐。他很想把自己心坎里流动的旋律表现

出来，但是他不灵活的手指只能弹奏些不成调的东西。

他的伙伴嘲笑他，说他是白痴。可是，他一直都不死心。当大伙儿们正围着火堆，说天谈地、彼此嬉戏时，他却手抱着竖琴，仰望天空，单独坐在一个角落。

不过，这个年轻人的伟大沉默所产生的冥想，比起他伙伴的欢乐更为甜蜜。而且，这个年轻人始终不放弃他的希望，时时从他嘴里说出他的渴望。

他恳求上苍，使他能够暂时忘怀这个浊世，使他能够透过音乐，把他澎湃的思想表现出来。

在头一个圣诞夜，这个年轻人跟牧羊的伙伴滞留于山丘上。那是一个寒冷彻骨的夜晚，除了演奏竖琴的年轻人，一伙人都围着火堆嬉戏。这个年轻人仍然形单影只坐在离开群体的一个角落。他把竖琴放在自己的膝盖上，心中怀抱着海阔天空的大志。

就在这时，天空与小丘发出了耀眼的光芒，好似夜间的黑暗立刻变成花团锦簇的美丽牧场！那些牧羊人都看到了天使，并且听到了他们的歌声。

当天使们唱歌时，年轻的牧羊人抱着的竖琴就自动地演奏出了优美的旋律。年轻人倾耳以听，如此一来，他才发现竖琴所演奏出来的音乐，正是天使们所唱出的旋律。这些旋律表现出了他内心的憧憬、希望以及努力。

在这个夜晚，只要这个年轻人手抱着竖琴，它就会演奏出相同的音乐。这以后，年轻人就抱着竖琴，到世界各地旅行。凡是能够听到竖琴旋律的地方，一切的憎恨和纠纷都会自然地

消失，变成充满了和平和爱的世界。

凡是听到竖琴旋律的人，都不会萌生邪恶的念头。同时，也不致于感到沮丧、灰心、愤怒、气馁。只要一度听到这种旋律，它就会进入人们的心坎深处，永远变成一个人的一部分。

岁月飞逝，年轻的牧羊人背驼了，衰老了，身体也日渐孱弱。但是他为了把竖琴演奏的旋律散布到世界的每个角落，不停地跨过海陆到各地旅行。有一天，他感到精疲力尽，终于倒在幽暗的路旁。

当牧羊者的灵魂脱离他的躯壳时，竖琴仍然在继续演奏着。有一位双眼美如星星的神说："听啊！你的竖琴长年演奏的旋律，正是存在于你心灵深处的爱、体恤，以及清心寡欲的回声。如果在流浪的旅途中，你打开邪恶、自私那一扇门的话，你的竖琴就会立刻停止演奏。如今，你虽然已经结束了一生，但是，你给予人类的好处将永远地继续下去。只要这个世界存在一天，圣诞竖琴所演奏的天上音乐，将永远响于人们的耳际。"

当太阳再度升上来时，年老的牧羊者面带着微笑，躺卧在路边死去。他的手里仍抱着一把断了弦的竖琴。

故事说完时，我们已经走出了枞树林。眼前的小丘上展现了我们的家。从厨房窗户透出的幽黄灯光在表示加妮特伯母还在照料她的小鸡。

"母亲还在等着我们呢！"达林说，"如果菲莉思蒂跟彼得在门口处碰到妈妈的话，妈妈或许会笑出来呢！不过，今天妈

妈的心情好像并不好，因为现在已经将近十二点了。”

“圣诞夜就要过去了。”雪莉叹了一口气说，“今年的圣诞还不错，因为我们在一块儿度过。这可是头一遭呢！以后是否能够继续保持这样呢？”

“那是想当然的事情。”达林中气十足地说。

“是吗？”雪莉回答，“我觉得仿佛乐过了头，再也不能长久保持下去。”

“如果能有彼得那种气魄的话，雪莉姑娘就不会如此地懦弱了吧？”达林有些自以为是地说。

雪莉抬起了她的头，拒绝答复。

第四章

新年的誓言

今年虽然没有银色的圣诞，但是我们有了银色的新年。在过年前两天下起了大雪，而且，充满了怀念与喜悦的果树园也披上了冬衣——就因为太像冬天了，以至于我们几乎不敢相信，夏天曾经光临过，以及不久以后，春季将跟着来临。

现在，已经没有了歌颂月光的鸟儿。昔日撒满了苹果花的小径，如今正积着白雪；但到了月夜时，四周并不会变成不可思议的王国。雪铺满了大地，形成一条条象牙与水晶的街道。赤裸的树木在雪地上投下网眼的阴影。史蒂芬伯父的散步道铺上了白雪后看起来有如被施了魔术的咒文，如珍珠闪耀的光华，污秽完全被消除殆尽了。

大年夜里，我们心有灵犀地都选择了阿雷克伯父家的厨房作为聚会场所。

说故事的女孩和彼得都在那儿。雪拉的母亲以八点钟必须回家为条件，允许雪拉参与我们的聚会。能够看到雪拉固然叫

少年们感到高兴，但是加妮特伯母却说，天黑以后不久，就得由我们其中的一个人送雪拉回家，这叫我们感到意兴阑珊。

雪拉由于一直都有男孩儿护送回家，从而得意忘形，简直叫人不敢苟同。每次男孩送她回家后，到了第二天学校时，她就会跟要好的女同学说：“我跟你讲一件事，希望你别告诉其他人……昨晚某某护送我回家……”

听到了别的女孩告诉我们这件事以后，我们男生都感到很不高兴，觉得她怎么那么多嘴的。

在户外，寒冷的枞树林子的背后，残留着日落时鲜丽的玫瑰色；一望无际的雪原，在夕阳余晖的照耀之下，闪出了一种如梦似幻的彩色；牧场的边缘，以及小径的雪堆，仿佛是在魔杖一指之下，突然变成大理石一般；甚至连遥远的海岸波浪，也好像一时凝结了。

在夕阳的余晖缓缓消失以后，月儿慢慢地上升。于是，冬季薄暮如谜一般美的景色，又更换了新舞台。如今，洼地的天空变成了绿色的玻璃杯似的。星星在白色山谷的上空出现，地面上仿佛铺了一张崭新的地毯，以便欢迎新年踏出的新脚印。

“下了瑞雪，我非常高兴！”说故事的女孩说，“如果不下瑞雪的话，新年跟旧年又有什么分别呢？而且，还会给人一种到处都脏兮兮的感觉呢！新年总要给人一种很庄严的印象。如果一年三百六十五天都千篇一律的话，不憋死人才怪！”

“好像不会发生叫人感到兴奋的事儿……”菲利克有些悲观地说。对他来说，今年的日子过得太平淡，丝毫没有变化可言，

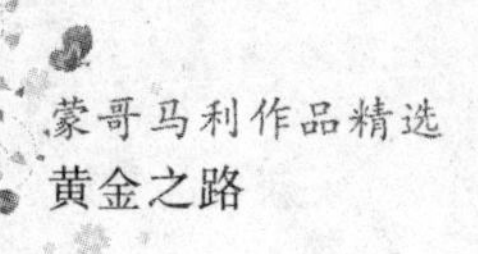

好像是多余的一年。因为在今夜，他必须送雪拉回去。

“想起这一年之内将发生的事情，实在让人既恐怖又害怕……”雪莉说。

“我很喜欢迎接新年，”说故事的女孩说，“如果我们也采用挪威的风俗就好了。挪威人为了迎接新年，一家人都守岁到午夜。待时钟敲打十二点钟时，父亲就会打开门，让新年进来。”

达林说：“只要母亲肯让我们一直待到十二点的话，我们也来试试吧！但是，她绝对不允许我们那么做的！说起来也够残酷的。”

“如果我自己有了孩子，我一定允许他们待到十二点，以便迎接新年。”说故事的女孩说。

“我也跟你一样！”彼得说，“可是在其他的夜晚，必须在夜晚七点钟就睡觉。”

“我说你呀！说那种话不会感到羞耻吗？”菲莉思蒂说着，装了一脸的不屑表情。

彼得满面通红，感到手足无措。如此一来，他很可能打破《家庭指南》杂志的戒律。

“我实在不知道，不宜谈论有关孩子的事情。”他有一点腼腆地嗫嚅着。

“我们就来一个新年的誓言吧！”说故事的女孩说，“这种事最适合大年夜了。”

“我实在想不出发什么誓才好！”对于自己本身感到极为满足的菲莉思蒂说。

“那么，我来替你想几件吧！”达林有些揶揄地说。

“我想发的誓言实在太多，我恐怕不能全部遵守呢！”雪莉说。

“那么，你就发少一点吧！你不要对自己太严格，仔细想想看，到底能否一直遵守下去？”我说，“你拿墨水跟钢笔来，我们把它写下来，那样或许就能比较确实地遵守了。”

“就把它钉在卧室的墙壁上好了！那样的话，每天就都能够看到。”说故事的女孩加上了一句，“打破誓言时，在它上面打一个X记号。如此一来就可以知道进步多少。如果X记号太多的话，自己也会感到羞耻呀！”

“对啦！我们来设置一个最优秀奖！对于每月都完全遵守誓言的人，我们就把他的名字发表出来。”菲利克提议。

“你们的办法真好笑！”菲莉思蒂虽然如此说，但她仍旧坐下来参与我们的交谈。

“每个人都陆续写上誓言，由我先开始吧！”

最近，我跟菲莉思蒂之间，时常发生意见的不一致，但是，我仍然写着：“我要尽量地不发脾气。”

“那才好！”菲莉思蒂很机敏地回答。

接下来轮到了达林。“我不知道从何写起。”达林咬着笔杆说。

“你就发誓绝对不吃有毒的果实吧！”菲莉思蒂替他说。

“你不要老跟我过不去！”达林回了一句。

“好啦！在一年的最后一天，不要吵啦！”雪莉做了调停人。

“真是叫人火大！”达林说，“对于无法遵守的事情，发了誓又有什么屁用呢！大体上说来，我绝对不会无缘无故地欺负人。”

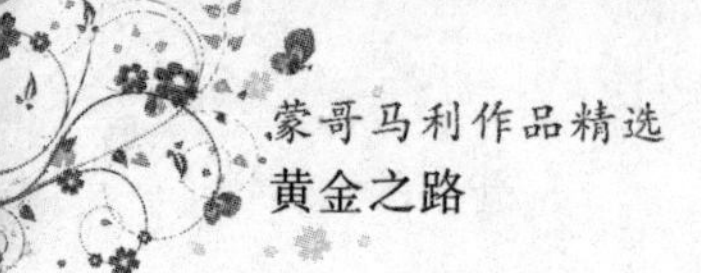

那一夜，几乎无法忍下一口气的菲莉思蒂，很不愉快地笑出声来。然而，或许是雪莉用手肘推了她一下吧？她再也不说话了。

“我绝对不吃苹果。”菲利克这样写着。

“咦？你为何要放弃吃苹果的权利呢？”彼得惊讶地问。

“那又有何不可？”

“因为吃苹果会长胖嘛！”菲莉思蒂很俏皮地说。

“真是莫名其妙的誓言。应该是发誓不做坏事，或者发誓要做好事才对。”我充满了疑问地说。

“我当然会起适合自己的誓！”菲利克好像要揍人般说。

“我绝对不喝醉酒！”彼得在苦思一阵子以后，才写了这几个字。

“会才有鬼呢！你从来就不曾醉过酒呀！”说故事的女孩很惊讶地说。

“嗯，正因为如此我才要发誓啊，如此的话，遵守起誓言来就容易多啦！”彼得得理不饶人。

“你这个滑头！”达林打抱不平地说，“发那种完全不会做的事情的誓，如此一来，不是每个人都能够获得最优秀奖吗？”

“别管他！”菲莉思蒂轻描淡写地说，“那是很好的誓言，大家最好向他看齐。”

“我不要嫉妒别人。”说故事的女孩写着。

我吓了一大跳：“什么？你确实能够做到这一点吗？”

说故事的女孩涨红了面孔，点点头说：“只有对一件事情而

已。不过，我不说那是什么事情。"

"我也会动辄嫉妒，"雪拉坦白地说，"所以，那也是我的一个誓言。再来嘛……我要阅读好书，听取年长者的意见，提高自己精神生活的层次。"

"噢！你这句话是从主日学校的报纸借来的吗？"雪莉叫了起来说。

"从哪儿借来并不重要，最重要的是是否能够遵守。"雪拉也不甘示弱。

"菲莉思蒂，轮到你啦！"我说。

菲莉思蒂甩了一下她美丽的金发。

"我不是说过了吗？我不想发誓。请跳过去吧！"

"我要时常研习文法。"我写着。因为我一向非常非常地讨厌文法。

"我也厌恶文法，我对它一点儿也没有兴趣。"雪拉如此说罢，叹了一口气。

雪拉一向喜欢用艰涩的文句，但是她并不见得能够正确地使用。

"尽量不要跟菲莉思蒂抬杠。"达林如此写着。

"我才不会跟你抬杠呢！"菲莉思蒂大声地说。

"以妹妹为对象发誓，实在太失礼了！"彼得说。

"你能够言出必行吗？谁不知道你的脾气坏得离了谱！"菲莉思蒂嘲笑着说。

"这种缺点是遗传的啊！"纸上墨水犹未干，但达林却已撕

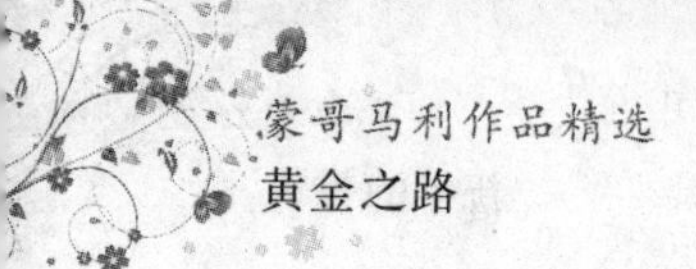

掉了他的誓言，暴跳如雷。

“好吧！继续下去吧！”菲莉思蒂说。

“我会在没有任何人帮忙的情况下做算术题。”菲利克写下了潦草的字。

“我也想发一个相同的誓言，”雪拉叹了一口气说，“可是，我是心有余而力不足啊！除非茱蒂帮助我，否则的话，我根本就无法做习题。那些题目太难啦！我根本无法解开！虽然茱蒂的书法完全不行，又读不来很多的字，但是在计算方面无人能出其右。对于艰难的乘法，我真的是一点办法也没有呢！”

乘法我一点办法也没有，
除法也好不到哪儿去。
比例嘛……更是莫名其妙，
分数简直叫我发狂！

达林引用了一首打油诗。

“我还没有学分数呢！”雪拉叹了一口气说，“我希望在老师教分数之前，我已经长成大人，不必再到学校。我一向最讨厌算术了。不过，我近乎狂热地喜欢地理。”

“我要尽量地保持镇定，就算是我在说话时遭受到骚扰，也要尽量保持平静，不愤怒。”说故事的女孩这么写着。但是，写完了以后，她叹了一口气说：“也许，这是一件非常困难的事。”

“就算有人在我说话时打扰我，我也不在乎。”菲莉思蒂说。

“我要时常保持笑容。”雪莉如此写着。

“你已经做到这一点了。”雪拉说。

“难道我们必须要时时地眉开眼笑吗？”说故事的女孩说，“《圣经》上面不是说过，我们必须跟哭泣的人一块儿哭泣吗？”

“那是表示，必须积极地为某一件事情哭泣！”雪莉提出她的意见。

“我正在想着‘我实在非常地抱歉，我一向无事而安泰，从心眼儿里感到高兴’。”达林如此说着。

“达林！你到底在说些什么呀？”菲莉思蒂骂了一声。

“我认识德比森夫妇，”说故事的女孩说，“德比森太太一向面带微笑，但是看到这种情形的德比森先生却感到焦躁不安。有一天，德比森先生闹别扭地说：‘喂！你为何整天都嬉皮笑脸的呀？’‘咦？德比森啊！因为我感觉到很愉快，所以不能不笑啊！’

“不久以后，不景气的时期来临了——谷类的收成不好，最好的一只母牛死了，德比森太太也罹患了关节炎。不仅如此，甚至德比森先生也摔了一跤而折断了腿。想不到他的老婆仍然嘻嘻笑着。

“喂！老三八！到了这种境地，亏你还笑得出来呢！’

“我说德比森啊！正因为什么事情都这么不顺遂，所以我不能不笑啊！’

“德比森先生听后愤然地说：‘是吗？那么，你偶尔也让你的面孔休息一下吧！你以为如何？’”

“我绝对不说别人的闲话。”雪拉很满足地写下这句话。

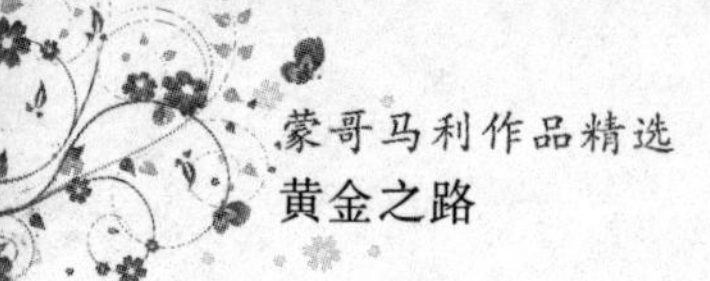

“啊！那样不是太严厉了吗？”雪莉有一点不安地说，“当然啦，说居心不良的闲话固然不好，但是那种无伤大雅的闲话并不会伤人呀！例如我说——爱美娜在今冬添置了一件毛外套。这可是无罪的闲话啊！

“如果是说——爱美娜的父亲向我爸爸购置黑麦，但是迟迟付不出钱来，想不到爱美娜却有钱买毛大衣。如果是这样说的话，那就是充满恶意的闲话了。”

“雪拉，如果我是你的话，我一定要注明——只限于‘恶意的闲言闲语’。”

雪拉同意修正这句话。

“我对任何人都要彬彬有礼。”这是我的第三个誓言，想不到在没有异议之下通过了。

“如果雪莉感到不高兴的话，我就不用流行的词语。”达林写着。

“不过所谓的流行词语也有一些很好听的呀！”菲莉思蒂说。

“但是《家庭指南》说，那种话难登大雅之堂，”达林有一点邪恶地笑着说，“雪拉，你以为呢？”

“你不要啰里啰唆，我正在想一件很美的事情。”说故事的女孩有一点儿陶醉地说。

“啊！我想到了一个誓言，”菲莉思蒂叫嚷了起来，“上星期六，马威德老师不是说过了吗？只要时时怀着美丽的思想，人生就会变得多彩多姿。所以嘛……我想在每天吃早餐以前，都持守一个很美丽的思想。”

“怎么？一天里只有一个美丽的思想吗？”达林说出他的疑问。

“而且，为何一定要在早餐以前呢？”我也如此地问。

“可能是空着肚子时，比较有利于思考吧？”彼得很诚心诚意地说，但是菲莉思蒂却给了他很嫌恶的一瞥。

她以十足的威严感说道：“我之所以要选择那段时间，是我早餐在镜子前面梳头发时，比较容易想出誓言的缘故。”

“马威德老师之所以那么说，不外乎是希望我们每个人都拥有美丽的想法。到了那种地步，每个人都不会害怕把自己的念头说出来了。”说故事的女孩煞有介事地说。

“我才不害怕呢！”菲利克大胆地说，“我一向都是想到什么就说什么……我发誓要永远这么做。”

“你明年一整年都要那样做吗？”达林问。

“如果我很清楚地知道我到底在想一些什么，那么，想把心里所想的的事情说出来的话，那就很简单了，”说故事的女孩说，“只可惜在很多场合里，我几乎不知道自己到底在想些什么！”

“如果其他的人对你说出他真正的想法的话，你会有什么感觉呢？”菲莉思蒂问。

“我晓得，你不喜欢别人叫你胖猪。”说故事的女孩也不甘示弱。

“好啦，好啦！不要恶语相向啦！”可怜的雪莉说，“这是一年的最后一晚呢！怎能那样地不爱惜时光呢……到了明年的这一天，不知道大伙儿是否还能够在一起呢！好啦……彼得，轮到你了。”

“我要每晚都祷告，”彼得写着，“我不会一个夜晚祷告两次，而隔晚却不祷告。”

“一直到大人们带我们到教会，你一定不曾祷告。”菲莉思蒂说。在大伙儿说服彼得上教堂之余，她不仅不协力，反而断然地唱出反调。

“就算我想祷告，但是洁恩姑妈并没教我祷告的方式。我的母亲又没有空。父亲嘛……老早就跑掉了。我母亲不仅白天忙碌非常，夜晚还要洗衣服呢！”

“我要学习烹饪。”说故事的女孩皱着眉头写下这一句。

“与其写下那种字眼，不如在做布丁时——”说到此地的菲莉思蒂，仿佛是把其余的话咀嚼一下再吞下去，立刻地闭上了嘴。其实，菲莉思蒂省下来的那些话，在场的人都知道。是故，说故事的女孩狠狠地瞪了一眼菲莉思蒂。

“就算妈妈不再给我的围裙上浆，我也不会哭。”雪拉写着。

“你还要多写一句——不管发生了什么事情，我绝对不哭。”达林如此奉劝雪拉。

“你别打哈哈啦！那件事我是无法遵守的，我有非哭不可的时候；而且，我可以趁着哭泣时好好休息几分钟。”

“可是，你的哭声实在叫我们不敢领教呀！”达林说。

“嘘！嘘！在一年的最后一天，千万别伤害那女孩的心。噢……轮到我了吗？好吧！我发誓自己的头发不卷曲也不会再耿耿于怀。可是……唉……我似乎不能永远不耿耿于怀呀！”

“既然如此，那你就把头发烫卷呀！”达林说。

“彼得得了麻疹差一点死掉后，我就不曾使用过卷发纸了嘛！关于这一点，你分明知道得很清楚。”雪莉以责备的口吻说，“所以，以后我也不会再使用卷发纸了。因为我认为正派的女人不会那样做。”

“好好地剪指甲，保持它们的干净，”我如此写着，“好啦！我们每个人都发了四个誓言，相信这样已经足够了。”

“在说话以前我要三思。”菲利克写道。

“那样啊……徒然浪费时间而已！不过，比起你说话伤人来，那样做好多了。”达林说出了他的意见。

“我在说话之前，希望都能够先考虑三遍。”彼得说。

“我要尽量愉快地过日子。”说故事的女孩写着。

“这样才对！”达林说。

“的确，那是能够很容易地遵守的誓言。”菲利克说。

“我要努力使自己对《圣经》产生兴趣。”雪拉写着。

“你必须不努力，就能够喜欢《圣经》才行。”菲莉思蒂告诉雪拉说。

“如果你做错了事情，被迫阅读七章《圣经》的话，我相信，你也不会喜欢《圣经》。”雪拉鼓起了最大的勇气，顶了菲莉思蒂一句。

“对于听到的事情，我只要相信一半。”雪莉说出了最后一句誓言。

“你指哪一半？”达林以揶揄的口吻说。

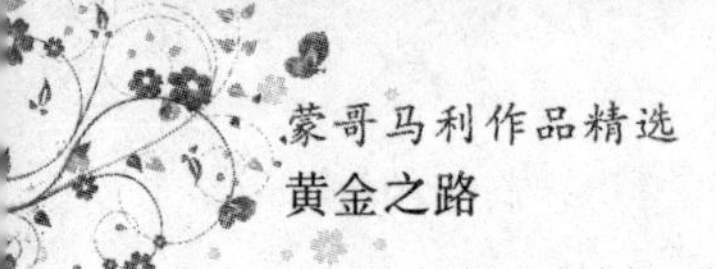

“当然是好的一半。”雪莉毫不思索地回答。

“我要一直遵守母亲的教导。”雪拉如此写了之后，才顿悟到这种誓言难以遵守，以致大大地叹了一口气说，“好啦！一切都完成了。”

“可是，菲莉思蒂只说了一个誓言。”说故事的女孩提出了抗议。

“与其立下很多誓言根本无法遵守，不如立下一则誓言全心全意地遵守比较好。”菲莉思蒂傲然地说。

雪拉回家的时间到了，于是大伙儿都解散了。

雪拉跟菲利克走了出去。我们看着他俩走向月光照耀下的小径——雪拉装成大家闺秀的模样，一小步一小步地走在小径的边缘；菲利克则不怎么情愿地跟在她后头。

于今想起来，那真是一个绝妙的夜晚——似乎是白净无垢的一篇诗章，再加上星星的微光，以及粉妆玉琢的霜。

如果在那时进入梦乡的话，一定能够做个充满了歌声与笑容的绮梦。睡着时梦魂将穿梭于户外广大的月世界，与淡雅的光辉嬉戏，并且听到遥远处的悠扬旋律。

然而，以现实来说，雪莉在当晚梦见了天空里有三个满月，骇异万分，终于哭叫着醒了过来。

第五章

《我们的月刊》创刊号

《我们的月刊》创刊号于元旦推出，并于除夕在厨房被朗读。因为编辑人员都披星戴月地工作，除了达林一个人看不起这一份非印刷的刊物，每个人都感到心满意足，乐得眉开眼笑。说故事的女孩跟我轮流朗读。此时，除菲利克之外，每个人都在啃苹果。

《我们的月刊》的新闻从“社论”开始。

社　论

经过一连串的忙碌与筹备，《我们的月刊》终于跟大伙见面了。编辑同仁以最大的努力为您提供了各种新闻和报导，期望能满足大家的求知欲和散播更多的欢乐。素雅而充满创意的封面，乃是著名画家——斯大林特别应本社的要求，从遥远的欧洲寄过来的别开生面的设计。

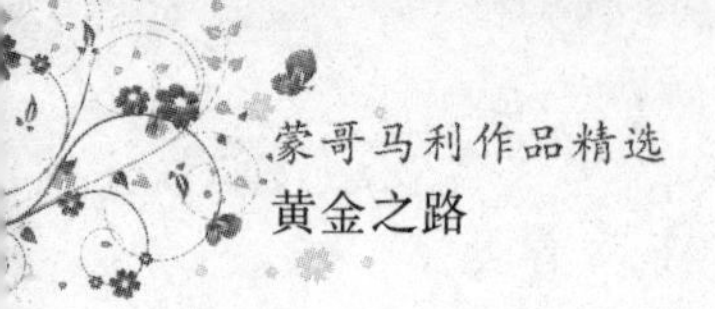

进取而创意十足的彼得氏，挥笔完成了一篇动人心弦的恋爱小说。

（彼得虽然感到有些难为情，但是内心里却异常地满足。因为除了一阵瞎捧，还在他的名字后面加了一个“氏”字。）

菲莉思蒂小姐有关莎士比亚的一则轶事，相信能够叫大伙儿感到眼前一亮，大叹世道与人心。

雪莉小姐写了一篇令人胆寒的冒险故事。因为每则新闻都经过了巧妙的编写和润饰，使人耳目一新。但是话又说回来啦！自满就是退步，是故，我们将百尺竿头更进一步，朝着伟大的目标迈进。以后，我们所刊载的新闻将一期比一期好，敬请大家拭目以待。

对于《我们的月刊》的意见，请大家踊跃说出来。我在此地向上苍祷告，希望所有的批评不会伤及任何社员。我们就彼此提携、彼此共勉吧！希望《我们的月刊》能够给这个社会带来良好的影响，并且希望它成为各界人士快乐的泉源。最后，我要引用著名诗人的话，把它当成结尾语。

伟人们所到达的高处，
并非一蹴可就。
他们之所以能到那么高的地方，
无非是在众人皆睡时，
仍然披星戴月地工作。

（听到这段话，彼得非常感动。他认为——就算是《今日企业》也没有这么棒的社论！）

莎士比亚轶事

莎士比亚的全名叫威廉·莎士比亚，不过，他并非一直沿用这个名字。他生于伊丽莎白女皇统治的时代，撰写了很多剧本。据说那些剧本并非莎士比亚独力完成，有一些是其他人使用他的名字写成的。

学校的老师说它是必读的书本，所以我也阅读了两三本；但是我并不喜欢它们，因为里面有好多我不懂的东西。我倒是比较喜欢《家庭指南》所刊载的巴雷利纳的小说。因为巴氏的小说比较富于真实性。我读过莎氏的《罗密欧与朱丽叶》，那是一出悲剧，罗密欧与朱丽叶最后都殉情而死。我一向不喜欢人物死亡的故事，最心仪的小说结尾是男女主角结为夫妻的大团圆，尤其喜欢女主角跟公爵或者伯爵结婚而过着富贵双全的生活。

莎士比亚跟安·哈莎维结婚。当然，他俩都已经作了古。

菲莉思蒂·金克

（彼得慎重地说："我不知道莎士比亚是什么人，但是，洁恩姑妈有好几本有关戏剧的书，待我看完了《圣经》，我就立刻去读那些书。"）

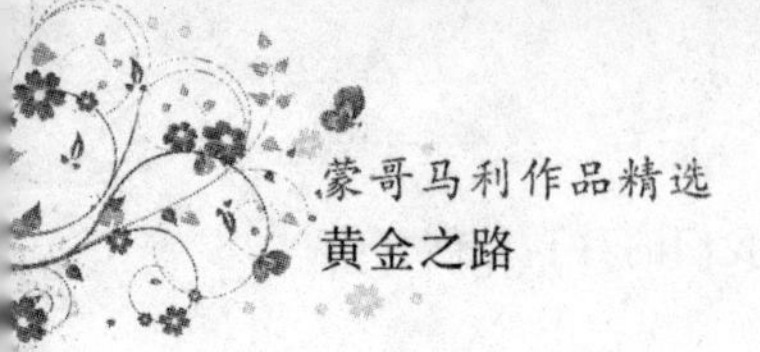

情 奔

这是如假包换的真实故事。故事的发生地为马克德，男主角是我母亲的叔叔，名字叫伯朗。伯朗一直想娶姬玛派亚。菲莉思蒂老是说，姬玛派亚这个名字很不雅，实在不适合用于恋爱小说的女主角。然而，我要说的这个故事是如假包换的真实故事，女主角的芳名确实叫“姬玛派亚”，实在太凑巧啦！

那时，伯朗很贫穷，以致姬玛派亚的父亲不要伯朗当他的女婿。那时，他对伯朗虎视眈眈。如果伯朗想进入他家的话，他就会叫他饲养的狗咬他。

姬玛派亚长得一副沉鱼落雁之貌，伯朗在好几年以前就对她情有独钟，而姬玛派亚也很中意伯朗。但是好事多磨，姬玛派亚的老爸就是瞧不起囊中羞涩的伯朗，不肯让他进入他家，同时也把他的女儿——姬玛派亚软禁在屋子里。

伯朗就一直等到教堂举行圣餐会的那一天。因为姬玛派亚的老爸是长老，于是她跟着家族一起到了教会。伯朗也悄悄地进入教会，他就坐在姬玛派亚家族的后面。举行祷告时大家都把头垂下来，唯有姬玛派亚一直看着上面，伯朗就把他的上半身往前倾，俯在姬玛派亚的耳朵上，不知对她说了一些什么。

正因为我不知道伯朗说了一些什么，所以无法在此地写出来；但是姬玛派亚听了伯朗的话以后，芙蓉面顿时变得红通通，不过，她一直微笑着点头。等到大伙儿在齐唱最后的赞美歌时，伯朗跟姬玛派亚静悄悄地走了出去，到教会外面搭了姬玛派亚父亲的雪橇离去。

待姬玛派亚的家族走出教会时，发觉马与雪橇都不见啦！但是，这并非意味着伯朗偷了马与雪橇，因为到了翌日，马与雪橇又被归还给了姬玛派亚的父亲。

当姬玛派亚的父亲使用别的马车追寻时，他俩已经杳如黄鹤了。此后一直到他俩结婚为止，姬玛的父亲都无法找到他俩。

伯朗跟姬玛派亚过了一段悠长的幸福生活，一直到伯朗当了曾祖父。某一天晚上，伯朗还有说有笑的，但到了翌日早晨，子孙们去叫他时，才发现他已经死了。

彼得·克雷格

我的大冒险

总编辑叫我们每个人都要写一篇自己认为最得意的冒险记。我个人最得意的冒险发生于一年前的十一月，那时，我因为惊骇过度，差一点就踏上了不归路呢！

达林说，如果换成是他，才一点也不害怕呢！菲莉思蒂更说我实在笨得可以。当然啦，只是口头说说，谁不会呢？

那一夜，我去找凯蒂。我出门时曾经如此想——如果奥莉比亚姑妈也在她那儿的话，我就可以跟她一块儿回家了，想不到她不在那儿，以致我必须单独回家。

凯蒂只送了我一小程，走到詹姆斯伯父家时，她再也不肯送我了。凯蒂说，风使劲地刮着，她唯恐自己的牙齿会痛。而

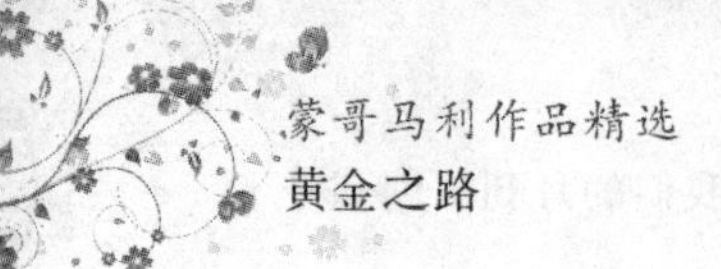

且，到了詹姆斯伯父洼地的木桥上，很可能会碰到狗的鬼魂呢！因为有很多人曾经目睹过。

我非常痛恨凯蒂告诉我这件事情，如果她不告诉我的话，我绝对不会想到狗的鬼魂。

之后，我踽踽独行，心里一直在描绘着狗鬼魂的样子，一边不停地打哆嗦。在这以前，我也听说过很多鬼故事，但是我一次也没有相信。据说那只狗的鬼魂通常在木桥边现形，跟人渡过桥以后就会消失无踪。不，它始终不曾咬过人。

就算完全不相信，我还是有一点儿害怕。于是我不断地告诉自己世上根本就没有鬼魂，一面在嘴里念着《圣经》上面的句子，一面畏畏缩缩地走着。

随着洼地的接近，我的心开始猛跳起来！我的周围一片漆黑，所有的东西都只能朦朦胧胧地看到而已！走上木桥时，我担心狗的鬼魂会跟着我过桥，于是侧着身子以横行的方式过桥。正当走到木桥中央时，我突然看到了某种东西！

从正面看起来，它又大又黑，大约有纽西兰狗一般的大小，而且我似乎还看到了白色的鼻子呢！而且它又在桥上跳过来跳过去！

我真希望读者能够体会到我那时的心情。我害怕得三魂掉了两魂，但是仍有强烈的求生意志，盲目地在桥上奔过来奔过去，而那东西也跑得非常快速，突然撞到了我身上！我仿佛感觉到它用爪子抓我，我跌了一跤，大声地尖叫了起来！

接着，那东西滚到木桥的另外一边，一动也不动了；我已经吓得整个瘫痪，根本就爬不起来。如果不是艾默斯拿着一盏油灯从那儿经过的话，我也不知道自己会如何呢！

我就瘫在木桥的中央，而那东西就在我的身边！

原来，它竟然是一把黑白条纹的大雨伞！艾默斯对我解释说，那是他的雨伞，因为从他手里飞掉了，所以他就回去拿了一盏油灯找它。

其实，那时根本就没有下雨呀，艾默斯为何要撑雨伞呢？我很想如此问他。原来，他们一家人都是怪怪的！关于这一点，只要想想艾默斯的哥哥杰利卖神画之事，就可以窥出一点端倪来。

艾默斯最后送我回家，如果我不曾碰到艾默斯的话，不知道要变成怎样。我感激艾默斯，可是，我一整晚都睡不着觉。我发誓再也不做那种冒险了。

雪莉·金克

最新消息

达林·金克氏在圣诞的翌日，感到身体有一点儿不舒服，或许是碎肉派吃得太多了吧。

（听到这种说法，达林老大不说：“不可能！我只吃了一片！”）

彼得·克雷格氏在圣诞夜看到了先祖的幽魂。不过，别人都认为他只是看到了红尾巴的白色小牛！

（彼得听了吹胡子瞪眼地说：“世上哪有小牛会用两条后腿站起来，再双手合十的呢？”）

雪莉跟凯蒂度过了十二月二十日那一夜。她俩一整夜都在编织花边，谈论男朋友和新型的花边。正因为如此，翌日雪莉上学时非常困倦。

（雪莉大为愤怒地说："我俩根本就没有说过那种话。"）

巴弟氏昨天好似健康受损，但是到了今天，似乎又恢复了。

金克氏一家，一月时将招待伊蕾莎姑妈来家作客。伊蕾莎姑妈是我的姑奶奶，我从来就不曾看过她。据说，她的耳朵不灵光，而且不喜欢小孩。因此，加妮特伯母说，待伊蕾莎姑奶奶驾临时，我们最好避开她。

雪莉小姐正忙着在教友的布片上绣名字。想绣在角落的人必须付五分钱，想绣在中央的人必须付十分钱，完全不绣的则付二角五分钱。

（雪莉大发娇嗔地说："根本就没有那回事！"）

广 告

征求使肥胖少年消瘦的治疗法。这是《我们的月刊》为"烦恼的少年所提供的服务"。

（菲利克愕然地说："如果是雪拉的话，就不可能写这种胡诌的东西了。"）

家庭栏

亚历山大·金克氏夫人，在十二月二十日那天宰了全部的鹅，我们全都帮着拔毛。在圣诞夜吃了一只，剩下的，在冬季每两个星期吃一只。

前一周做的面包，由于母亲不听我的劝告，以致全部变得酸酸的。我对她说过炉火太热，但是她偏偏不听。

菲莉思蒂小姐最近发明了“约会饼”的创新烤法，大伙都说好棒！但是，在此我不想把制作的方法公开，否则的话，不是会变得毫不稀奇了吗？

给感到气恼的读者——如果你想消除墨水痕迹的话，可以先使用蒸汽蒸上一会儿，再用盐巴与柠檬汁擦拭就行了。

如果达林来信询问的话，我就会忠告他，别使用衣袖擦墨水。如此衣服就不会沾到墨水了。

菲莉思蒂·金克

礼仪栏

答菲利克：每当有必须送女性回家的场合时，男士必须自告奋勇。可是在道晚安时，不要让女性在门外站太久。

（菲利克非常气恼地说：“我才不会问这种问题呢！”）

答雪莉：日常会话里，不宜加入“混蛋”或者“去你的”，因为这些都不是高雅的字眼。

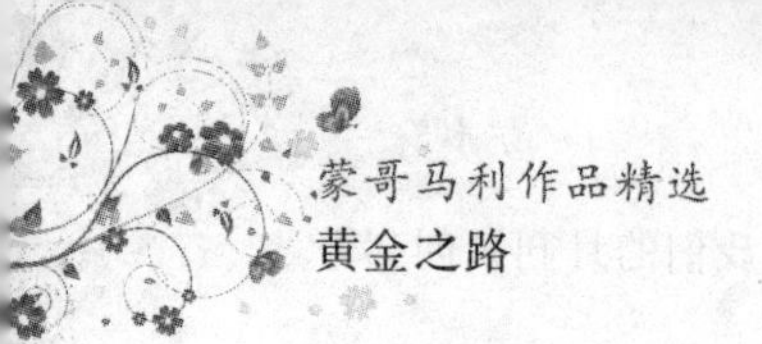

（雪莉拿着盘子到地下室装新的苹果，没有听到，因此，这个部分在没有抗议之下通过。）

答雪拉：光是哭泣，不能说是礼仪端正。至于是否该招待某个男性进屋，这就要看那个男性是否自发地把你送回家里，或者是否是年长的族亲把你送回来的，然后才能够做决定。

答菲莉思蒂：取下你心仪男性的上衣扣子作为纪念并不算违反礼仪，不过不能取两个以上。否则的话，一定会被他的母亲发觉。

达林·金克

流行情报

以这个冬季来说，使用棒针编织的领巾远比用勾针编织的领巾流行。此种领巾跟帽子搭配也颇为优雅。

以手部的装饰品来说，红色而配有黑钻石花纹的手套也颇为流行。爱伦·佛莲的奶奶就编织了这种手套给她。爱伦的奶奶能够织出双重钻石的花纹，爱伦也颇以为傲；但是根据我的看法，钻石的花纹只要一个就足够了。

马克汀的崭新冬季帽子非常标致。在选帽子时，真是令人兴奋。可惜，男孩子不能体会到这种喜悦，因为他们的帽子都是千篇一律的呀！

雪莉·金克

笑 话

这件事是如假包换的真实事件。

有一名年纪很大的乡下说教家——沙米尔·克拉克，这位老先生，就跟职业牧师一样，为人祷告，为人说教，并且安抚病人。

有一天，他为垂死的邻人祷告。这位邻人因为太贫穷而不断工作，根本就没有时间信仰宗教。因此，他就为这个邻人祷告。他最后结尾说道："哦！主耶稣啊！如果你不相信我的话，请你看看我这位邻居的双手吧！"

菲利克·金克

常识篇

达林问：海豚会长成藤蔓，或者会长成大树吗？

笔者答：不是的，海豚居住在深海里。

菲利克·金克

达林仿佛受到伤害一般："哼！我从来就不曾听到过什么海豚呀！因此，我以为它是长在地面上的东西呢！不过话又说回来啦，为何要让达林这两个字上报呢？"

菲利克："我根本就没有问任何问题，谁知你却用我的名字写出所谓的问题，所以，我们已经扯平啦！"

雪莉以哄人的口吻说："不要吵嘛……你们俩都只是开玩笑

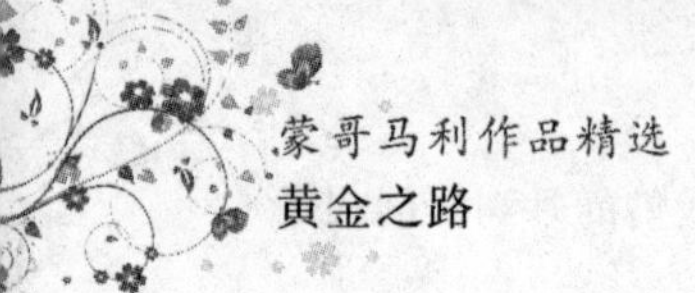

罢了！《我们的月刊》的工作人员应该都很文雅嘛！”

菲莉思蒂不晓得说故事的女孩在她的背后向我使眼色，因此说：“是啊，就是那样。尽管如此，但是刚开始时，仍然有人反对呢！”

这实在是非常天真又快乐的一种游戏！一面朗读稿子，倾耳静听，一面大啃苹果，开怀大笑。风啊，你尽管吹吧！不管如何强暴的风，都不能熄灭我们胸中的烈火。

《我们的月刊》虽不可能在这个世上卷起惊天动地的旋风，亦不可能产生叱咤风云的效力，但是对我们来说，却已是莫大的乐趣了 。

第六章

伊蕾莎来访

那是二月的某一天，也就是一个钻石一般的冬日——天空澄清、寒冷、凛冽，万里无云的晴天，几乎叫人睁不开眼睛，银白一色的荒野和小丘在闪闪发亮，阿雷克伯父屋檐的冰柱发出刺眼的光彩。

覆盖在我们世界的寒霜亮闪闪，冰雪则冻得钢铁一般坚硬。金克一家的小孩们聚在一块儿吵吵闹闹的，好似非常快乐的样子。那天是礼拜六，难怪大人们要我们留在家里看守。

前一天，加妮特伯母跟奥莉比亚姑妈处置了一些家禽，展开了一场“大屠杀”。大人们一早就到夏洛镇去了，因此小孩子们得看守一整天的家。大人们在临走时，留下了一大堆让我们注意的事项，但是有些重要的事项却被他们忘了。

只要是由菲莉思蒂掌管一切，问题就难免出现，因为她实在不靠谱到了家。不过，还好有说故事的女孩跟彼得的“联机”作业。

为了在午后充分地享乐，我们准备把一切杂事都在上午做完。午餐后，我们整理草坪，然后一直到晚餐以前，我们都打算到小丘上玩雪橇。

但是，老天给我们的安排实在叫人失望透啦！当我们准备吃点心，女孩们正在准备盘子时，菲莉思蒂瞧着窗外，大声嚷叫了起来："哇！大事不妙啦！伊蕾莎姑奶奶来啦！真气人！为何在这时光临呢？"

我们排成一列往外看时，的确，一个高高挑挑、头发花白的女人，正满身飘散着谜一般的气息，一步一步地朝我家迫近。听说，伊蕾莎姑奶奶来探望马克德的亲戚，而让我们痴痴地等了她好几个星期。

这个古怪的老太婆喜欢看人惊惶失措，所以，我们都有一种被突击的心理准备，但是做梦也想不到，她会如此突然地光临。至于我们为什么不欢迎她来访呢？这是有原因的。

第一，我们这些孩子里面，没有一个人看过她。其次她的耳朵近乎全聋，对于孩子的礼节却近乎苛求。

达林开始吹起口哨："我们尽可以痛快地大吵特吵呢！姑奶奶就像邮筒一般，对声音没有任何反应。就算发出了地裂的声音，她也听不到的。看我翻跟斗。"

"达林，你怎么能那样说呢！"雪莉表示愤怒，"姑奶奶年纪那么大了，又是孤零零一个人，据说，她以前吃过好多苦呢！她的前三任老公都过世啦！我们要尽量对她亲切，使她快快乐乐地过日子。"

“啊！她就要进入厨房啦！”菲莉思蒂看着厨房说，“达林呀！今天早晨，我不是叫你铲掉大门口的积雪吗？雪莉，你快把这里的锅子都搬到食品贮藏室去吧！我得把长靴收拾收拾，菲利克——你把壁橱关起来吧！彼得，雪拉，你俩去整理客厅，姑奶奶很严肃呢，姑奶奶的家干净得会发亮呢！”

在对别人下命令时，菲莉思蒂本人也忙东忙西的。因此，当姑奶奶横穿庭院，来到了厨房的两分钟之内，厨房里面已经被整理得面目一新。

“算我们运气好，客厅已经整顿好了，厨房也有很多吃的东西。”菲莉思蒂说，只要厨房里还有不少东西，就不必担心礼节不够周到了。

有人用力敲门，以致交谈中断。菲莉思蒂去开门。

“啊！欢迎！请进！伊蕾莎姑奶奶！”菲莉思蒂使尽了她所有的声音喊叫起来，“请进！请进！欢迎您的光临，我们等你好久啦！”

“你的父母亲在家吗？”伊蕾莎姑奶奶慢条斯理地问。

“碰巧不在，他俩都进城去了。晚上才会回来。”

“真不巧，他俩都不在家。那我只在这里待两三个小时吧！”伊蕾莎姑奶奶说着，走进屋子里面。

“啊！那太叫人失望啦！”可怜的菲莉思蒂大声地说，再以愤怒的眼光看着其他的孩子，责怪他们为何不帮着说几句话，“我们以为您能停留一个星期左右呢！您为何不住到星期天呢？”

“实在是没有办法呀！今夜我就得到夏洛镇去了。”伊蕾莎

姑奶奶回答。

“请您脱下外套吧！至少，您可以喝一杯茶吧！”菲莉思蒂尽量压抑她紧张的声调说着。

“好吧！那就这么办吧！我……我想认识你们每个人。”伊蕾莎姑奶奶以和悦的表情看着我们说道。这种态度跟我们对伊蕾莎姑奶奶的印象大不相同，因此，对于她眼睛的柔和表情，我们仍然不敢相信。

“你们自我介绍一下吧！”

菲莉思蒂大声地喊出每个人的名字，伊蕾莎姑奶奶跟每个人都握了手。因为她跟我们交谈时，还是紧绷着面孔，以致我确定她刚才的柔和表情可能是来自我的错觉。

她的个儿很高挑，显得威风凛凛，实在有那么一点儿姑奶奶的架式。

菲莉思蒂跟雪莉把她带到客房参观，然后请她到客厅坐下，之后大家到房厨商量对策。

“好吧！你们认为姑奶奶的为人如何？”达林问。

“嘘！”雪莉用余光瞄了一下半开的门，提醒大伙儿。

“哼！她根本就听不到呀！她是聋子，对不对？”

“她没有我想象中的老迈嘛！”菲莉思蒂说，“如果不是她的头发已经半白，看起来就跟母亲差不多嘛！”

“姑奶奶不一定要很老啊！”雪莉说，“凯蒂就有一位姑奶奶，年纪跟她的母亲相同。正因为伊蕾莎姑奶奶死了三个老公，头发才会白成那种样子。可是，伊蕾莎姑奶奶并没有我们想象

中的严肃啊！”

“她比我们想象中更为时尚呢！我以为她是一个乡下老太婆呢！她身上的衣裳很不错！”菲莉思蒂说。

“如果她的鼻子再端正一点的话，她的脸就会好看多啦！她的鼻子太长，而且又弯弯曲曲的……”彼得有点可惜地说。

“你不要刻意批评我们的亲戚！”菲莉思蒂斥责彼得。

“咦？你不是也时常批评吗？”彼得回嘴。

“那不同。不许你再对伊蕾莎姑奶奶的鼻子大作文章。”

“喂！你让我说一句话好不好？我实在不想跟伊蕾莎姑奶奶说话。”达林说。

“我们要善待伊蕾莎姑奶奶，”菲莉思蒂说，“因为她是一个富婆；但是如何款待她，真是个大问题呢！”

“如何善待富有、又老又聋的姑奶奶——《家庭指南》里面有没有写呢？”达林有点冷嘲热讽地说。

“《家庭指南》写着——对任何人都要亲切！”雪莉狠狠地瞪了达林一眼。

“最苦恼的是家里连一片面包都没有。爸爸说，姑奶奶不吃刚刚出炉的新面包，因为那种会让她消化不良。”菲莉思蒂满面忧愁地说。

“你可以做一盘炸面包片，再对她说，家里没有旧面包啊！”说故事的女孩揶揄菲莉思蒂。想不到，菲莉思蒂竟然把它当真了。

“真的没有办法时，《家庭指南》上说——诚意地赔罪吧！

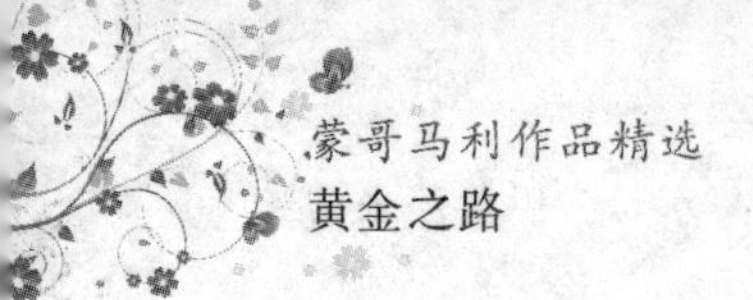

不过我看还是这样比较好——雪莉你到隔壁去要一些旧的面包吧！炸面包倒是一个好主意，我会做一大锅的！”

“你让我做吧！现在我会做出非常可口的炸面包片了呢！”说故事的女孩说。

“不行！我一旦信任你，后果就不堪设想了。”菲莉思蒂感觉到进退两难。

“万一搞砸了，伊蕾莎姑奶奶一定会到处去宣传我们金克家的女孩很差劲，因为她是一个口无遮拦的老太婆呢！炸面包片就由我来做吧！对啦！姑奶奶讨厌猫咪，你可千万别让她瞧到巴弟。姑奶奶是美以美派教徒，所以你们千万别说美以美派教徒的坏话，知道吗？”

“我这就去准备茶点，你们得好好招待姑奶奶哦！”菲莉思蒂说，“你们可以拿相簿给她看。达林，你去拿吧！”

“我才不干呢！那是女孩的工作。你要叫我坐在伊蕾莎姑奶奶的身边，对她一一解释——他就是吉姆叔叔，她是雪拉家的双胞胎对不？我才不屑如此做呢！你叫雪莉或者说故事的女孩去吧。”

“可是，我并不完全认识相簿里的人啊！”说故事的女孩很焦急地说。

“看样子，只有我才能做了？坦白说，我也不想干这种事呢！”雪莉叹了一口气说，“我得走啦！我们把姑奶奶扔下太久啦！她会认为我们是不懂礼貌的小鬼呢！”

虽然我们并不是很情愿，但是仍然一个接一个地进入客厅。

伊蕾莎姑奶奶把穿着漂亮鞋子的双脚放在火炉旁边，安详地歇着。虽然姑奶奶的耳朵近乎听不见，但是雪莉仍然想尽她的义务。于是她把那本厚重的相簿拖了出来，开始一一地介绍家族。

雪莉已经尽了心，但她的声音远不及菲莉思蒂的响亮。事后她曾经对我说，看样子，伊蕾莎姑奶奶仿佛是一句话也没有听进去，只是张开她的嘴儿，而且对照片里的人物似乎也漠不关心。

看来，伊蕾莎姑奶奶是沉默寡言的人。她一直在凝视着照片里的人，偶尔也会莞尔一笑。

她的好奇眼光在照片上扫来扫去，实在跟大人们描述的伊蕾莎姑奶奶有着很大的不同。她对于雪莉的体贴，不时地表示感谢之意。

至于其他人呢？无非感到无聊透顶。说故事的女孩嘟着一张嘴坐在那儿。她对于菲莉思蒂不让她做炸面包片一事感到愤怒，而且，她又不能用她那黄金般的声音和超人的谈话术吸引姑奶奶，因此感到非常窝囊。

菲利克跟我面面相觑，彼此都认为——假如能够爬到小丘上，再滑下光闪闪的雪地，那该有多好。

不过，令人轻松快乐的时刻还是到来啦！达林坐在姑奶奶的后面，由于偏离了姑奶奶的视线，他感到毫无顾忌。当雪莉在耐心地说明下一张照片时，他就在那儿加油添醋，胡诌一通。雪莉千方百计地想阻止他，但是一点用处也没有。

这种叫人捧腹的事情能够放弃吗？在接下来的三十分钟里，交谈就有如上述一般进行着。彼得、菲莉思蒂、我，以及说故事的女孩都笑得前仰后合。伊蕾莎姑奶奶虽然耳朵不灵光，但是眼睛的功能却是正常的。

雪莉大声地吼叫："他是马克德的约瑟夫利奥，是我母亲的表哥。"

达林说："他又有什么好夸耀的啊！他生平一副吊儿郎当的德行，凡是'母'的动物，他都会拼命地追呢！"

雪莉说："这个并不是我们家里的人。他是罗佳伯父以前雇用的工人——沙毕杰。"

达林："有一次，罗佳伯父叫沙毕杰去修门窗，他却慢吞吞地做，所以罗佳伯父就骂了他几句。想不到沙毕杰暴跳如雷地说：'你以为我能把那一扇门怎样呢？我又不曾学过那种魔术。'"

雪莉白了达林一眼说："他是史蒂芬伯父。"

达林："他结了四次婚，好像还不够！"

雪莉："这是安普洛丝的表弟，在西部的一所学校教书。"

达林："是吗？罗佳伯父说他是白痴呢！因为他跑到荒野睡觉时，还让自己家里的门户大开呢！"

雪莉："她是斯大林小姐，两三年前曾经在卡拉尔教过书。"

达林："斯大林小姐提出辞呈时，评议会的人员正在开会。于是，他们以提高薪水为条件，希望斯大林小姐继续教下去。那时，生长于高地的森迪爷爷还健在，他站起来说：'她要走的话就让她走吧！女大不中留，敢情她是要去找老公呢！'"

雪莉满面苦恼地说:“这就是雷顿先生，他一直在卖《圣经》、赞美歌集，以及说教所用的各类书籍。”

达林:“这个家伙瘦得前胸贴后背，罗佳伯父时常把他看成空气的裂缝呢！有一天夜晚他也出席祷告会。马威德先生就拜托他领导大伙儿祷告。那时已经连续下了三个星期的雨，偏偏又遇到晒干草的时期，大伙担心继续下雨的话，干草会报销，便请雷顿为大家的福祉祷告。雷顿先生就站起来，开始喃喃地祷告——神啊！请普降甘霖，以利农作物的成长！坐在我后面的罗佳伯父，气呼呼地对邻座的人说:‘喂！快把那个疯子赶走！否则今年咱们就晒不成干草了。”

雪莉因为愤怒而浑身发抖:“达林，你竟敢说出那种失敬的话，难道你不感到羞耻吗？”

“这个是苏考德先生的妻子。她一直在生病。”

达林:“罗佳伯父说，她之所以还活着，是因为不甘心她的老公再娶老婆。”

雪莉:“这个人一直住在坟墓后面。他就是詹姆斯·法克逊爷爷。”

达林:“他时常对我妈说，他会用浓红茶与重碳酸钠制造红药水。”

雪莉:“他是我们的表哥——麦克法森，住在马克德尔街道。”

达林:“他可是滴酒不沾，自从他出娘胎至今，甚至连莱姆酒也不曾喝过呢！他到了四十五岁时罹患麻疹，而变得跟疯子一样。医生嘱咐家族给他白兰地喝。喝了白兰地以后，麦克法森把

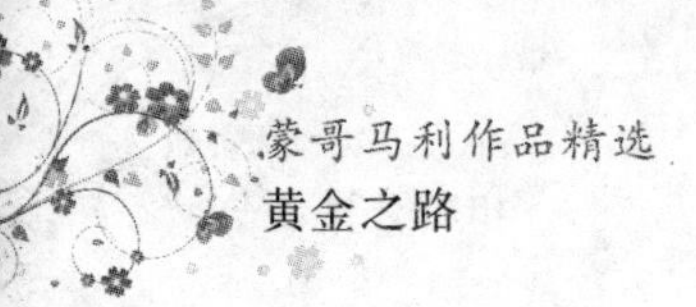

头抬得好高，像猫头鹰一般庄严地说：‘再给我多喝一点吧！’”

雪莉可怜兮兮地说：“达林，拜托你！你再这样的话，我实在说不下去啦！这个人是李伦，是一位牧师。”

达林：“你们仔细瞧瞧他的嘴巴。罗佳伯父说，他的拉链松啦！难怪他的嘴唇会那么下垂！”

达林自己的嘴唇本来就不美，谁知道他又刻意模仿李牧师嘴巴的样子，叫彼得、菲利克以及我再也忍俊不住，疯了似的大笑起来。那种惊天动地的“神经笑”就连伊蕾莎姑奶奶的鼓膜也被震动了，她充满好奇地抬起头来。

如果这时菲莉思蒂不慌张地在门口出现的话，我们不知道已经变成如何了。

“雪莉，你过来一下！”

雪莉因为一时获得“解放”，高高兴兴地飞奔到厨房。她问菲莉思蒂干什么的声音，我们每个人都听到了。

“你还问哩！”菲莉思蒂以悲剧的口吻嚷了起来，“一切都完蛋了呢！不知谁把蜜糖放在盘子里，搁在厨房的桌上，巴弟进来啦！你猜它干了什么好事？它四脚沾满泥土地进来，又在伊蕾莎姑奶奶的外套上踩来踩去，搞得外套上都是它的脚印，姑奶奶不使性子才怪！”

我很担心地瞧了瞧伊蕾莎姑奶奶。还好，她正全神贯注地瞧着加妮特伯母姊姊的双胞胎照片。在我的眼里，这对双胞胎又丑又不惹人疼爱，想不到，姑奶奶竟会那样地喜爱她俩。

雪莉清脆的声音从厨房传了过来：“我们用脱脂棉沾清水擦

擦看，看能不能把蜜糖擦掉。”

“好吧！你说得很有道理，我们就那样做吧！如果说故事的女孩不把猫放进来就好啦！”菲莉思蒂大感不满。

说故事的女孩为了保护自己的猫，从客厅飞奔出来，留下四个男孩大眼瞪小眼，不知如何跟姑奶奶周旋；想不到她一直在看照片，根本就懒得理我们。或许她已经忘了我们的存在了。

旋即，女孩们又回到了客厅。事后我听她们说，巴弟所干的“好事”完全被她们摆平了，她们把姑奶奶的外套跟帽子弄得干干净净，就连姑奶奶也看不出来了。

菲莉思蒂说，大伙儿进去喝茶吧！雪莉把姑奶奶带到餐厅，我们则留下来讨论事情。

“我们拜托姑奶奶做饭前祷告吧！”

“我曾经听说过！”说故事的女孩说，“罗佳舅舅年轻时曾经到过姑奶奶家。姑奶奶就请他做饭前的祷告。因为罗佳舅舅从来就没有这种经验，以致脸涨得通红，结结巴巴地说：‘我……我……啊……真对不起。我实在做不来。’他如此说着，抬起头来时姑奶奶却大声而高兴地说‘阿门’。姑奶奶以为罗佳舅舅所说的那些话，就是祷告词呢！”

“你不应该把那一段插曲当成笑话。”菲莉思蒂冷冷地说，“我在问你的意见，并不是在叫你发表高论。”

“如果不请姑奶奶的话，那就由菲利克祷告吧！因为除了他，再也没有人能够祷告了。如果不祷告的话，姑奶奶一定会吓一大跳的！”

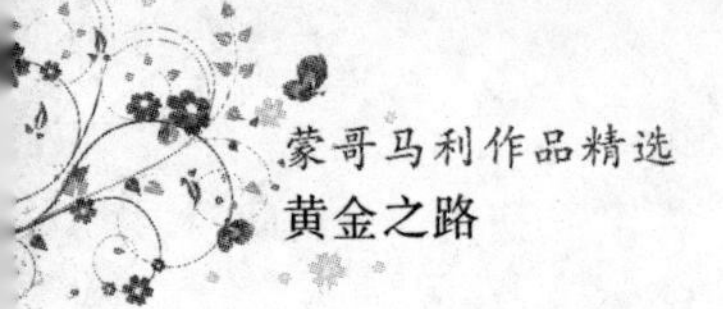

“哇！那就叫姑奶奶祷告吧！”菲利克慌张地说。

结果呢？真的由姑奶奶祷告。

祷告以后，就开始吃菲莉思蒂所准备的晚餐。其中似乎是炸面包片最对姑奶奶的胃口，因为她一共吃了三片，而且还赞不绝口。至于其他东西，她什么也没有吃。在晚餐的前半段，我们一直沉默地枯坐着。不过接近结尾时我们就不再缄默了，因为说故事的女孩说了一段夏洛镇的往事，是在开拓时代因为芳心破碎而亡故的总督夫人的罗曼史。

“可是，那并不是事实，”菲莉思蒂说，“总督夫人死亡的真正原因在于消化不良。现在的总督夫人却是我们的亲戚，她是我们亲表姊的表姊，名字叫爱克妮·克拉克，可惜我不曾见过她。我们父亲年轻时对她如醉似痴，她也对我们父亲颇有好感呢！”

“是谁那样说的呀？”达林吼了一声。

“是奥莉比亚姑妈讲的！我曾经听母亲以这件事取笑父亲。当然啦，那是父亲在认识母亲以前的事情。”

“你父亲为何不娶她呢？”我问。

“咦？那是对方不想跟父亲结婚呀！她对父亲厌倦了！她是一个水性杨花、见异思迁的人——奥莉比亚姑妈说的。在这件事以后，父亲非常地沮丧，一直到认识母亲以后才恢复过来。奥莉比亚姑妈说，爱克妮长着满脸的雀斑。不过在日后，父亲仍然跟她维持着朋友的关系。如果父亲跟她结婚的话，我们就成了总督夫人的孩子啦！”

“可是……如果那样的话，她就不是什么总督夫人了。”达

林说。

“成为父亲的妻子也很不错啊！”雪莉很体恤地说。

“如果看到了总督，你可能就不会那样想。”达林嘻嘻地笑着说，“罗佳伯父说，那个总督很不平凡，能当成神像拜拜呢！”

“罗佳伯父也真是的！正由于政治的立场不同，他才把总督说成那种德行，”雪莉说，“总督才没有你形容的那样丑陋呢！两年前，我到马克尔野餐时曾经看过他。他长得很胖，秃头，一张脸红通通的；但是，比他丑陋的男子多的是。”

“伊蕾莎姑奶奶，你坐的地方，会不会太靠近火炉？”菲莉思蒂叫了一声。

我们家的客人染红了一张脸，可是她摇摇头说：“不会的，我坐在这个位置感觉很好。”不过她的声音，有一种奇妙而发抖的迹象。我以为伊蕾莎姑奶奶在笑呢！我偷偷地看了她一眼，她始终一脸严肃的样子。只是眼睛的表情叫人可疑，但是我们不曾在餐桌上提起这一点。

喝完茶，伊蕾莎姑奶奶说她非走不可了。菲莉思蒂再三地挽留，但是姑奶奶说什么也要走。菲莉思蒂把姑奶奶带到客厅时，雪莉悄悄地走到楼上，手里拿着一包东西下来。

“你带什么东西下来了啊？”菲莉思蒂怀疑地问。

“是装着玫瑰花瓣的袋子，我想送给伊蕾莎姑奶奶。”

“你怎么能那样呢？”菲莉思蒂说，“姑奶奶会认为你疯了呢！”

“可是，我叫她在我衣服上刺绣时，她很大方地答应了呢！所以，我一定要把玫瑰花送给姑奶奶，菲莉思蒂姊姊。”

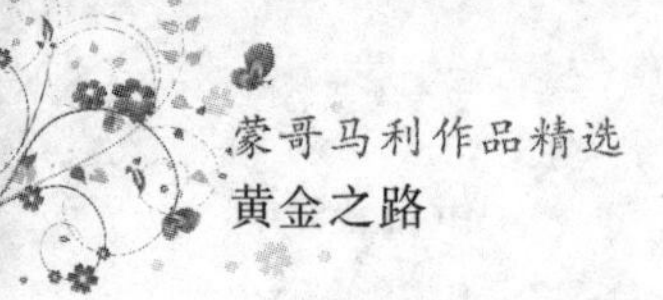

伊蕾莎姑奶奶很高兴地接受了雪莉可爱的礼物，对着我们告辞。她一再说此行令她非常愉快，并且叫我们代她问候父母，然后就回去了。

我们看着高挑的她以稳重的步伐横越庭院，消失于小径的那一边。接着，我们又回到了暖炉旁边，坐在温暖的火炉前面。户外，白色的地面让落日镶了红色边；冬日的黄昏之风开始吟诗唱歌；微微地发光的银色之星，在大柳树梢上等待着黑夜降临。

“啊，累死我了！”菲莉思蒂叹了一口气，“幸亏姑奶奶走了，否则的话，我不知道要忙到什么时候呢。的确，有如母亲所说，她的确有些古怪。”

“她虽然有那么一点儿古怪，但是并不讨人厌，”说故事的女孩沉思着说，“但是，她似乎散发着一股不像是姑奶奶的气息。当然，我并不是说，不喜欢她。”

“我是绝对不喜欢她。”达林说。

“好啦！你们都别再说啦！反正，她已经回去了。”雪莉舒了一口气说。

但是，他们仍然不能舒一口气呢！不管站在哪一方面来说都是如此！因为大人们一踏入门坎以后，加妮特伯母就说：“你们请总督夫人喝茶了吗？”

听了这句话，我们目瞪口呆，一句话也说不出来。

“母亲，你到底在说什么呀？”菲莉思蒂说，“除了伊蕾莎姑奶奶，我们不曾请任何人喝茶。姑奶奶在下午来过这里。”

“伊蕾莎姑奶奶？那是万万不可能的！她一整天都在露伊莎姑奶奶家。我一直陪着她喝茶呢！李斯利总督夫人真的没来过？我从夏洛镇回来的途中见到了她。她刚刚拜访过了卡拉尔的朋友，表示要来此地看看你们父亲，因为她跟你们父亲是好朋友啊！咦？你们到底怎么啦？为何一副魂不守舍的样子啊！”

“喝茶时，的确有一个妇女，”菲莉思蒂畏缩地说，“我以为她就是伊蕾莎姑奶奶呢！因为她并没有说她并非姑奶奶！我一直感到她有点儿可疑……天哪！我以为她是聋子，从头到尾大声嚷嚷呢！而且啊……我们又在肆无忌惮地批评她的鼻子……巴弟又弄脏了她的外套和帽子……”

“拿照片给她看时，达林所说的刻薄话，她一定全部都听到了！”雪莉尖叫了起来。

“我们在喝茶时，又把总督批评得一文不值……”

不知后悔为何物的达林吃吃笑了出来。

“到底发生了什么事情？你们可得一五一十地告诉我！”加妮特伯母说。

不久以后，把我们片断式的谈话连接起来后，她就恍然大悟了。伯母不停地打哆嗦，伯父也表示出心乱的样子。但是，罗佳伯父却捧着肚子大笑，奥莉比亚姑妈也跟罗佳伯父一唱一和。

“你们如果聪明一些就好了！”加妮特伯母好似很不高兴。

“她也真是的！为何要装成耳聋的样子呢？”菲莉思蒂说着，好像就要哭出来了。

“爱克妮最会捉弄人了。想必整个下午，她都感觉到很愉快

吧？”罗佳伯父笑着说。

翌日，从爱克妮写来的信中，确实让我们感觉到她必定很快乐。她写着：

给雪莉等一伙孩子们：

请原谅我装成伊蕾莎姑奶奶的样子，我也知道这样做会使你们惊讶不已，但是我就是拒绝不了这种捉弄人的诱惑。如果你们原谅我的话，我也会原谅你们所说的有关总督的一切。我们做个朋友吧！总督虽然不是美男子，可是，他的确是一个很好的人。

我在你们家过得很快乐。伊蕾莎姑奶奶有你们这样的好亲戚，实在叫人羡慕。

你们实在对我太好了，但是我为了避免暴露身份，不敢以我本来的温柔态度对待你们，实在非常抱歉。等你们来总督邸游玩时，我一定会好好地招待你们。下次进城时，请务必来玩。不能看到巴弟实在感到遗憾，我一向非常喜欢猫呢。就算它弄脏了我的外套，我也不会在乎！

雪莉，我非常感激你送我的那袋玫瑰花瓣。它们仿佛一个玫瑰园，飘散着令人沉醉的香气。我已经把它们夹在客房的床单下面了，下次你们来时，就睡在它的上面吧！

你对达林说，他的照片说明很有趣呢！他的说明，跟一般人的说明方式刚好相反，实在很新鲜。

菲莉思蒂，你做的炸面包片真是一级棒，你可以教我做

吗？我非常地喜欢。

爱克妮·李斯利

“想不到她会感谢我们呢！嗯……真不错。”达林说。

“如果我们不说总督的坏话就好了。”菲莉思蒂感到烦闷。

“想不到，你的炸面包片做得这么好。”加妮特伯母说，“使用碳酸苏打跟酒石英（酿葡萄酒时，沉淀于桶底的酸味结晶体）的话，很少有成功的例子。”

“厨房里多的是发酵粉。”

“根本就没有啊！星期四我做饼干时全部用掉了呢！”

“可是，还有另外满满的一罐，就在最上层的柜子上。妈妈，那罐子上面贴着黄色纸条……你忘了还有那一罐吗？”

加妮特伯母张开了嘴，凝视着她漂亮的女儿。不久以后，从她的表情惊讶变成了恐怖，叫了起来：“我说菲莉思蒂啊！你难道真的用了那个黄色罐子里面的东西？你不至于那样吧？”

“可是，我真的用了呀！”菲莉思蒂开始感到恐怖，以致结结巴巴地说，“可是……妈妈……它到底是什么东西呀？难道……”

“天哪！那是牙粉呀！去年冬天，你的表姊玛依拉来此地时打破了牙粉的罐子，所以我就把牙粉装入那个黄色罐子里面。可是她在临走时忘了带，所以我就一直把它搁在柜子的最上一层。昨天，你们似乎都中了邪啦！”

真是可怜的菲莉思蒂！如果她对于自己的烹饪手法不是那么自信，又不曾对他人的过错嗤之以鼻的话，至少也会有几个

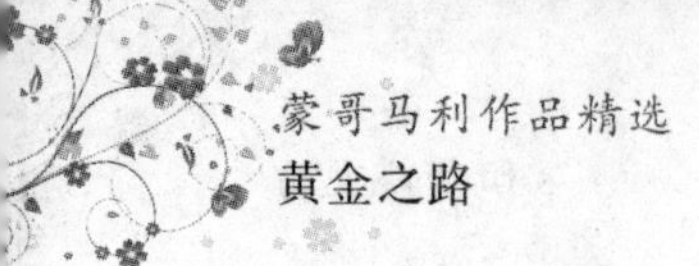

人安慰她。

说故事的女孩也在暗地里品尝到胜利的喜悦。不过，彼得却凭着他的男子气概，卫护着心爱的女性："好歹，那些炸面包片很好吃，对不对？至于使用什么使它们膨胀起来并不重要啊！"

不过，达林却不饶她，就算长大以后，每当他跟菲莉思蒂吵架时，仍然会往事重提。

达林挖苦着说："菲莉思蒂啊！你别忘了给总督夫人一张材料的分量表啊！"

菲莉思蒂的眼眶噙着泪水，双颊染上了悔恨之色，从屋里奔了出去；而总督夫人永远也得不到炸面包片的分量表了。

第七章

拜访玛蒂堂姊

在三月的某个星期六，为了拜访我们的大堂姊，我们一伙人徒步走到贝华达。如果是从街道走到贝华达的话，足足有六英里的路程，但如果抄近路，穿过山丘、原野和森林的话，则不到三英里路程。

事实上，我们并不喜欢这次造访。因为在大堂姊玛蒂的家只有大人，没有一个小孩。而且那些大人似乎不曾记得自己也有过童年。

然而菲莉思蒂却一再对我们说，每年至少要拜访大堂姊玛蒂一次，否则的话，会惹得她不高兴。既然如此，那就不如早早地了却这桩事比较好。

“至少我们可以吃到一顿丰富的午餐。玛蒂的烹饪功夫非常地到家，而且她又慷慨大方。”达林说。

“你呀！老是想着吃的问题。”菲莉思蒂笑着说。

“是啊！民以食为天。没有吃的东西，生活上还有什么乐趣

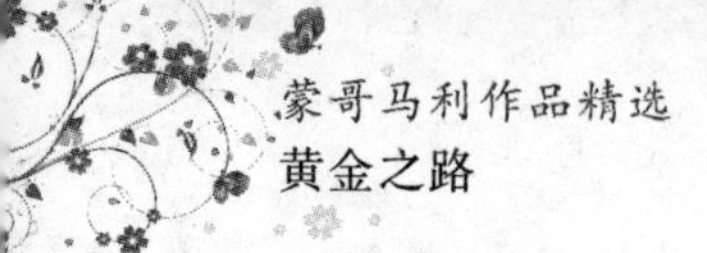

可言吗？可爱的小姐。”

自从新年以来，针对着与菲莉思蒂的相处方式，达林想出了新的花招。他是否是为了遵守誓言才如此做的呢？或者这种做法比起顶嘴来，更能够使菲莉思蒂厌恶呢？关于这一点，我们就无从知道了。

达林对于菲莉思蒂的冷嘲热讽通常以礼相待，再加上一种肉麻的称呼，有点疯言疯语。可怜的菲莉思蒂听到了这种话以后，立刻就会暴跳如雷。

以那一天来说，阿雷克伯父并不希望我们外出。他看着灰色的地灰色的天，便断定暴风雪就要来临了。不过，玛蒂大堂姊已经知道我们要到她那儿去，所以，我们很不希望叫她失望。在这种情形下，阿雷克伯父对我们说，万一碰到了暴风雪，那就别回来，在大堂姊那儿过夜就好了。

我们一路上很快地走着。菲利克受命为《我们的月刊》写一篇造访记，虽然如此，他仍然显得很快乐的样子。虽然外面是灰蒙蒙的冬季天色，但是仍然奈何不了我们。我们走在黄金之路上，心怀风光明媚的春天。

我们一路上嬉笑着，说一些俏皮话。说故事的女孩为我们讲了好几个故事——都是一些有关古代的神话和传说，使我们忘了路途的遥远。

而且，我们一路顺畅。最近，白雪曾经融解了一次，路面十分坚硬，利于步行。

我们越过了如蜘蛛网一般的灰色栅栏，枯叶撑开霜雪的原

野；我们曾经一度徘徊于小丘的松林里面——那只有巨木和寥寥寒星；接着又踏进了一片枞树和枫树里。

此地就是贝克·保恩所盖的房子的范围。现在，我们走的这条路必须经过她家的旁边。“神啊，您就保佑我们不会碰她吧！”我在内心里如此祷告着。

自从发生了巴弟的诅咒事件以来，我们实在不知道应该把贝克看成何种人。当我们在走过她的势力范围时，就是平常最为瞻前不顾后的人也屏住呼吸，一颗心七上八下地走过去。待走出她的地盘以后，才放下忐忑不安的一颗心。

森林是一片暴风雪来临前的宁静，风发出低低的吼叫声，从散满松果的地面吹上来。我们的四周是一片白雪，仿佛是条撒满了珍珠的银色大道。

在那些不曾被脚印所污染的大理石街道旁，排列着枞树形成的纵队。当我们穿过森林，来到看起来平凡、点缀着农家的开拓地时，的确有点失望。

“喏，那儿就是大堂姊玛蒂的家……就是拐角那一栋，也就是那栋白色的大房子。”说故事的女孩说，“达林，但愿大堂姊已经弄好了午饭。我们走了那么一大段路程，肚子都饿坏了！”

“如果玛蒂的老公还在就好啦！”达林说，“他是一位好好先生呢！他的口袋里老是装着苹果、胡桃。他还健在时，我非常喜欢来这里。如今只剩一些老女人，实在不对我的胃口。”

“达林！你别一派胡言！大堂姊和她家的人对我们已经够好的啦！”雪莉说。

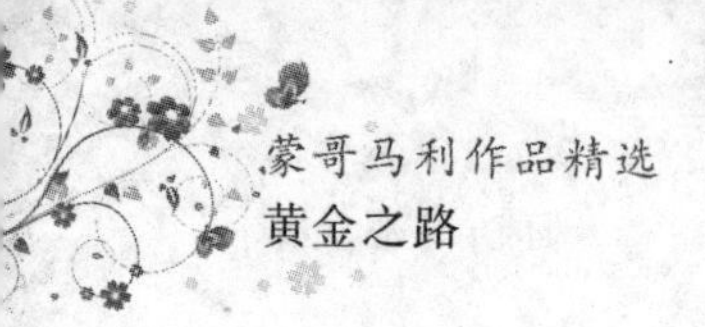

“嗯……她们的确是对我们很亲切。不过，她们老是把我当成五岁的小孩看待。”

“我还记得玛蒂老公的一切，”说故事的女孩说，“他不是叫做艾毕尼吗？而且……”

“不过，他又瘦又矮，对不？”菲莉思蒂有所顿悟地说。

“你真的那样想吗，我的天使？”达林以蜜糖般的声音说。

“你先走啊！你想想你的第二个誓言吧！”我对着气冲冲走着的说故事的女孩说。

说故事的女孩吞下了口水，说：“玛蒂老公艾毕尼具有一种‘借物恐惧症’。当他必须向别人借东西时，他都会非常地羞耻。可是大家都知道，艾毕尼跟玛蒂以前住在——如今雷伊所住的房子里。那时我们的金克外公还活在人世。

“有一天，艾毕尼爬上小丘，进入了充满家族欢乐声的厨房。依照罗佳舅舅的说法，他就仿佛一个小偷儿般摸进来。他枯坐在厨房里长达一个小时，始终一句话也不说，看起来心事重重的样子。

“最后，他好像下了最大的决心站起来，以一种很痛苦的口吻说：‘阿布拉哈姆，我有话要对你说。’

“‘好啊！到底是什么事情啊？’外公说了以后，再把他带到客厅里面。艾毕尼在关紧门窗以后，看了看四周，再以要求的口吻说：‘我们到更隐密的地方说好吗？’

“外公再把他带到客房，关上门。外公以为艾毕尼发生了什么重大的事故呢！

“艾毕尼紧靠在外公身边，再翻起了他衣服的领子，以细小的声音对外公说：‘请您把斧头借我用一下好吗？’”

“真是莫名其妙！”雪莉还没有完全抓到那句话的重点，但是看到别人在嘻笑又感到不以为然，因此才这样说。事实上，雪莉是一个好孩子，纵然她缺乏幽默感，但是并没有一个人在乎。

“这样开古人的玩笑，实在有失厚道。”菲莉思蒂说。

“我说可爱的小姐啊！如此一来，不是比他活在人世时更为安全吗？”达林说。

我们有如预料一般，在大堂姊家吃了一顿丰富的午餐——她跟她的两个女儿都很亲切地招待我们。她们三个人都喜欢抚摸我们的头，说我们像谁或者彼此是否很像；而且，还会拿薄荷糖给我们吃。正因为如此，达林才会讨厌她们吧？总而言之，我们在那儿度过了一段很快乐的时光。

第八章

与贝克·保恩共度的一夜

我们很早就离开了大堂姊玛蒂那儿，因为暴风雪的征兆越来越明显了。我们准备走别的道路回家。那一条路偏离开拓地，离开贝克·保恩奶奶的屋子一段距离。这也就是我们选择那条路的原因。我们很希望在暴风雪来临前到达家里，然而，当天空开始下起细雪时，我们才走到能够俯瞰村子的山丘！

我们好歹已经走了一英里左右，心想在大风雪来袭以前，我们就可以抵达家门。想不到我们的估计全盘错误，因为我们大约再走了半英里以后就被龙卷风似的大风雪团团围住了！

重回玛蒂大堂姊的家，或者直接回到阿雷克伯父的家，距离差不多都一样，因此我们每个人都满怀恐惧艰难地一步挨一步地走着。那些寒冷彻骨的雪叫人难以忍耐，几乎看不清十英尺前的路面。

转眼间，四周变得异乎寻常地寒冷，天色逐渐变黑，大风雪肆无忌惮地袭击一切，我们被一层荒废的白色所包围，真是动弹不得。本来就够狭窄的山路，在转眼间就被白雪覆盖殆尽。我们一伙人只好手牵着手，绝望地看着瞬息万变的天空，胡乱地走着。

只在那么一瞬间就陷入了苦境，几乎叫我们不敢相信这是事实。我们这一伙人的龙头老大，号称熟悉这一带路线的彼得，突然停止了脚步。

“完啦！山路完全消失啦！我也不知道咱们现在的位置呢！”他叹了一声。

大家都停下了脚步，面面相觑。每个人的内心都充满了恐怖感。虽然离开大堂姊温暖的家还不到一个小时，但是在感觉里，仿佛已经过了好几年。

雪莉耐不住严寒而哭了起来，达林脱下大衣，强行地把它披在拒绝接受的她的身上。

“我们绝对不能待在此地！如果不勉强前进的话，大家都会受冻而死的。走吧——反正，我们非走不可！积雪还不算很深。雪莉，你抓着我的手吧！大伙儿都要手牵着手。好吧！咱们走吧！”

“冻死的话，那就无话可说了。如果能够大难不死的话，我就能够把它当成说故事的题材。”说故事的女孩虽然牙齿咯咯打战，但是仍然这样说着。

我在内心里想着——这一次想存活的话，将是难上加难了！

四周已经暗下来，几乎是伸手不见五指，况且，大雪仍然在下个不停。我们都感到寒冷彻骨。如果能够就地躺下来休息那该多好；然而我不止一次听老人家说过，如此做的话只有死

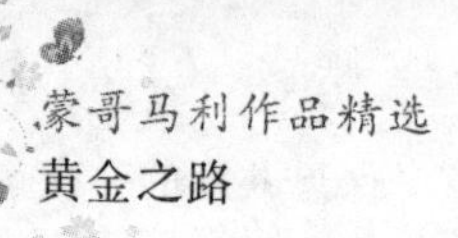

路一条。想到此，我虽然感到非常疲惫，仍然跟大伙儿一块踉踉跄跄地走。

就连雪莉也显得非常地沉着，这一点最叫我感到安慰。同时，我也觉得雪拉没有一道来，乃是我们最大的造化。

我们完全地陷入迷魂阵里，不管举目往何处看，无非都是一片恐怖的漆黑。突然间，菲莉思蒂摔倒了。大伙儿合力把她拉了起来；但是，她表示一步也走不了啦！她说——我完全走不动了。

“你有没有印象这里大约靠近什么地方呢？”达林对着彼得嚷了一声。

“我也弄不清楚啊！暴风雪从四面八方刮来，在这种情形之下，根本就看不出哪儿有房子啊！”彼得也大声嚷叫了起来。

房子！我们有机会再度看到房子吗？我们都异口同声地鼓励菲莉思蒂，希望她站起来走路。想不到，她却懒洋洋地说，要在此地躺下来休息。看到这种样子，雪莉也站不稳脚步，立刻靠在我身上。

说故事的女孩仍然撑得住，对我们说，大伙儿还是继续走吧！但是，她也因为寒冷而变得语无伦次。

这时，我突然有了一种奇异的构想——那就是挖一个雪洞暂时避难。因为我曾经在书本里看到，一个人在大风雪里借此保全了生命。

就在这时，菲莉思蒂突然叫了起来。

“啊！那儿有灯光！”

“在哪儿？在哪儿？”

大伙儿都不约睁大了眼睛，但是什么东西也看不到。

“现在看不到了。可是刚才确实亮了一下。绝对错不了啦！咱们过去瞧瞧吧！”

我们点燃起了新的希望，跟在她后面走。不久以后，每个人都不约地看到了灯光。

从来就没有看到如此美丽的光辉。我们走近森林边缘看过去时，终于恍然大悟。

“啊！那是贝克·保恩奶奶的屋子！”彼得嚷了起来。

“管它是谁的房子呢！”达林决然地说，“我们必须到那儿去，否则的话……”

“看起来好像是贝克的家，就算她是巫婆，也比冻死在郊外好得多！”彼得说。

“拜托你们！一旦走近那房子，你们就不要巫婆长巫婆短的啦！反正，能够进入屋子就很不错啦！”菲莉思蒂以要求的口吻说。

我们走近那栋房子，爬上了通往古怪楼上大门口的阶梯。达林敲了门。门立刻被打开，贝克·保恩奶奶赫然站立在我们跟前。在巴弟事件告一段落以后，她曾经带着礼物拜访阿雷克伯父的家。如今，她的身上仍旧穿着那件衣服。

她的背后是幽暗的房间，那一支从暴风雪中把我们引到此地的蜡烛仍然在燃烧着。不过，陈旧的壁炉里面发出了玫瑰色的火焰，使整栋房子看起来格外暖和。

“噢！天哪！你们从哪儿来的呀？敢情是被赶出来的？”贝克说。

“我们到大堂姊家，回家路上碰到了大风雪，所以迷了路，”达林说，“一直到看到你家的灯火，我们都不知道置身何处呢。我们希望你能够留我们在这里一直到大风雪停止……如果不方便的话……”

“如果会打扰你的话……”雪莉说。

“打扰我？那怎么会呢，请进来吧！天哪！瞧你们浑身都是冰雪。我去拿一把撢子来。男孩们把长统靴脱下来吧！再把外套上的积雪弄掉。女孩们，脱掉你们的外套吧！你们一定浑身都感到冰冷，快坐在壁炉旁吧！”

说罢，贝克啪嗒啪嗒地奔跑着，把房里的一些靠背椅，掉了椅臂的椅子搬到壁炉旁。只在几分钟之内，全身很快就干了，也感到暖和多了。

在进入这里以前，我们有过种种绝望的想象，然而，一旦变成巫婆的小客人，靠拢在她的壁炉前之后，便觉得数分钟前的遭遇，仿佛是一场噩梦！

大伙儿都觉得温暖时，唯独雪莉的牙关仍然咔咔作响。贝克奶奶为她倒了一大杯姜汤。

“你喝了以后就不会发抖啦！”女主人很亲切地说，“我来泡茶给你们喝。”

“啊！你不要忙……”说故事的女孩慌张地说。

“我不会忙，”贝克爽朗地说。接着，她又突然变成一副狂暴的模样说，“你认为我泡的茶很脏，不能喝，对不对？”

“请别误会！”在说故事的女孩开口以前，菲莉思蒂慌慌张张地说，“我们绝对没有那种意思。雪拉只是请你别为我们忙碌。”

“我才不会忙碌呢！”贝克又恢复高兴地说，“在这个冬季，我受了你母亲很大的恩惠，她时常叫我到你们家厨房吃很多可口的东西，我这只是报答她于万一。”

到了这种地步，我们再也不说客套话了。我们有一点胆怯地瞧着室内，沉默地坐着。那些充满了污迹的墙壁，很整齐地贴着画片、彩色石版画，以及海报等，看起来也还算高雅。

关于贝克的睡床，一直有着不少的风言风语，但是如今我们总算亲眼目睹到了。六只猫各占领着一块它们认为很好的位置。其中一只，也就是去年夏天把我们吓得屁滚尿流的黑色恶魔，正从卧床的心脏地带对着我们挤眉弄眼。另外一只缺了两只耳朵和一只眼睛的琥珀色猫，坐在床角恶狠狠地瞪着我们。

还有一只三脚狗儿，正躺在火炉后面；一只乌鸦跟一只胖嘟嘟的老母鸡停在高高的栖木上面；时钟柜子上面，有一只猴子的标本，以及阴险地露出笑容的头盖骨。据说，猴子的标本是一个水手送给她的。那么，头盖骨又是从哪里来的呢？它到底是谁的头盖骨呢？对于这个恶心的问题，我实在有一点“烦”！

不一会儿，贝克就泡好了茶，准备好了晚餐——贝克那双不够灵巧的手做成的那些菜肴，实在令人不敢恭维，至于那些食物的色香味嘛……唉……不说也罢！甚至用来装食物的那些

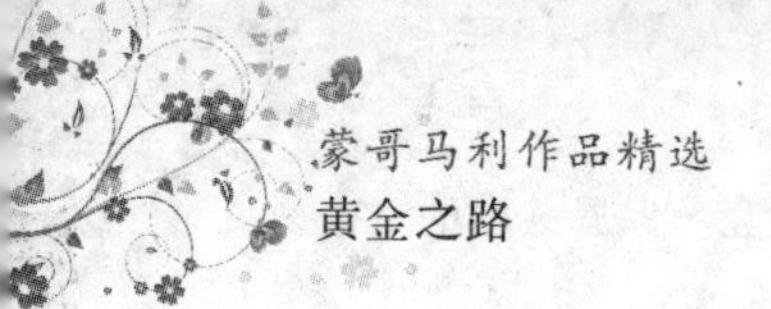

盘子……啊！实在叫人“叹为观止”呢！可是，我们在盛情难却之下还是吃了。想不到，我们也吃到了巫婆煮的食物。

虽然基于常识来说，她不可能是巫婆，但是话又说回来啦！如果我们惹她反感的话，她必定会把我们赶到正刮着大风雪的外面。一想起刚才跟大风雪的搏斗，我们根本就不敢得罪她。

但是，那一餐晚饭吃起来相当无味。况且，贝克那个巫婆又无视于别人的感受，任意地伤人。她一面给菲利克倒茶，一面又伤害他的自尊。

“你呀！身上的赘肉太多啦！孩子啊！你是不是拿肥胖毫无办法呢？你第一次到我这儿时，我就有意传授你一种消除赘肉的方法，谁知你并不领情。”

“你现在就教我吧！”菲利克很热切地说。为了消除身上的赘肉，他连恐怖和羞耻心都忘记了。

“不行啦。我现在才不教你呢！”贝克浮现出狡猾的微笑又说道：“雪拉，你太瘦啦！脸色也不好——你长得不怎么像令堂嘛！你的母亲长得很标致。不过，她并没有做过什么大事情。你的老子有的是钱，可是他跟我一样，也是一个流浪者，现在他在哪儿啊？”

“目前在罗马。”说故事的女孩即刻回答。

“你的母亲决定嫁给你老爸时，全世界的人都认为你母亲的头脑有一点问题呢！那些吃饱饭撑着的人，最喜欢东家长西家短的。就连我也不例外，他们都说我的脑子大有问题呢！”贝克说着，以一种刺人似的眼光看着菲莉思蒂说，“你听过那种似是而非的话吗？”

“不曾听说过！”菲莉思蒂苍白着嘴唇回答。

“如果大伙儿都像我这样充满灵气就好啦！”贝克有一点儿邪恶地说。接着，她又盯着菲莉思蒂说：“不错啦！你是美人胚子。可惜，个儿太高了一些。而且，你的皮肤里红色素太多了一些。到了中年，难保不跟你老妈一样，变成一只火鸡。”

“哼！红色总比面带菜色好多啦！”就算对方是真正的巫婆，彼得也不希望她中伤自己钟爱的女性，以致小声嗫嚅着。他所得到的报答是菲莉思蒂的白眼，所幸，贝克并没有听见。现在，她又把剑锋对准雪莉。

“你呀！太纤弱了嘛！恐怕活不到成年。”

雪莉的嘴唇颤抖了起来，达林的面孔变成了朱红色：“你少啰唆！你积一些口德吧！”

我的下巴差一点就掉下来呢！彼得、菲莉思蒂也同样。菲莉思蒂有如疯狂一般跳了起来说：“啊……贝克小姐，你就不要跟他计较吧！我哥哥永远改不了他那种臭脾气，说话太冲了一些……在家里，他老是这种德行；你就不要跟他计较吧……拜托！”

“无所谓啦！我当然不会跟他计较。”贝克的不愠不火叫人感到意外，“我喜欢有个性的男孩子。对啦！彼得啊，你的父亲不是离家出走了吗？从前，他曾经是我的老相好呢！在我们年轻时，我上完音乐课回家，他总共送过我三次。有很多人说，我俩是一对野鸳鸯，说得实在太难听啦！世人就是喜欢幸灾乐

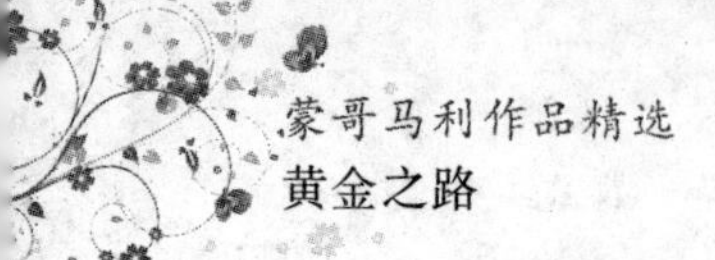

祸……你以为呢？你知道他现在在哪儿吗？”

“我大约知道。”彼得回答。

“嗯……不久以后，他就会回来的。”贝克自言自语。

“是谁那么说的？”彼得惊叫了起来。

“你最好不要问。”贝克如此回答后，看了一下头盖骨。

如果说，贝克的这一招是为了吓唬我们的话，那么，她已经获得了空前的成功。待吃过了晚餐后，我们方始抚平了一颗心。贝克又叫我们把椅子搬到壁炉边，以便烤火。

“你们就好好地休息吧！”她从口袋里取出烟斗说，“我不至于跟自己过意不去，所以不愿把家里打扫得光可鉴人，所以嘛……我不浪费时间洗盘子。只要你们记牢自己的位置，到了明早，照样可以使用那些盘子——你们没有人会抽烟吧？”

“我们都不抽！”菲莉思蒂微皱眉头说。

“那么，你们是不懂得享受啰？”贝克稍微不高兴地说。但是，她抽了几下烟以后，兴致又来啦！当她看到雪莉叹了一口气时，很温柔地问她一声，“你到底怎么啦？”

“我在想，家里的人一定会很担心的。”雪莉说。

“你不要操这个心，我会通知他们的。你们都平安无恙地在我这儿。”

“你要怎么做呢？”雪莉睁大眼睛问。

“你最好别问。”贝克说着，又瞧了头盖骨一下。

接下来是一阵叫人感到难受的沉默，不过，贝克及时地把它打破。她一一地介绍自己的宠物，说出了它们到此地的经过。

其中以那只黑猫最受她的疼爱。

“那只猫咪啊，比我更懂事呢！如果你们能够相信就好了，”她很骄傲地说，“我也养了一只老鼠，但是一看到人它就会害臊得不敢出来。对啦！你们的猫咪还好吗？”

“它很好。”说故事的女孩回答。

“咦？你们别盯着我衣服的破洞看啊！”

“我们没有看！”掀起一阵抗议的合唱。

“我以为你们看了呢！那是昨天勾破的，只是一直不曾把它缝好。我们所受到的训示是——勾破衣服是无所谓的，衣服上有补丁才是羞耻的。对啦！你们的奥莉比亚姑妈就要嫁人啦，对不？”

乖乖……这可是第一次听到呢！因为事出突然，叫我们吓了一大跳！

“我们从来没有听说过。”说故事的女孩说。

“噢……这可是真的哦……所幸，奥莉比亚并不是要嫁给亨利·杰可夫。这个人哪！好厚的脸皮。他说，没有一个人比他更适合做金克家的女婿呢！他父亲是天杀的坏胚子！有一次，他还叫他家的狗咬我呢！有一天，我一定会雪这个耻的！”

“你不用雪耻！反正，他会坠入地狱受罚的！”彼得有一点畏缩地说。

“可是，他是否坠入地狱，我看不到啊！因为我比较少到教会，人们也说我会坠入地狱。可是，我一向不信那种说法。”

“你为何不到教会呢？”彼得不客气地问。

“因为我晒得这么黑，我担心别人把我看成印第安人，”贝克很认真地说，“而且啊！教会的牧师祷告起来，又臭又长……”

“他是否认为——跟神谈话，比跟人谈话更为轻松呢？”彼得很谨慎地表示他的意见。

“反正，我有加入巡回教会就是了。”贝克乐陶陶地说，“所以恶魔也不可能抓到我。至于卡拉尔教会嘛……我已经三年没去了呢！上次去的时候，我笑疼了肚子。那一天担任募款的是埃达爷爷。他穿着一双新马靴，他走在通道时，马靴就会啾啾地作响。每次马靴啾一声，埃达老头就会像牙疼一般皱起眉头。嘻嘻……于今想起来，我还会忍不住笑出来呢！”

贝克又把烟斗含在嘴里，猛烈地吸了几口。蜡烛的蕊长长地伸了出来，戴着红色帽子似的火焰，恰如淘气的小妖精一般对我们眨眨眼睛。贝克长长的吓人黑影子，在她背后的墙壁上摇摇晃晃。

那一只独眼猫，再也不对我们瞪眼睛啦！落落大方地倒下来睡着了。在外头，强风有如饥饿的野兽，对着窗户大吼特吼。

突然间，贝克取出嘴里的烟斗，站起来，用她瘦骨嶙峋的手指抓着我的手，再凝视着我的脸。我吓得浑身的汗毛都竖立了起来。

此时的贝克，看起来就像另外一个世界的生物；她的眼睛发射出野性的光芒；脸上布满了野兽似的表情；她打开嘴巴以后，竟然发出不同世界似的声音和类似不同世界的言语。

“你听到风声了吗？”叫人起鸡皮疙瘩的声音，“什么叫作风呢？”

“我……我……我不懂。”

“我也不知道呀！我想，没有一个人知道的。风到底是什么呀？关于这个问题，我想没有一个人会知道。我非常想知道它是什么。如果我知道它的本来面目的话，我就不会如此怕它啦！一旦碰到强风，我就会畏缩地想躲起来。关于风，有一件事是很确实的——它是世界上唯一自由的东西。除了风，其他的东西或多或少都受到牵连。风可以自由自在地吹过来、刮过去，不受任何人的牵制和控制。风很自由——我又怕它，却又很喜欢它，我甚至爱它呢！自由这种东西，实在是太美了！”

贝克的声音，变成了几近尖叫的高亢。我们在内心里打着哆嗦。她把身上穿的男人外套披在头上，把脸遮盖起来，又把身体向前倾，把手肘放在膝盖上，默然不语。

没有一个人有勇气说话。我们呆滞地坐了半天。突然间贝克站起来，以正常的声音说：“好啦！已经到睡觉的时间了。女孩们在我的床上睡吧！我今夜就睡在沙发上。男孩们下楼吧！那边有很大的一个干草堆。只要身上盖着大衣，就可以睡得很舒服了。我用蜡烛为你们引路。不过，我不会把蜡烛留在下面，因为我害怕会失火。”

我们对女孩们道了一声“晚安”以后，走到了楼下。在那儿，除了一大堆柴薪，以及一大堆干净的干草，什么东西都没有了。在贝克取走灯火以前，我迅速地环顾了四周。因为没有看到头盖骨之类的东西而大大放了心。

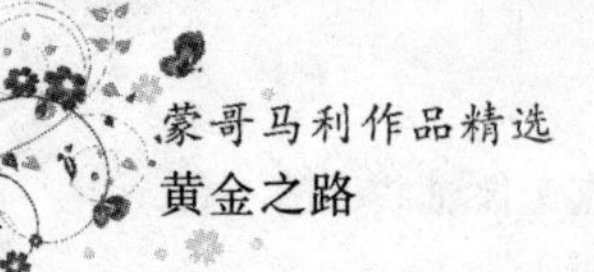

我们四个男生在干草地上紧紧依偎在一起。我想今夜休想睡着；但是由于实在太疲倦，两眼在不知不觉中闭了起来，一直到天亮以前都不曾睁开过。

可怜的少女们运气就没有那么好了，她们一只眼睛也闭不起来呢！妨碍她们睡觉的因素有四个：第一，贝克的打鼾声太大；第二，蜡烛的火焰一直照耀着头盖骨，到三更半才熄灭；第三，贝克的枕头和棉被充满了烟草的味道，几乎叫人窒息；第四，想起贝克所饲养的老鼠可能会出来时，根本难以安心。实际上，少女们确实听到了老鼠吱吱叫的声音。

到了清晨醒过来时，暴风雪已经停了下来。刚刚展现的曙色，拥抱着一望无际的银白色世界。贝克小屋周围的狭窄开垦地形成了很多银光闪闪的小丘。我们这些少年立刻为她铲除积雪。贝克做了早点给我们吃——那是不加牛奶的麦片粥，以及一个人一个的煮鸡蛋。

雪莉无论如何也吃不下麦片粥。她说她感冒了，一点胃口也没有。其他的人则勉强地喝下了那种难以下咽的早餐。事后，贝克问我们，麦片粥是否有一些肥皂的味道。

“我在做麦片粥时，不慎把肥皂掉进了里面。不过……”她打了一下舌鼓说，“中午，我将为你们做爱尔兰炖肉。保证非常可口。”

天哪！贝克还想做爱尔兰炖肉呢！难怪达林会急快地说：“谢谢你的好意。不过，我们得回去了。”

“你们无法走回去的。”贝克说。

“现在已经走得了了。昨夜下的雪已经硬化了，走在上面很安全，走到牧场中央就没有什么雪啦！此地离我们家不远。我们男孩可以先回家，再带雪橇来接女孩们。”

但是女孩们并不同意，雪莉甚至表示要一块儿走。

“昨夜你们就不曾急着要走啊。”贝克有点冷嘲热讽地说。

“噢……我们是不想家里的人担心罢了！而且今天又是礼拜天，我们想到主日学校。”菲莉思蒂解释着。

“是吗？但愿主日学校对你们有好处。”贝克绷着面孔说。但是不久以后，她又恢复爽朗，给了雪莉一根“许愿骨头”。

“你说出的任何愿望都可以达成；但是只能说一个愿望，太多的话就不会灵了。”

“实在是太打扰你了，真对不起你。”说故事的女孩很有礼貌地说。

“哪儿的话，没有什么打扰不打扰的，我又没有多出什么开销。”贝克的脸叫人害怕。

菲莉思蒂说：“如果你同意的话，我们是否可以付钱给你……”

“不必啦！”贝克傲然地说，“世上就有人以亲切换钱，不过，我并非那种人。这件事你们不要放在心上。看样子你们是巴不得赶快逃出去啰？”

她在我们背后砰一声地关上门。想不到那一只恶魔似的黑猫跟了上来，叫我们内心一寒。所幸它很快就跑回去了，从此我们才很安心地说起这次的冒险。

“啊……能够离开那儿真好。”菲莉思蒂长长地吐了一口气，

“实在太吓人了！”

“如果我们没有及时避难的话，今早可能已经变成硬梆梆的尸体了！”说故事的女孩有些高兴地说。

“总而言之，能够进入贝克的家，算我们运气好。”达林说。

“玛维德小姐说，世上没有所谓运气的东西，那是神的安排。”雪莉解释道。

“嗯……贝克与神的安排……是有一点格格不入！”

“达林的话越来越多啦！我非向母亲报告不可！”菲莉思蒂说。

“掺有肥皂的麦片粥，跟掺有牙粉的炸面包片，可说是旗鼓相当嘛！我的美人儿？”

“达林！达林，你少贫嘴！”雪莉说，“今儿是星期天呀！”

“根本就不像呀！”彼得说，“今天看起来一点儿也不像星期天。从昨天到今天，仿佛是已经过了好几年！”

“雪莉，你感冒得很厉害哦！”说故事的女孩终于察觉到了。

“可是，你已经喝下贝克的姜汤了呀！”菲莉思蒂说。

“天哪！那种姜汤实在叫人受不了！”可怜的雪莉叹息道，“我根本就喝不下去呢！姜放得实在太多啦！可是，我又害怕她会不高兴，所以，纵然有一大桶，我还是会喝下去的！哼！你们当然笑得出来啰，因为你们根本没有喝嘛！”

“可是，咱们都吃了她两餐呢。”

“她那些盘子不知是几年前洗的，说多脏就有多脏！我两次都闭着眼睛喝下去呢！”

“你们闻到了麦片粥里面的肥皂味道没有？”说故事的女

孩问。

“嗯……真是百味杂陈，我也说不出那些是什么味道。”菲莉思蒂很厌烦地说。

彼得也说了一句凑热闹：“让我坐立不安的是那个骷髅头。她一定是使用它，才会知道那么多事情。”

“无聊！她有那种能耐吗？”菲莉思蒂说。

“或许有吧！只是她没有说出来罢了！”我小心翼翼地说。

“反正她说的事情是否真的，以后就可以揭晓了。”彼得深思后说。

“你以为你父亲真的会回来吗？”菲莉思蒂问。

“最好别回来！”彼得很干脆地说。

“亏你说得出这种话，你不会感到羞耻吗？”菲莉思蒂严厉地责骂他。

“我才不会感到羞耻呢！父亲在家时一向懒懒散散的，不做事，只会整天喝酒，而且对母亲那么凶恶，”彼得要打架似的，“母亲最可怜了，除了我，还得养活父亲。所以我才不要他回来呢！我是说真格的！如果他是一个负责的父亲，情形就不一样了！”

“我倒是很想知道奥莉比亚姑妈是否真的要嫁人了。”说故事的女孩心不在焉地说，“我实在不敢相信那是事实。不过，自从她去年夏季到过哈利法克斯以后，罗佳舅舅就一直在对她冷嘲热讽呢！”

“如果她真的嫁人的话，说故事的女孩就必须到我家来住了。”雪莉好似非常地快乐。

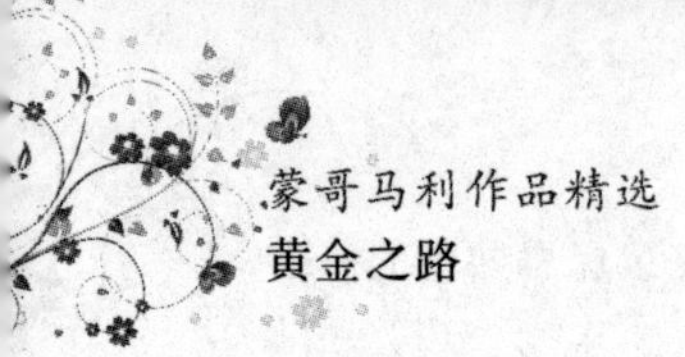

至于菲莉思蒂则不怎么快乐的样子，说故事的女孩由于太疲倦，因而打了一个大哈欠，同时她也表示自己的意见——不希望奥莉比亚姑妈嫁人。其实这件事并非很重要，最重要的是我们都太累啦！

除了贝克的预言搞乱了我们的心境，在她那儿过夜的时间内，虽然睡的地方不一样，但是每个人都绷紧了神经。于是在抵达家门时，我们都非常地欣慰。

家人对我们并没有担心；不过，这是因为他们相信——我们在离开大堂姊家以前，已经察觉到大风雪就要来，所以会留下来过夜，并非是从贝克的骷髅头得到了什么指示。

听了他们的解释，我们才放下了心里的重担。结果呢？我们这一次的冒险对于解开贝克魔力之谜，并没有任何帮助。

第九章

爱莉丝·李德

新年的誓言”最优秀者：菲莉思蒂小姐

次优秀者：菲利克先生、彼得先生、雪拉小姐

社　论

我想以总编辑的身份，针对“新年的誓言”的优秀者说几句话。菲莉思蒂在每天早晨进餐以前，始终保持着愉悦的心，即使在贝克家度过的那段时间亦是如此；也有人提出意见说，菲莉思蒂受到表彰是不公平的；因为她只立了一项誓言，而且又有谁知道她在想些什么呢。

（菲莉思蒂立刻插嘴说：“这句话必定是达林说的！”正因为如此，我们就把完全遵守一项誓言的人评为次优秀者。）

一直到三月，菲利克连一个苹果也没有吃；但是到大堂姊玛蒂家时，他因为一时大意，连续吃了七个。（菲利克说：“我才

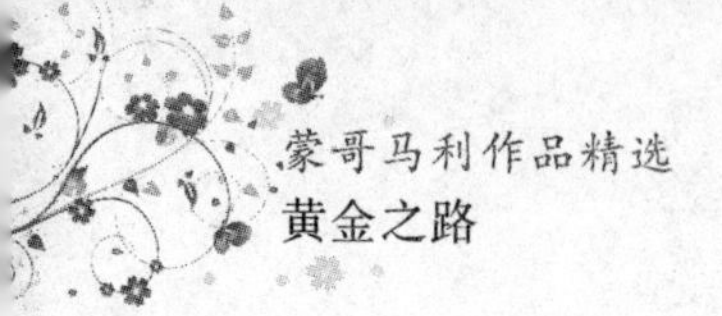

吃了五个而已！”）对于信口开河式的誓言，他老早就放弃了，因为它只会惹麻烦而已！

雪莉感叹着说，那些应该阅读的好书，她都与它们失之交臂。其中的几册她试着阅读，然而味同嚼蜡，所以干脆就放弃不读了。她的头发并不卷曲，但是她立下不再为头发操心的誓言；努力了很长一段时间的结果，她发觉那是白费力气，于是就把誓言撤回了。

说故事的女孩的誓言——“不管在什么时候，都要快乐地度过！”差那么一点儿就达成。不过她却很遗憾地说，三次里有两次叫她感到损失惨重。看了这种情形达林学乖了，他尽量少提起有关誓言的事情。编辑也打算向他学习。

最新消息

雪莉患了重感冒，我们希望她快一点儿痊愈。

马克雷的亚历山大氏在上星期突然亡故。一直到他下葬，我们都未曾听到他的噩耗。

雪莉小姐在一月里曾经口出秽言——“混蛋！”但经过调查之后发现并无此事，原来是达林捏造的谎言。

天气很寒冷，仍然是万里无云的晴天，大风雪只来过一次。我们到罗佳伯父的小丘上滑雪橇，日子过得很快乐。

伊蕾莎姑奶奶并没有来访问我们，因为她罹患了感冒，不得不回家，实在太可怜；可是，她回家而没有来看我们，实在

太令人高兴。雪莉说，伊蕾莎姑奶奶不能来看我们，实在不值得高兴。

二月十七日，金克氏一家人受到总督夫人的邀请，前往总督官邸喝茶；可是有两三个人很不想去。

上周四，发生了一桩悲剧。詹姆斯·佛因到我们家喝茶，但是，家里连一个水果派也没有。为此，菲莉思蒂到现在仍然感到难过。

学校来了一位男转学生，名字叫塞拉斯·布里克。他们一家从马克雷迁来此地。赛拉斯说，如果威利·弗雷沙自认为他是雪莉情人的话，他就要揍扁威利。

（雪莉很不以为然地说："我才不要什么情人呢！至少在八年之内，我不想陷入恋爱的泥沼里面！"）

夏洛镇世家出身的爱莉丝·李德来到卡拉尔教授音乐，住在彼得·安斯顿先生的家里。预计，为此全部的女孩都要接受音乐课程。我们打算辟出两个专栏，介绍有关爱莉丝小姐的琐事。

关于这个菲莉思蒂写了一篇；但由于女孩们都认为她对爱莉丝有成见，所以，又由雪莉写了一篇。雪莉本人也承认，她的文章引用自《马默狄最初也是最后的恋爱》和《海滨之城的新娘》。她认为那样更能够贴切地描写爱莉丝小姐的为人，实在比她自己写的更为合适。

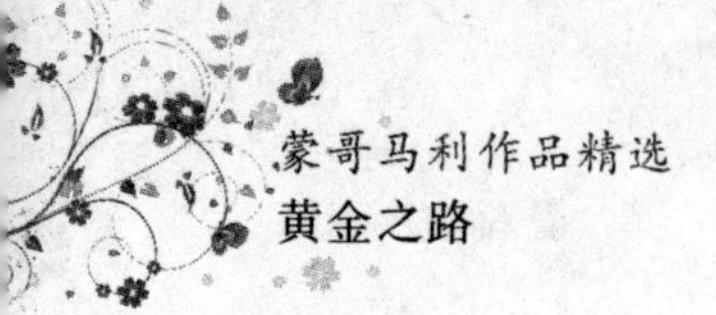

家庭栏

奉劝大家一定要时时保持厨房的整洁，这样就算有不速之客来临，也不致感到尴尬。

有读者问到，被半熟的蛋弄脏了绸缎衣裳该如何处理，实在非常地抱歉，我也不知道该怎么办才好，我只能奉劝各位一句话——在煮蛋时，最好别穿绸缎衣裳。

姜茶对治感冒风邪十分有效。

聪明的主妇们，告诉你们一个秘诀，当你家的发酵粉用完时，不妨使用牙粉替代，效果很不错哦！

（菲莉思蒂气愤地说："我才不会这么写呢，真是鸠占鹊巢，我的专栏竟然有人侵占呢！"）

我家的苹果，今年的收成好差！它们几乎全烂啦！爸爸说，这是因为我们没有节制地大吃特吃的必然结果。

忍耐力超群的人们，我现在教你们水果布丁的做法。不过我可要声明在先，虽然做法相同，但是，并不见得每个人都能够做出既好看又好吃的水果布丁；因为，还是有所谓的诀窍啊！

万一在煮稀饭时不慎把肥皂掉入锅中的话，为不损及人的食欲起见，在大家吃饱前切莫走漏一点风声。

菲莉思蒂·金克

礼仪篇

彼得先生，除非对方真的要你说出来，否则你就别批评对方的鼻子吧！同时，不管在何种场合之下，绝对不能批评你最喜欢的女孩的亲戚的鼻子。

（菲莉思蒂摇摇头说："哼！莫名其妙的达林！他以为他自己是正人君子呢！竟然写出这种东西。"）

谢姬同学问道：如果最要好的朋友跟其他的女孩并肩走在一起，并且跟她交换花边领布的话，该怎么办呢？

我的回答是：你可以严厉地盯着她看。

答谢姬同学：到教会时，最好别戴你第二好的帽子，如果你母亲坚持非如此做不可的话，那你就不必问我了。

（菲莉思蒂："达林实在太不像样啦！这句话他根本是从《家庭指南》抄来的！只是更换了'帽子'那个词罢了！"）

答彼得先生：你说得很对。当你碰到先祖的鬼魂时，说一句"您晚安"乃是很正确的态度。

答费基先生：张开嘴巴睡觉，并非很有礼貌的举止，而且此举又很危险；因为你也不能保证具有危险性的东西绝对不会掉入你的嘴里。

达林·金克

流行情报

现在非常流行织有花边的怀表口袋。没有怀表的人也可以放入铅笔或者口香糖。

最近还流行在头发上系配合衣裳的缎带。不过，想要使头发上的缎带与灰色呢绒搭配，实在不太容易，我认为红色最为合适。

你的朋友系在头发上的缎带，以及用别针固定在外套上的缎带，也就是最新流行的样子。玛莉·马莎在镇上看到了这种流行，于是把它带到此地。想不到，此地的人一窝蜂似的效法了起来。我本身时常佩戴凯蒂的缎带，凯蒂则时常佩戴我的缎带；说故事的女孩却说我俩是一对活宝。

雪莉·金克

大堂姊玛蒂家造访记

上星期，我们一伙人步行到大堂姊家拜访。大伙儿都表现出精神抖擞的模样。大堂姊烧了很多可口的菜肴给我们享用。糟糕的是在我们回家的途中，刮起了大风雪。那时，我们急得团团转，甚至不知道自己身处何方呢！如果不曾发现灯光的话，我们一定会被暴风雨所活埋，而且，一直到春季，都很可能被掩埋在雪堆里呢！

万万叫人料想不到，我们走到发出灯光的地方时，才发现

那就是贝克·保恩奶奶的家。

有人说她是巫婆，但我实在弄不清楚是否能够如此地称呼她。事实上，贝克对我们很亲切，她允许我们进到她家里去。她的家显得乱七八糟的，但非常暖和。

贝克有一个真的骷髅头，她对我们说，那个头盖骨能够未卜先知，告诉她将要发生的任何事情。不过，阿雷克伯父说没有那回事。因为那个头盖骨原来是毕杰姆医生的东西，是印第安人的头盖骨，据阿雷克伯父说，是在毕杰姆医生亡故以后，贝克把它偷过去的。

阿雷克伯父还说，既然头盖骨被贝克偷走了，他就不敢担保贝克不会利用它作怪了。想不到，贝克不仅不赶我们走，反而还做晚餐给我们吃呢！只是……那些所谓的晚餐，实在太难以下咽了。

我们在贝克那儿住了一晚。我们男孩子睡在干草堆上。在这以前，我们从来就不曾睡过干草堆呢！到了第二天早上，我们才回到了家。到此，拜访玛蒂大堂姊家的经过已说完了。

菲利克·金克

我最惊险的冒险

因为轮到我执笔，因此由不得我不写。我最恶劣的冒险，不外乎两年前在罗佳伯父山丘上的遭遇。那时，我们一伙人在那儿玩滑雪。查理跟弗雷德滑了一半，就不能再滑下去而停在那儿。为了使他俩再往下滑动，我只好奔下山去。接着，我稍微停下来，背对着山丘的顶端，瞧着雪橇。我站立在那儿，罗夫的雪橇上载着凯蒂与爱伦下来啦！罗夫的雪橇边缘朝内弯曲，几乎盖过了女孩子的头部。

那时，我正站在跑道的正中央，孩子们便大声嚷着："快点走开！"但是在听到这个声音时，雪橇已经撞上了我。雪橇撞在我两腿上，我整个人飞起来，然后掉到后面的雪山里。那时，我有一种被暴风卷走的感觉。

女孩们以为我死定了，因为我一路从山上滚下来。罗夫慌张地奔了过来，把我救起来。罗夫非常为我担心，但是我的命很大，竟然没有死，甚至连背脊也没有折断；然而往后三天，我不停地流着鼻血，实在苦不堪言。

达林·金克

卡拉尔村名称的由来

这是真实的事情。从前夏洛镇住着一个女孩子，可惜我不知道她的名字。这个女孩长相甚为标致。她跟一个来加拿大碰运气的英国佬陷入爱河，举行闪电式订婚，预备在第二年春天就步入结婚礼堂。

那个英国佬的名字叫卡拉尔。到了冬天，他进入森林想要打猎。其实，森林里只住了少数的印第安人，除此以外就没有任何东西了。俗话说人算不如天算，卡拉尔一进森林就因生病

而倒地不起，幸亏他获得了印第安人的搭救。好心的印第安人把他带回村子里，由跛脚的印第安人老婆婆负责照料；在夏洛镇，每个人都以为卡拉尔死掉了。

那个和英国佬订婚的标致女孩伤心了一阵子；但是，只过了一段很短的时间，她就投入了另外一个男人的怀抱。

可怜的卡拉尔气恼极了。他因为生病而不堪刺激的大脑在听到了这个噩耗之后，更感到无法负荷，他掉头跑到印第安婆婆的家里后就颓然倒地。那时已经是风光明媚的春天，印第安人已经远走，于是，卡拉尔就很寂寞地死在了那儿，始终无人知晓。

因为卡拉尔杳如黄鹤，夏洛镇的男人们跑到森林里寻找他，果然发现了卡拉尔的尸体。那些男人就地把他埋葬，并且把那儿取名为卡拉尔村。

至于那个标致的女孩，始终不曾再度享受到幸福的生活。

彼得·克雷格

爱莉丝·李德小姐

爱莉丝小姐长得一副闭月羞花之貌。她的头发又多又黑，有如蜗牛壳一层又一层地缠到头上，灰色的大眼睛配上粉白色的脸孔，真个是粉妆玉琢的人儿。她的个儿很高挑，那种修长而娴雅的身材，叫人百看不厌。她的樱桃嘴很美，说起话来更是动听极了。

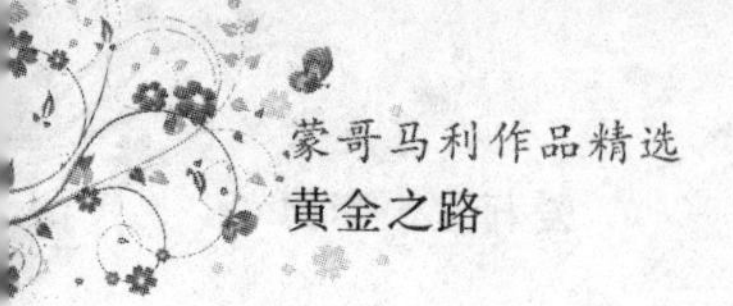

女孩们都对她如醉似痴，一直都在谈论她的趣事。

菲莉思蒂·金克

漂亮的爱莉丝

我们这些女孩都以“标致的爱莉丝”呼叫李德小姐。她的标致不下于月里的嫦娥，她丰厚的乌鸦羽毛一般的头发，从被太阳亲吻过的面颊垂下来。在微风吹拂之下，一股脑儿地往后飘去。

（达林说：“如果菲利克说，爱莉丝小姐把浑身晒得黑黑的话，你们一定要扑到他身上，把他打个半死吧？”雪莉说：“被太阳亲吻这句话，并非表示她被晒黑了呀！”达林说：“那么，到底是什么意思啊？”雪莉说：“我怎么会知道呢？不过，蒙塔杰写着——姬拉沙夫人的上额受到太阳的亲吻，事实上，伯爵夫人是不会被太阳晒黑的。”说故事的女孩说：“我求求你们！不要再吵下去啦！你们俩害得我无法朗读呢！”）

李德小姐的双瞳显得特别深邃，仿佛是反映着星星的深夜湖泊。她的脸庞类似大理石的雕像；至于她的嘴呢，则像极了爱神丘比特的弓。

（彼得自言自语地说：“咦？那又像什么呀！”）

她那种光滑溜溜的皮肤就像百合花一般地美而清纯；她的声音仿佛是小河的潺潺流声；那婀娜多姿的体态，有着一种难以模拟的调和美。

爱莉丝的一双纤手仿佛诗人的梦！她的穿着一直很高雅。她爱好的颜色为蓝色。有一些人说，她太过于严肃、太过于保守。其实，我并不这么认为。那些人之所以有如此的想法，不外乎是他们跟爱莉丝是迥然不同的“人种”罢了！说真格的，爱莉丝是非常出众的人，我们都非常喜欢她！

雪莉·金克

第十章

巴弟失踪

在我的记忆里，那一年，卡拉尔的春天姗姗来迟。一直到五月，天气才进入能够满足大人的状态；不过，想叫孩童感到喜悦的话，那就简单多了。我们这些孩子认为四月是个让人心旷神怡的月份；因为积雪已经早早地融化，那种灰色、坚硬的地面，最适合孩子们游戏和散步了。

四周的环境随着时日的推移日益华丽，山坡上山茶花含苞待放；古老的果树园在春阳照耀下，仿佛出浴美女一般光鲜；树叶开始爬上大树的顶端；下午的天空，由温柔的云丝所覆盖；一到了夜晚，低低地悬挂在夜空的满月，恰如背后有着光晕的圣人一般，以充满了神秘的眼光看着这一片山谷。

风儿充满了笑声与梦的气息，整个世界都陶醉于四月暖风的喜气里。

“能够生活在春天里实在太好了！”在某一个黄昏，我们在史蒂芬伯父的散步道爬树时，说故事的女孩说道。

“不管在什么时候，能够活着总是很不错的。”菲莉思蒂很满足地说。

“能够在春天更好呢！”说故事的女孩说，“即使我死了，只要待季节一到春天时，我一定会再度苏醒过来，而且想再活下去。”

“你啊，老是说一些莫名其妙的话。”菲莉思蒂说，“压根儿就没有所谓死亡那回事，我们只是到另外一个世界而已。话虽如此，但是你大可不必动不动就说死啊，这多恐怖呀！”

“反正我们都非死不可！”雪拉深深体会到那种气氛说。她似乎有些高兴——因为不管是什么东西，甚至使她抬不起头来的残酷命运，都无法阻止她扮演主角的角色。

想不到雪莉仿佛很疲倦地说：“我时常为自己会在年纪轻轻时就死去而悲伤。”

她轻轻咳了几声。最近这些日子以来，她一直都是这样。在刮大风雪那夜所患的伤风，如今仍然拖着长长的一条尾巴。

“雪莉，你不要老是说傻话！”

说故事的女孩叫了起来。这个春季，雪莉已经明显没有往日的健康了。她单薄的身影，时常会在薄暮的太阳面前出现；她那种叫人肝肠寸断的言辞，实在叫人不忍卒听。

“我认为最好不要讲那种消极的话。雪莉，你的双脚是否太潮湿了？你还好吗？我看，我们还是快点进里面去吧！对你来说，外面实在太冷了一些。”

“依我看，女孩都回去算啦！不过，我必须等爱沙克爷爷走

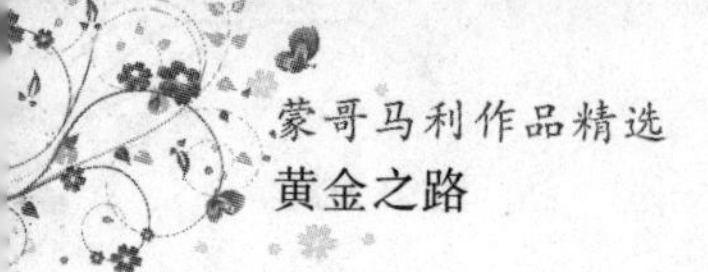

开，否则的话，我是不会回去的。那家伙实在太叫人不敢恭维了。”达林说。

“我也不喜欢爱沙克爷爷，真叫人讨厌！实在太龌龊啦！”

“想不到他的哥哥却是教会的长老呢！”雪拉说。

“我听说过有关爱沙克的事情，”说故事的女孩说，“这个家伙在年轻时代，一直使用燕麦这个名字。理由是这样的——

爱沙克一向喜欢讲一些古怪的话。那时，他住在马克雷，个儿长得高挑，足足有六英尺，但是全无用处。

在某一个星期六，爱沙克到贝华德拜访他的叔叔，到了第二天下午才回家。那一天是星期天，爱沙克在马车上载着大袋的燕麦。当他来到卡拉尔教会时，正好大家都在做礼拜。在好奇心驱使下，他很想进去看看，但是，害怕一大袋燕麦会被偷走。

那时，教会前面正好有几个小捣蛋在嬉戏。爱沙克担心那些小鬼们会玩弄他的燕麦，便干脆背起那一大袋燕麦进入教会，走呀走的，走到了金克外公座位边的通道。后来，金克外公曾经对我说，那件事他就是想忘也忘不了啦！

当牧师很庄严地在说教时，后面的座位突然传来了吃吃的笑声。金克外公非常火大地回过头瞧了瞧。

以当时来说，在教会里发生笑声是非常要不得的；因此，金克外公准备破口大骂。谁知映入他眼帘的人，竟然是那个呆瓜似的爱沙克！

爱沙克被一大袋燕麦压得身体往前倾，正艰难万分地在通道上举步。金克外公在惊讶之余，并没有笑出声来；但是在教会里面的人，几乎每个人都笑出声来了。其实那种场面是千载难得目睹一次的呢！当然，金克外公就不忍心责备看到那种场面的人啰！

爱沙克坐在金克外公身旁的座位，轰隆一声把那一大袋燕麦放在椅子上，使得那把椅子差点就断了呢！接着，他就镇坐在袋子旁边，摘下帽子，抹抹脸上的汗水，以一副想当然的表情坐了下来，倾听牧师的说教。

礼拜一做完，他又扛起了那个大袋子，意气昂扬地走出了教会，驱着马车回家。

从此以后，人们就称他为“燕麦·爱沙克。”

当我们各自散开时，大伙儿的爽朗笑声从古老的果树园传到轻雾笼罩的牧草地。

菲莉思蒂跟雪莉进入屋里，就连雪拉跟说故事的女孩也各自回到自己的家里；彼得却把我拖到谷仓旁，神秘兮兮地说：“你也知道下周三是菲莉思蒂的生日，我想为她写一首歌颂的诗。”

“什么？你说什么？”我的呼吸差一点就停止。

“写一首歌颂的诗呀！”彼得正经八百地说，“那是诗的一种，专门用来赞美人的！我准备把它刊登在《我们的月刊》上面。”

“可是……彼得，你根本就不会写诗啊！”我感到有一些惊讶。

“我要试试看！如果你认为菲莉思蒂不会生气的话，我就要

写了。”彼得好似已经下定了决心。

“她一定会赞扬你的！”

彼得却一点也不乐观地说：“菲莉思蒂的脾气没有一个准，当然啦，我是不会用自己的名字发表的。万一，菲莉思蒂不领情的话，我就不准备说那是我写的了。请你千万为我保密哦！”

我对彼得发誓，绝对不会泄密，彼得就轻轻松松地走了。他说他每天都会写两行。

那一年的春天，爱神丘比特除了可怜的彼得，几乎是乱点起了鸳鸯谱。

人们都在传说纷纷，说是头发褐色、声音有如黄莺出谷的雪莉，竟然鬼使神差般爱上了少年赛拉斯。

对于这项传闻，雪莉非但不感到自傲，而且当人们都针对着赛拉斯的种种事情对她冷嘲热讽时，她都会气得七窍生烟。她表示，她不仅不喜欢赛拉斯这个“名字”，甚至对赛拉斯这个人也深恶痛绝。

雪莉对一般朋友是够亲切的，但是对于赛拉斯这个人，她一向没有给他好脸色。是，雄赳赳、气昂昂的赛拉斯却一点也不在乎。他有如被恋爱冲昏了头的年轻人一般，使尽了所有的手段，对雪莉的幼嫩心灵展开了攻击。

赛拉斯把一般女学生钟爱的小玩物——譬如树脂、糖果、彩色笔等东西，悄悄地放在她的桌子上面。

不管学校举行哪一种活动，他都选择雪莉作为他的伴侣。从学校放学回家时，赛拉斯负责背雪莉的书包，甚至为她做数

学家庭作业呢！他还对男同学们表示，他还要问雪莉，在举行祷告会的夜晚是否能送她回家。

正因为如此，流言就四处传开来啦！

对于赛拉斯的野心，雪莉感到不寒而栗。雪莉曾经对我说，与其被赛拉斯送回家，她宁愿死。但是如果赛拉斯真的敢对她说的话，她有可能会因为羞耻而无法拒绝他呢！

接下来，赛拉斯又写信给雪莉。那是如假包换的情书呢！而且又贴着邮票，经由邮差送到她手里。那封情书在学校里掀起了一阵空前的骚动。

达林从邮局把那封信带回来。我们一发觉那是赛拉斯的笔迹时，便迫不及待地叫雪莉念出来给大伙儿听。信上非但错字连篇，还以一连串叫人痛断肝肠的字眼非难雪莉的冷淡无情，并百般地恳求她回信。

赛拉斯一再保证，只要雪莉给他回信，他就会永久地为她保守秘密。

赛拉斯把自己的行为看得很神圣，雪莉也感觉到，他的信有诗的味道。在信末，他署名——“你忠实的赛拉斯·布里克”，而且还强调说，一旦想到了她，就会感到饮食无味甚至辗转难眠。

“你要写回信吗？”达林问。

“我才不写呢！”雪莉说。

“可恶的赛拉斯，是否想挨揍啦！”菲利克吼叫了一声，“在写情书以前，为什么不好好练字呢！不仅错字连篇，而且又词不达意！”

“如果你不给他回信的话，赛拉斯可能会饿毙了呢！”雪拉很担心地说。

“死掉活该！”雪莉说。

雪莉看到了那封情书以后，越想越火大。她虽然只有十二足岁，但是毕竟也有矛盾的女人心。不可讳言地，这封情书也多少动摇了她的芳心，毕竟这是她有生以来第一次收到的情书呀！她曾经对菲莉思蒂透露：“收到情书时，总是会叫人产生一种不可思议的心境。”

雪莉并没有写回信，但是她也没有把那封信撕掉。据我所知，雪莉竟然把它珍藏了起来。尽管这样，第二天上学以后，雪莉仍然以一副冷冷的面孔走过赛拉斯的面前，对于“好心不得好报”的赛拉斯，一点儿也不表示同情。

雪莉一向非常心软。当巴弟逮住老鼠时，她就会因为感到可怜而放开老鼠；猪猡被宰的日子，她由于不忍心听它们的惨叫，都会到朋友家“避难”；甚至小虫也不忍心践踏；想不到对于痴心的赛拉斯，她却狠起了心肠，来一个完全不理会。

不久之后，叫人感到喜悦的春季和花团锦簇的五月，竟被一连串的晚冬残霜所挫败。悲凄与不安点缀着我们的日子，一到夜晚，又是噩梦连连。整整有两个星期，一出悲剧征服了我们的生活。

巴弟失踪啦！

在某一个夜晚，巴弟恰如往日一般，在罗佳伯父的榨乳小屋门口，舔着刚刚挤出的牛奶。那时，它心平气和地坐在小屋

前的台阶上。

它仿佛是要全世界的人都懂得猫族的自信，不停地舔着它的侧腹，使它闪出光辉，再把它蓬松的尾巴优雅地缠在前脚周围。它那双光亮的眼睛，凝视着头上翩翩起舞的柳枝。

这正是我们看到它的最后一次，到了第二天早晨，它已经杳如黄鹤、无影无踪啦！

刚开始时，我们并没有意识到事态的严重，因为巴弟虽不是喜欢到处流浪的猫，不过有时也会消失一整天。

然而，巴弟一连两天没回家以后，我们开始“心有千千结”了；到了第三天，我们一伙人惊慌失措；到了第四天，一颗心就开始七上八下了。

“巴弟一定发生了什么事情！”说故事的女孩一筹莫展地说，“它从来就没有离家两天以上呢！”

“你认为它会发生什么事情呢？”菲莉思蒂问。

“可能是吃到了毒药——不然就……”说故事的女孩以悲剧性的口吻说。

雪莉哇地哭了起来。不过，流泪哭泣又有什么用呢？我们一伙人在金克家两座农场的仓库和放置零碎东西的小屋，甚至进入森林，展开了地毯式的搜查，大声叫着巴弟的名字；后来，我们还远征到了卡拉尔的牧草地寻找。

加妮特伯母对于我们的做法很不以为然，叫我们别再盲目地到处乱闯了。尽管我们到处寻找，但是始终找不到迷路的猫的踪迹。为此，说故事的女孩感到万念俱灰，就算我们百般安

慰她，她也只是恶语相向。

雪莉说，一旦她想到可怜的巴弟拖着疲惫的身体，在某个地方悲惨地死去，或者被狗咬成遍体鳞伤而倒下来时，就连夜晚也睡不着觉呢!

正因为雪莉这么想，每次她看到狗时，心里都极度厌恶。

说故事的女孩啜泣着说:“那种不上不下的感觉最叫人受不了啦。如果我知道巴弟确实变成什么样的话，就不会这么难过了。但是，不知到底是生还是死的情况最叫人难挨了。或许，它正在活受罪呢！每夜，我都会做巴弟回来的梦；但是，待我醒过来发觉那是梦境时，更会肝肠寸断呢！”

“这种情形比去年它生病时更糟，”雪莉以近似呜咽的声音说，“那时，巴弟还知道我们在为它尽心尽力啊！”

这一次却没有办法跟贝克商量。其实，为了巴弟，她们也很想去拜访贝克，然而贝克已经杳如黄鹤了。大地刚刚吹起春风时，贝克就展开了她漫长的旅行。在短期内是不会回来啦!她的宠物都暂时住进森林里面，在那儿觅食。贝克的房子也上了锁。

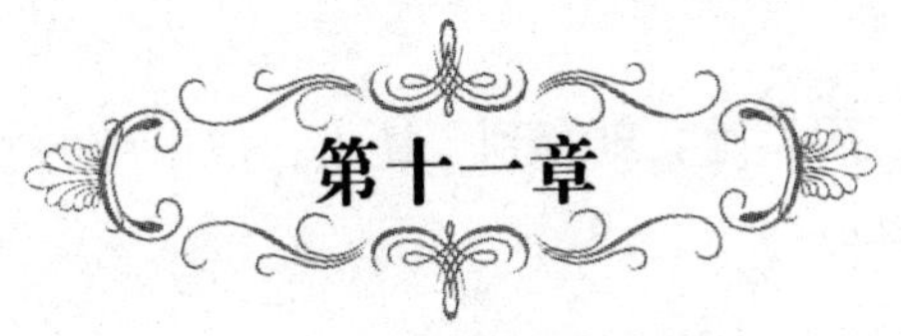

第十一章

巫婆的许愿骨

两个星期后，我们放弃了所有希望。

“巴弟八成已经死了。”说故事的女孩很绝望地说。那一夜，她听说安德鲁家有一只陌生的灰色猫，便专程到那边瞧了瞧；但它并不是巴弟，而是一只黄棕色、尾巴很短的，不知来历的猫。

“一切都完了——我也认啦！”

“如果贝克·保恩在这里的话，她很可能会帮我们找出来的，因为那个头盖骨能够探查出巴弟的所在。”彼得说。

“对啦！她送给我的许愿骨，不知是否能够派上用场。”雪莉说，“我几乎忘了呢！现在会不会太迟了呢？”

“哼！许愿骨又有什么屁用啊！”达林粗暴地说。

“话可不能那样说啊！贝克说许下的愿望一定能够实现的。回家后，我们就试试看吧！”

“嗯……试一试也无妨。不过，这件事已经发生很久了，如果巴弟死掉的话，再用什么巫婆的许愿骨也无济于事了。”

彼得说。

“我为什么没有早一些想到呢？我实在太笨了！”雪莉呻吟了一声。

回到家以后，她立刻奔到了楼上，取出她的宝物盒，抓出干巴巴的许愿骨。

“贝克已经告诉我许愿的方法。首先，用两手捧着许愿骨；再后退，说出愿望九次；接着，从右到左绕九次。如此一来，愿望就能够达成。”

“在你停止绕圈子时，是否能立刻看到巴弟呢？”达林揶揄着说。

除了彼得跟雪莉，并没有人相信所谓的占卜。雪莉颤抖着两只手捧着许愿骨，开始向后退：“保佑巴弟还活着，让我们尽快地找到它；如果它已经死了的话，那就让我们找到它的尸身，以便埋葬它吧！”

雪莉严肃地说了九遍以后，其他的人也受到了她的影响，开始抱着一线希望。

当雪莉绕了九次以后，我们认为或许可以看到巴弟，便以充满期待的眼光瞧着晚霞笼罩下的小径。但是，我们只看到笨先生进来而已。其实，这件事也跟巴弟的出现一般，叫人非常惊讶。

不过，巴弟的踪迹仍然没有消息。正因为这样，除了彼得，其余的人都放弃了希望。

彼得安慰大家说：“巫术也必须花一段时间才能发生作用。

就算许了愿，如果巴弟在好几英里以外的话，我们又怎么能立刻就看到它呢？”

不过，对于信心不够的我们来说，连那一份微薄的信心都消失了。因此，对于笨先生的到访，并没有太注意。

笨先生微笑着——他那种微笑是只给孩子看的，实在很美。如今，他在我们印象里的笨先生模样，以及内向的个性已经一扫而空。他对少女们脱下他的帽子，说：“孩子们晚安！最近，你们是否丢了一只猫？”

我们面面相觑。

“我就知道有这种结果！”彼得以胜利者的口吻说。

说故事的女孩向前走了一步，大声地说：“啊，德尔先生！你看到过巴弟吗？”

“它是不是有黑点？有漂亮的纹路？身上的毛是灰色的？又带点银色？”

“嗯！对、对！就是那样！”

“它就在‘黄金墓家’呀！”

“它还活着吗？”

“当然。”

“哇！真是上天保佑！”达林嗫嚅着。

其他孩子都围绕在笨先生的身边，一直催促他说出到底在哪儿看到了巴弟。

“好吧！那么，你们就到我家瞧瞧去吧！确定一下它是否真的是你们家的猫，”笨先生说，“在路上，我会告诉你们我如何

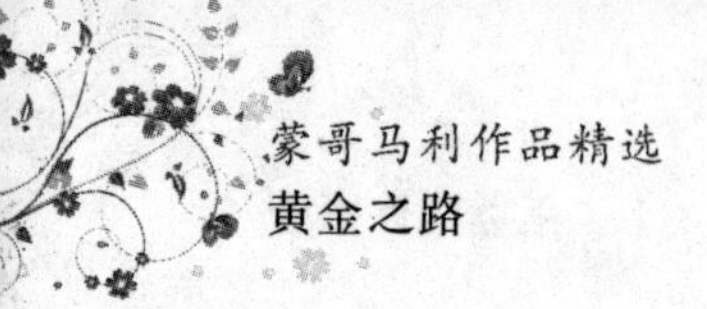

发现了它。你们必须有一个心理上的准备，那就是它的身体很虚弱，不过，它已经慢慢在恢复了。”

春天的黄昏已经降临了，我们很轻易地就获得了外出的准许。如果不是这样的话，那一夜将没有一个人能够睡着。于是，一伙兴奋不已的孩子，紧跟在笨先生和说故事的女孩后面，越过星星照耀下的灰色原野，朝向松林里的笨先生家举步。

笨先生告诉我们说：“你们一定也知道我家在森林背后有一个仓库吧？我只在月初的那几天到仓库看看而已！在那儿，我倒放着一个大木桶，一旁用木块垫着，使木桶露出一点空隙。今天早晨，我到仓库里去取一些干草，在很偶然的机会之下移动了那个木桶。本来，它还露出一个空隙，现在却完完全全地覆在地面上，连一点儿缝隙都没有啦！

“我感到纳罕，拿起木桶一瞧，里面竟然躺着一只猫咪！我听说过你们走失了一只猫，因此，本能地认为它就是你们的猫。

“刚开始时，我以为它已经死了呢！因为它紧闭着眼睛，一动也不动。当我俯下身子去瞧它时，它才有气无力地喵了一声。看起来，它已经相当虚弱了！”

“啊！可怜的巴弟！真是可怜的巴弟！”心地善良的雪莉声泪俱下地说。

“看起来，它连站起来都不能呢！于是我把它带回家里，给了它一些牛奶，所幸它还能够舔。我隔一段时间就给它一些牛奶喝。因此在我去找你们以前，它已经能够站起来走路了。我看它已经没事了；但是在这两三天里给它东西吃时，你们就要特别注

意，不要感情用事，一次给它吃太多，否则反而会害了它。”

“到底是谁把巴弟关在木桶里面呢？”说故事的女孩愤怒地问。

“不会有人那样做的。我的仓库一向锁着。如果说有谁能够进去的话，可能就只有猫了；或许，它追老鼠什么的，钻进木桶下面而被关在里面吧？”

现在，巴弟就坐在笨先生清洁溜溜的厨房暖炉前面。它看起来一副有气无力的模样，而且，身上只剩下一层皮；它本来光泽的毛完全丧失了光泽。眼看着本来漂亮的巴弟变成这样，每个人的心都碎了！

“宝贝！你一定感到很痛苦！”雪莉叫了一声。

“只要经过一两个星期的调养，它就能够恢复原状的。”笨先生安慰大家。

说故事的女孩用两手抱起巴弟。我们围着说故事的女孩抚摸巴弟时，它开始扯起喉嘴，并且对每个人都表示出了好意，用它那小小的红色舌头舔着我们的手。运气不好的巴弟是一只不会忘恩的猫。

它虽然迷了路，受到饥渴的煎熬，被幽闭那么久的一段时间，但是并没有绝望。

果然它又再度碰到了我们——重新回到果树园、榨乳小屋、谷物小屋等它的势力范围。每天喝着刚挤出来的鲜奶和奶酪，再睡在暖烘烘的壁炉前面。

我们回家时，说故事的女孩走在最中间，她的肩膀上面趴着

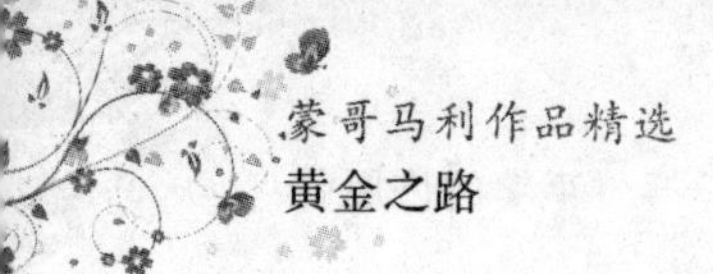

巴弟。四月的星星或许没有看过幸福地走在黄金之路的旅人吧?

在那天夜晚，牧草地上刮着灰色的微风。它们有如眼睛看不到的妖精一般，跳跃着刮过我们面前，唱起了对将来充满憧憬的爱之歌。夜的女神用她施恩的手覆盖着全世界。

“好啦！现在你们也知道贝克的许愿骨具有多大的力量了吧！”彼得以充满了胜利的口吻说。

“彼得，你不要尽说一些傻话了。笨先生在今天早晨发现了巴弟，在雪莉想到许愿骨以前，他就从自己的房子走出来，准备来通知我们了呢！”

“当然啦，对于巴弟的归来，那个许愿骨并没真正地发生作用，但是试一试总是好的。”雪莉以满足的口吻说。

“反正，巴弟的回来就是一件值得高兴的事。”菲利克说。

“这一次是最好的教训。巴弟，你以后可不要再乱跑哦！”菲莉思蒂对着巴弟说。

“你们瞧！沙地开满山茶花了呢，雪莉！”说故事的女孩说，“明天，我们就来这里野餐，庆祝巴弟平安回来！

第十二章

五月花的季节

我们一群人乐陶陶地走在五月的季节里。我们受到跳跃的风的诱惑，走到了通往西侧的小丘；蓝色的天空一路蔓延到松树和枞树上；那些年轻的树丛包围着小小洼地的四周，使那些射进去的阳光无所逃逸，以便催花绽放。

一场探索后，我们找到了不少山茶花。

山茶花绝对不是一种喜欢出风头的花。为了寻找它们，我们必须到各处探访。那种纯白得仿佛晨星的颜色，以及强烈、神圣的芳香，都能够使探索者无酒自醉。

我们一路嬉闹着，又笑又叫地徜徉于山丘之间。我们彼此呼叫，又各自走上分歧如迷宫的小径，渐渐踏进没有路的荒野而不自知。不过，到了风有如旋涡般吹刮的洼地，以及阳光普照的小平原时，我们又再度相逢了。

太阳已经开始低垂，当它开始向天空投出扇形的光辉时，我们已经横越了嫩绿的羊齿草，再走向狭窄的山谷。在浓绿色

的山丘树林里，有一口浅浅的池塘。它仿佛是一匹摊开的绿色水布似的池子，在它的岸边，如古希腊丘陵和克雷塔的谷间，时常能够看到一群妖精曼妙的舞姿。我们就坐在那里，从自己的战利品上剥下枯叶和枯枝，整理成花束，再满满地装饰着每个人的篮子。

说故事的女孩把很漂亮的粉红色嫩枝插在她褐色的鬈发上，然后说了一个有关印第安姑娘的古老故事。

在某一年的冬天，也就是初雪降下的那一天，有个印第安女孩认为她的情人之所以迟迟不归，一定是有意抛弃她。她在伤心之余自绝了生命。

到了春季，印第安姑娘的情人逃出牢狱，赶回了故乡。当他听到情人已经自杀身亡时，跪在她的坟前哀痛不已！忽然，他看到枯叶下长出了他不曾看过的可爱花枝。印第安情郎恍然大悟，原来，它是黑眼情人的爱和思念的化身。

“据说印第安人管姑娘叫‘丝考’。”达林说。比较重实际的他，只能够把他采摘到的山茶花绑在一起，做成一个类似高丽菜的花束，毫无美感可言。

他不懂得像说故事的女孩那样，在山茶花里面加入秋海棠，或者松穗子，编成美观又高雅的花束。那种颇费思考的插花技艺是达林学不来的。

“我比较喜欢单纯的东西，一向不敢领教杂乱的东西。”

他说。

“那是一种死板的性格。”菲莉思蒂说。

“除了我这张嘴……漂亮的小姐。”

“你以为自己的言辞很风趣吗？”菲莉思蒂因为愤怒而颤抖着声音说。

“在这么难得的好天气里，不要吵架嘛！”雪莉安抚着他俩说。

“雪莉，并没有人在吵架啊！我根本就没有使性子，倒是菲莉思蒂在暴跳如雷呢！哇！雪莉，你放在篮子里的东西是什么呀？”

“那是一本法国革命史。”可怜的雪莉坦白地说，“作者是达布比格尼。可是，我不知道怎么阅读它呀！马威德老师说，每个人都应该读这本书，所以我在上个星期天就开始读了。我准备在摘花摘累时看它，所以整天带着它。

“我很后悔没有带艾斯达·李德的书来。因为历史这种书实在叫人难懂。而且，阅读那种受到火刑之人的故事后，我总会心惊胆战呢！真后悔！当初不要读它就好了。”

“你在精神方面有所进步了吗？”雪拉一面编着篮子的把手，一面正经八百地问。

“唔……才怪呢！不管是哪一种誓言，我都缺乏严格遵守的自信。”雪莉很悲哀地说。

“我都遵守了呢！”菲莉思蒂得意地说。

“只有一种誓言，遵守起来当然就容易多了。”雪莉有一点不悦地说。

“美化思考，实在不是一件很容易的事情。”菲莉思蒂说。

“没有一件事比美化思考更容易啦！”

说故事的女孩踮着脚走到山谷边，有如活在黄金时代的小妖精，瞧了一下木镜。

“美的思想，时时会出人意料地涌到心头。”

“嗯……有时会那样。妈妈时常会在楼梯上催促我，快一点呀！快一点换好衣裳呀！有时，我也会在那片刻里产生很美的思想。”

“是吗？”说故事的女孩表示让步说，“有时，的确只能产生灰色的思想。不过在其他的时间内，随时都有粉红色、金色、青色、紫色，以及红色的思想。”

“天哪！仿佛是思想都着了色！”菲莉思蒂笑了出来。

“不是仿佛，而是真正有彩色呢！”说故事的女孩嚷叫了起来，“因为，我能够看到自己想象的东西的颜色——你难道不能看到吗？”

“我从来就没有听过那种事情，而且我也不相信。一定是你捏造出来的！”菲莉思蒂说。

“才不是呢！唉……我以为大家都凭颜色想象呢！如果不是这样的话，那实在太扫兴啦！”

“那么，你把我想象成哪种颜色呢？”彼得很好奇地问。

“黄色。至于雪莉嘛……是可爱的粉红色，就像山茶花一般；达林为红色；菲利克跟彼得相同，为黄色；伯利是条纹……”

“那么，我是什么颜色呢？”在我被当成消遣对象时，菲莉

思蒂问道。

“你就像彩虹！”说故事的女孩不怎么情愿地回答。她知道自己必须老实地回答，但是她也不想讨好菲莉思蒂。

“大伙儿可不能嘲笑伯利，”说故事的女孩强调，“伯利的条纹非常地漂亮。我并非说伯利有条纹，而是说想到他时，不约会想到条纹；至于贝克·保恩嘛，就是有一点儿古怪的黄绿色；笨先生则为紫丁香的颜色；奥莉比亚阿姨为混合金色的紫色；罗佳舅舅则是水蓝色。”

“我从来就没有听过这种莫名其妙的话。”菲莉思蒂说。

现在，几乎所有的人都同意菲莉思蒂的意见。因为我们都认为说故事的女孩只是在揶揄我们！不过到了我们成年之后，我们都相信她具备一种不可思议的才能，那就是——以颜色想象一个人。

日后，我们成年时，她仍然对我们提起这件事。她说——不管想着什么事情，所有的东西都会带着色彩。在一年里，每个月都会依照光谱的顺序推进，一个星期里的七天，就仿佛极尽荣华的所罗门，显得华丽异常。又以一天来说，早晨为金黄色，正午为橘色，黄昏为水晶紫，夜晚为紫罗兰的颜色。

反正，不管是什么东西，都会以特有的颜色出现在她的心坎里。或许，这是由于她的声音和言语，会散发一种富于音乐旋律的魔力吧！

“我们去吃一点儿东西吧！”达林说，“雪拉，‘吃’又是属于哪种颜色呢？”

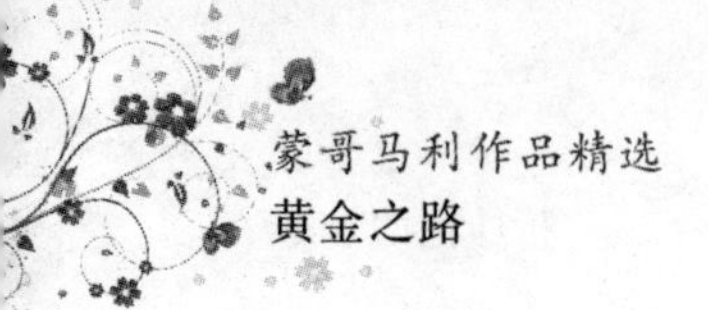

“金色稍带褐色，跟蜜糖饼干一模一样的颜色。”说故事的女孩笑着回答。

我们就坐在羊齿茂密的池畔，在早春的宜人空气中，又加上了一段时间的徒步，大伙儿早就感到饥肠辘辘，于是就地坐下来吃加妮特伯母给我们准备的餐点。菲莉思蒂做了不少火腿三明治，除了达林，每个人都吃得津津有味。达林声称，他最喜欢切成小片的东西，于是，他从篮子里取出一大块烫熟的猪肉，用小刀切成一小片一小片地吃，仿佛滋味无穷。

“我叫妈妈把猪肉放进篮子里，这样才吃得饱。”

“他呀！根本就不懂品味呢！”菲莉思蒂说了一句。

“是啊！我很粗俗，大小姐。”达林啐了一口。

“看了你们的争吵，我又想起了罗佳舅舅说过的一个真实故事——”

据说亚妮达阿姨食量大得惊人呢！当金克外公还在人世时，也就是罗佳舅舅还小时，杰马莱叔公就住在目前罗佳舅舅的房子里。那时，一个女孩的食欲大是见不得人的事；食欲越小越富有女人味。

亚妮达阿姨决心要做一个气质高雅、楚楚动人的姑娘家，于是她装成胃口很小的样子。

有一天下午，金克外公宴请一些夏洛镇的客人，而亚妮达阿姨也受到了邀请。亚妮达阿姨表示什么也不想吃，然后，莺

声燕语地说："阿布拉哈姆叔叔，我只能像小鸟那样吃那么一点点。妈妈就时常说，我才吃那么一点点怎么活得了呢？"

亚妮达阿姨真的有如小鸟，这儿啄一口、那儿啄一口，使得金克外公准备在请完客后，多撒一些饲料给她啄呢！

吃完饭以后，亚妮达阿姨就回家了。黄昏时，金克外公因为有点事，匆匆地走到杰马莱叔公家。当他通过灯火通明的厨房前面时，突然看到了一个奇怪的景象——食量有如小鸟的亚妮达阿姨，正站在调理台前，她的一边摆着一大块面包，面前还摆着一大盘冷猪肉呢！

亚妮达就像现在的达林，大块大块地切着猪肉，狼吞虎咽，好像不这样就会饿死。金克外公看到这种情形时吓了一大跳！他蹑手蹑脚地走到了厨房的窗口，说道："哇，亚妮达！真高兴你又恢复了食欲。不过，可爱的亚妮达呀，你妈妈如果知道你吃下了那么多猪肉，想必再也不会担心你活不了吧？"

亚妮达阿姨一直到死，都不原谅金克外公。不过从此以后，她再也不装得像小鸟那样吃那么一点点啦！"

"听说犹太人并不吃猪肉呢！"彼得说。

"幸亏我不是犹太人。亚妮达应该也不是犹太人。"达林说。

"我喜欢吃咸肉。可是下次再看到猪时，我一定会想着——它们是否知道我们在吃它们同类的肉呢？"雪莉一副于心不忍的模样。

吃完午餐时，大地已经笼罩着青色的雾霭，山谷都似乎要

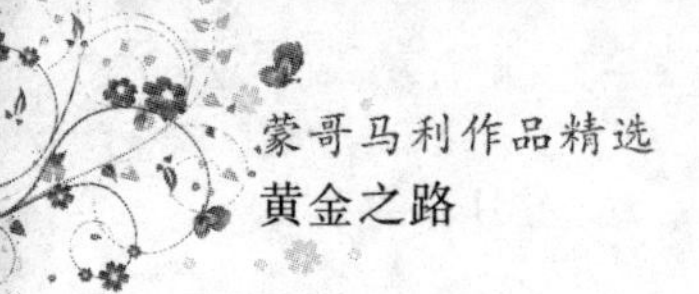

进入梦乡了。

不过，已经被开发的土地仍然充满了翠绿、金黄的光辉，知更鸟正在吹奏歌颂春天的笛子，“妖精国的角笛”响彻于古老的城堡、苍老的寺院，再隐隐地传入黄昏时的松林，遍布于青白色月光下的田地。

回到家时，我们一伙人发现李德小姐不知为了什么事走到了山丘的农场，正要回去。说故事的女孩跟她并肩走着。不久后，她带着沉重的表情回来。

“看你的模样，好像有话要告诉我们……”菲利克问。

“我是有话要说。不过，现在不能全部说出来。”说故事的女孩有些神秘地说。

“到底是什么事情啊？”雪莉问。

“我必须先整理一下，否则我无从说起。”说故事的女孩表示，“不过，今夜笨先生对我说的事情我可以告诉你们。我们走过他那儿时，他正在庭院散步，看着郁金香的花坛。”

“因为，他花坛里的郁金香比我们家的郁金香高出许多，因此我就问他，在这种季节里，那些郁金香怎会长得那样高呢？想不到笨先生却说，并非郁金香它们要长高，而是住在小河对面的小妖精使它们长高的。

“在这个春季，小妖精所生下的婴儿比往年多，小妖精的母亲们一直忙着寻找摇篮，而郁金香正是小妖精婴儿的最佳摇篮。

“每到黄昏，小妖精的母亲就会从森林里出现，再把她们茶褐色的可爱婴儿放入郁金香的花朵里面，摇呀摇的，正因为如

此，郁金香的花朵才比其他的花持久。笨先生又对我说，春天的夜晚，郁金香一绽开时，妖精悦耳而柔美的音乐就会飘入他的家里。那是小妖精母亲所唱的摇篮曲呀！”

“如此说来，笨先生是说了一连串的谎话了。”菲莉思蒂以严肃的口吻说。

第十三章

意外的讯息

“好久都没有发生有趣的事情了。”在某个五月末的黄昏，说故事的女孩在开遍樱花的樱花树下散步时，如此抱怨着。果树园的树木很高，很整齐地排成一列，两端以白杨树为围篱，后面则种了一大片紫丁香。

只要风儿一吹，香气沁人肺腑，就算是锡兰岛的香气也要甘拜下风呢！

那是充满惊异跟奇迹的季节。

绿色的野地，由温柔的银色之雨抚慰着，田野、庭园、森林的花朵与嫩叶，叫人目不暇接。好似这个世界所有的东西都不可捉摸！春天的黎明，就仿佛少女时代初开序幕，充满了迷人的魔力和少女的可爱。

对于这些现象，我们懒得去理解和探索，只凭身体去感觉。走在黄金之路上的人，只要对春天表示欢悦，跟春天共同感到年轻，这样就够了。

“我不喜欢叫人坐立不安的那种感觉。那会使人非常疲倦。巴弟失踪时，我就是始终坐立不安。那种感觉实在不好受！”雪莉说。

“你说得不错。但是，仍然有吸引人的地方啊！”说故事的女孩想了想说，“总而言之，懒懒散散还是比郁闷好。”

“反正啊！我不喜欢你的论调！”菲莉思蒂说，“我有一定的工作，怎么会懒懒散散呢？有人说过‘怠惰的手会招致灾害’呢！”

“噢……所谓的灾害一定很有趣。”说故事的女孩笑着说，“菲莉思蒂啊！你是否认为教养良好的女孩，不应该说这种话呢？”

“我是无所谓啦！”菲莉思蒂冷冷地说。

“其他的白杨树，树枝都横向发展，或者垂下来，为什么只有西洋白杨树的树枝是朝天空生长的呢？”彼得看着伸到青空的嫩枝问道。

“因为它们想跟风伯伯亲近啊！”菲莉思蒂说。

“嗯……我知道有关白杨树的典故！”说故事的女孩叫了起来。

在很多年以前，一个老人从彩虹的根部挖起一只装满黄金的水壶。虽然有不少人都听说过，那儿埋着这样一只水壶，但始终没有人找到它。因为想在彩虹消失以前到达它的根部，实在比登天还难。

但这个老人却在日落以前彩虹的看守人——爱莉丝暂时离开时发现了它。老人从他的家千里迢迢地走到这儿，可是它个装满黄金的水壶又大又重，所以老人便就地把它藏在白杨树下，准备在天亮以后，带他的儿子来搬。

爱莉丝回来以后，发现黄金水壶已不翼而飞，悲痛万分，只好要求神之使者马丘利去找寻。她想到下一次连彩虹也可能被偷走时，就一刻也不敢离开自己的岗位。

马丘利一路上询问每棵树是否看见过黄金水壶。

榆树、橡树、松树都指着白杨树说："白杨树一定知道它在哪儿。"

"为什么知道呢？"白杨树听后，有如受到惊吓的人把两手向上举起一般，把它的树枝全部朝着天空举了起来——它的下面赫然出现了黄金之壶！

白杨树吓了一大跳，同时也气恼万分。因为它一直是一种很诚实的树木。自从发生了这件事以后，白杨树就把它的所有树枝高高举起，再也不想把它们垂下来啦！只要如此，再也没有人会把盗来的东西放在它的下面啦！

从此以后，白杨树枝的父母就告诉儿女们，千万别把树枝垂下来，如此一代传一代，西洋白杨树就一直保持着这种形状。

"至于普通的白杨树叶子，为什么风没有吹它们，仍然会震动呢？你们知道原因吗？"

于是，说故事的女孩就说，救世主被钉的十字架就是利用

白杨树制成的。所以，可怜的白杨树叶就一直抖个不停……

果树园里也有一棵白杨树。无论是它的柔美，或者均衡的美感，都足以代表年轻和春天的化身。它那小小的叶片，无论何时都下垂而颤抖着，给春天的日落平添不少诗情画意。

“听起来够悲哀的……不过，盗取黄金的并不是白杨树啊！它实在是一种很美的树。”彼得说。

“已经开始有露水下来啦！不要再说傻话了，我们快进去吧！”菲莉思蒂下着命令，“否则的话，大家都会感冒的！感冒了虽然可以充分休息，可一点儿都不好玩。”

“不管是什么事情，只要能够叫我们感到惊讶就行啦！”当一伙人走过果树园的幢幢黑影时，说故事的女孩有点不悦地说。

“今夜会出现新月。我希望你的愿望能够得偿。加妮特伯母说过，她相信月亮能够满足我们的心愿，我不知道是不是真的。”彼得说。

说故事的女孩的心愿真的得偿啦！隔天下午，她的脸上交杂着骄傲、期待，以及遗憾等复杂的表情，加入了我们的阵容。

她的眼睛很明显地，有流过眼泪的痕迹，同时也蕴藏着一种被抑制的狂喜。由此看来，她很可能感叹了一阵子；但是，很明显地，根本就没有陷入绝望的境地。

“我要向大伙儿报告一个消息，”她有点装模作样地说，“你们要不要猜猜看到底发生了什么？”

我们实在懒得去猜，同时也不想在这方面努力。

“得啦！你不要卖关子啦，快说吧！”菲利克说。

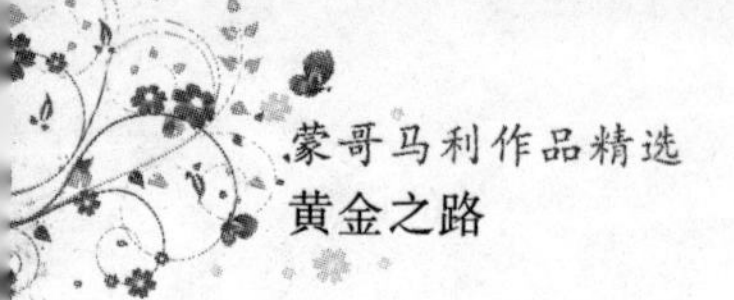

“好吧！奥莉比亚阿姨……就要结婚啦！”

大伙儿由于惊讶万分，不约都把眼睛睁得大大的。我们老早就忘了贝克的预言，也没有相信过她所说的话。

菲莉思蒂一口就否定说：“奥莉比亚姑妈要结婚？不可能吧！是谁说的？”

“她亲口告诉我的。绝对假不了啦！我实在不怎么高兴。可是，我们将要举行一场真正的婚礼，这不是很棒吗？据说，婚礼的排场很大，而我也将要当伴娘哦！”

“你还小，当什么伴娘……”菲莉思蒂嘲笑说。

“我就快满十五岁啦！是奥莉比亚阿姨要我当的哦！”

“她要跟谁结婚呢？”菲莉思蒂很惊讶地问。

“他的名字叫希顿博士，是哈利法克斯的人。去年夏天，他接受邀请到爱德华叔叔家时，邂逅了奥莉比亚阿姨。他们在那时就订婚啦！婚礼将在六月的第三周举行。”

“可是，我们的校内音乐会也要在下周举行呀！”菲莉思蒂惊叫道。

“为什么两者要搞在一起呢？如果奥莉比亚阿姨真要嫁人的话，那你怎么办？”

“那还不简单，我会住在你们家啊！”说故事的女孩有点儿胆怯地说，因为她不知道菲莉思蒂是否能够接纳她。事实上，菲莉思蒂很欢迎她去。

“到时，你就得住进我家了。你得在我家吃饭、睡觉——罗佳伯父要怎么办呢？”

“奥莉比亚姑妈的意思是——希望罗佳舅舅也结婚，但是罗佳舅舅说他才不要结婚呢！他说，与其结婚，他宁愿雇用一个管家。因为雇个人比较单纯，一旦感到不中意的话，可以解雇；但是结婚的话，事情就没有这么简单了。”

“一提起婚礼，烹饪就是一个大问题。”菲莉思蒂的声音洋溢着满足感。

“想必奥莉比亚姑妈也喜欢炸面包片，希望她有很多牙粉。”达林说。

“你既然这么说，为什么不好好用牙粉刷牙呢？像你这种大嘴巴的人，一开口，满口牙齿就一览无遗了呢！”菲莉思蒂回敬了一句。

“我每个星期天都刷牙呢！”

“什么？每星期才刷一次？牙齿必须每天都刷呀！”

“哪有这种事！你们认为呢？”达林很认真地求取大家的意见。

“嗯……牙齿必须每天刷才对！《家庭指南》就是这样写的。”雪莉宁静地回答。

“由此看来，写《家庭指南》的人比我空闲多了！”达林非常不高兴地说。

“哇！真棒！一旦当了伴娘，说故事的女孩的芳名将被刊登在报纸上。”雪拉有点羡慕地说。

菲利克也附和着说：“哈利法克斯的报纸也会登这件事呢！因为希顿博士就是哈利法克斯的人。对啦！他的名字怎

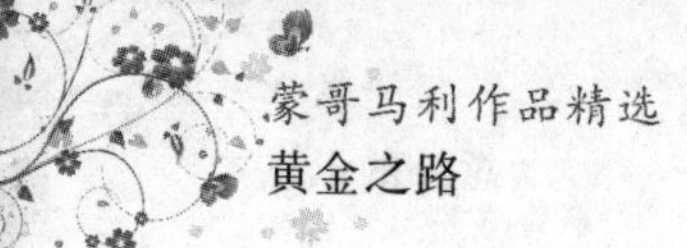

么称呼呀？”

“他的名字叫罗勃。”

“那么，我们就得称呼他罗勃姑丈了啰？”

“他在跟姑妈结婚以前，不能这样叫他。不过在结婚后就可以了。”

“但愿姑妈在举行婚礼以前，可别来个行踪不明。”曾经阅读过《新娘失踪记》的雪拉说道。

“希望希顿博士不至于像蕾洁乌德的情人一样，到时来个踪影全无。”彼得也这么说着。

“听你们这么一说，我又想起了安德鲁跟乔娜的真实故事。”说到此地，说故事的女孩笑着说——

那已经是八十年前的事情啦！那一年的冬天一直刮着大风雪，乡间的道路非常不好走。

那时的安德鲁住在卡拉尔，而乔娜则住在更为遥远的西边村庄。因此，两人不能时常见面。他俩决定在那一年的冬季结婚，然而他俩并不知道住在远方的乔娜的哥哥什么时候会回家，因为乔娜希望哥哥参加她的婚礼。

于是，乔娜就写信给安德鲁，希望他在星期三到她家。只是乔娜的字写得不怎么好，而被安德鲁看成了星期四。

到了星期三那一天，乔娜浑身穿戴得珠光宝气，亲戚朋友和牧师都到齐了，甚至连晚宴都办妥了，独缺新郎，这当然使乔娜怒不可遏。

这样在安德鲁赶到时，也不管他如何解释，乔娜都不听，只一味叫他滚蛋！再也不要上她家来。可怜的安德鲁只好怏怏地回了家，希望乔娜有一天能够回心转意，因为他是真正爱着乔娜。

直到十三年后的同一天，乔娜才回心转意了。

“还不是因为找不到更好的人，所以只好吃回头草啰。”达林揶揄地说。

第十四章

浪子返乡

这阵子奥莉比亚姑妈跟说故事的女孩一直忙着缝制衣裳，并且以此为乐。雪莉与菲莉思蒂因为这次的喜事将获得一件新衣裳，因此这两个星期以来，她俩都在谈论衣裳的事情。

雪莉只要一睡着，就会梦见自己穿着一件陈旧褪色的衣裳出席奥莉比亚姑妈的婚礼，因而恨恨地说，她再也不睡觉了。

“我脚上连起码的鞋子跟袜子都没有穿呢！而且一动也不能动，所有走过我前面的人，都不约地以奇怪的眼光看着我的双脚呢！”

“你也真是的，那只不过是梦境呀！”雪拉长长地叹了一口气说，“至于我呢，必须穿着去年夏季缝制的白色衣裳出席婚礼，它实在太短啦！但是我母亲竟然叫我凑合着穿。”

“如果不能穿漂亮衣裳的话，我宁可不要参加。”菲莉思蒂嘻皮笑脸地说。

“就算只穿着上学的服装，我也要出席奥莉比亚姑妈的婚

礼。我从来就没有看过热闹的场面。就算这个世界塌下来，我也要参加奥莉比亚姑妈的婚礼。”

“只要整齐清洁就行啦！穿什么都可以，加妮特伯母就这么说过。”彼得说。

“我再也不想听妈妈的话了。”菲莉思蒂板起一张面孔说。

彼得的脸上充满了恨意，不过，他仍然尽量地保持平静。自从今年春季以来，菲莉思蒂就对他冷若冰霜；但是，彼得从来就没有改变他诚恳的态度。因为菲莉思蒂所说的一切，看在彼得的眼里都是很正确的。

“清洁整齐固然很重要，但是，我还是很在乎外观。”雪拉一本正经地说。

“我想——奥莉比亚姑妈一定会做新衣裳给你穿。”雪莉这么安慰雪拉说，“再说也不会有任何人注意你。因为大家都猛盯着新娘子看啊！我想奥莉比亚姑妈一定会变成一个很漂亮的新娘。她会穿上白色的绸缎衣裳，再加上一层薄面纱。想想看！到时，她一定会非常动人！”

“奥莉比亚姑妈说，她要在果树园里举行婚礼。想想看，这不是很浪漫吗？我有一种错觉——仿佛要结婚的人就是我！”说故事的女孩说着。

“你在嚼什么舌根呀！你不过才十五岁！”菲莉思蒂取笑她。

“可是在十五岁时结婚的人比比皆是呢！琴恩·克雷就是在十五岁时结婚的。”说故事的女孩笑着说。

“你呀！一直都在贬低巴雷利亚的小说，说什么好无聊，跟

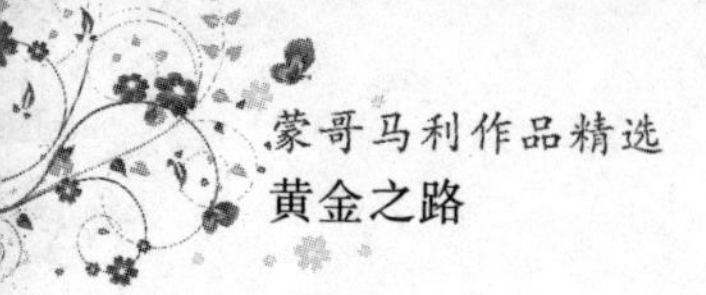

现实脱了节。如今，怎么又引出了他著作里的女主角呢？”烹饪方面的造诣比历史课还深的菲莉思蒂说道。

以当时而言，婚礼是取之不尽的话题来源；然而，这一方面的兴趣比起另外一件突发事件来，就完完全全地失色了。

在某一个星期六的夜晚，彼得的母亲来接他回家。由于彼得的母亲一直在詹姆斯家帮佣，所以詹姆斯用马车把彼得的母亲送过来。

在这以前，我们一伙人都没有看过彼得的母亲，在好奇心的驱使下，我们都躲在门边偷看。原来，彼得的母亲长得胖胖的、矮矮的，黑眼睛，而且一脸倦容。

对她来说，人生只是一连串艰辛的战斗，而鬈发的彼得就是她全副精神的寄托。彼得跟她一起回家，到星期天的夜晚才会回来。

这天，我们一伙人在果树园里围绕着说教石坐下，温习下周主日学校的训话用圣句，以及必须背诵的章节。再度恢复帅气的巴弟正坐在石阶上，一本正经地洗着脸。

彼得的脸上浮现出奇妙的表情，加入我们的谈话阵容。他看起来一副欲言又止的德行。看得大伙儿都快憋不住啦！

“彼得，你的样子怎会变成那样呢？”说故事的女孩出其不意地说。

“你以为我有什么事情吗？”彼得反问。

“到底发生了什么事？”

“我父亲回来啦！”

正如他预料一般，这引起了一阵骚动。我们在兴奋之余，围绕着他坐下来。

“彼得，你的父亲什么时候回来的呀？”

“星期六的夜晚，当母亲跟我回到家时，他已经坐在家里了。我母亲吓了一大跳！刚开始时，我还不知道他是谁呢！”

“彼得，你父亲回来啦！你一定很高兴啰？”说故事的女孩说。

“我当然高兴啊！”

“你不是说，不想再看到他了吗？”

“等一等嘛……你们还没有听完我的话呢！如果我父亲回来时跟他出去时一模一样的话，我才不会高兴呢！然而，父亲已经跟以往迥然不同了。在今年春天的某一夜，他参加了信仰复兴集会，彻底地洗心革面了呢！现在，他滴酒不沾，他还保证要养活一家人。从今以后，我母亲只要清洗我父亲跟我的衣服就可以了。同时，我也不必到外面帮佣了。我父亲答应我，可以住在罗佳先生家一直到秋季。这以后我就得回家，准备好好地上学了。我父亲把他身上所有的四十美元都给了母亲，由此推测，他可能是真的改头换面了。”

“如果他继续这样的话，那就太好了！”菲莉思蒂说。我们每个人都为彼得感到高兴。

“我实在很想知道，贝克为什么会知道我父亲会回来呢？由此判断，她可能真的是巫婆。”

“她连奥莉比亚姑妈要结婚都知道了呢！”雪莉也加上了一句。

“啊！她会不会是听到别人提起的呢？大人们在说给小孩听以前，他们都会彼此谈论一番呢！”雪拉说。

“不过，关于我父亲会回来这件事，根本就无从打听啊！他在缅因州改过自新，然而，他在那边并没有认识一个人啊！一直到他回家以前，他根本就没有告诉任何人呀！我不管你们怎么说，但是，我相信贝克一定是巫婆，她的骷髅头真的能够告知人们未来的事情，我实在非常高兴。她说我父亲会回来，他真的就回来了。”

“我能够体会你的喜悦。”雪拉叹了一口气，以浪漫的口吻说，“很像《家庭指南》的小说。当伯爵夫人跟派澳莉达女士被无情的继承人赶出来时，行踪不明的伯爵就回来了。”

菲莉思蒂哼了一声说：“你好像说错了！伯爵被关在肮脏的土牢好多年呢！”

或许，彼得的父亲——如果我们稍具理解力的话，我们一定也会知道，他被幽闭在自己的贪欲和恶习的牢里吧？世界没有比这个更为肮脏的东西了。所幸，比恶魔更强的神力打破了他的枷锁，重新把他带回到光明与自由的世界。

行踪不明的伯爵，受到伯爵夫人和高贵夫人所欢迎的场面，或许比不上洗衣妇欢迎倦鸟知返的丈夫来得感人吧？

事实上在这个世界里，绝对找不到完全没有瑕疵的东西，就算是黄金之路也是这样。

“自从父亲回来以后，母亲再也不必为人家洗那么一大堆的衣服了，她当然会感到很高兴，”彼得叹了一口气说，“不过有两件事很让人难过。”

“到底是什么事让你难过啊？”菲利克问。

“其中之一就是——我很不愿意跟你们分离。到时，我一定会非常寂寞的，我一定会寂寞得受不了的！而且，我们又不能上同一所学校。我必须回到马克雷去上学呢！”

“但我们还可以时常见面呀！”菲莉思蒂安慰他说，“只要你每周六能来这里就行了。”

彼得黑色的眼睛充满了感激之情，几乎差一点儿就跪下去了呢！

“菲莉思蒂，你实在很好。当然！只要可以，我一定会时常回来。不过话又说回来啦！这跟你们整天腻在一起仍然有所不同。另外一个问题更麻烦！我父亲革心的地方是美以美的复兴会。我当然也得加入美以美教会。以前我父亲什么教会也不曾参加。他是无神论者，而且他自称活得非常自由自在——他时常以此为傲呢！不过，他现在已经是虔诚的美以美教徒了，而且还说，他将到马克雷的美以美教会报恩。如果，我说出我是长老派的话，不知道他会怎么想。”

“你还没跟他说吗？”说故事的女孩说。

“嗯……我实在说不出口呢！我很害怕，我父亲会叫我做一名美以美教徒。”

“噢，美以美派跟长老派也差不多啊！”菲莉思蒂以让步的口气说。

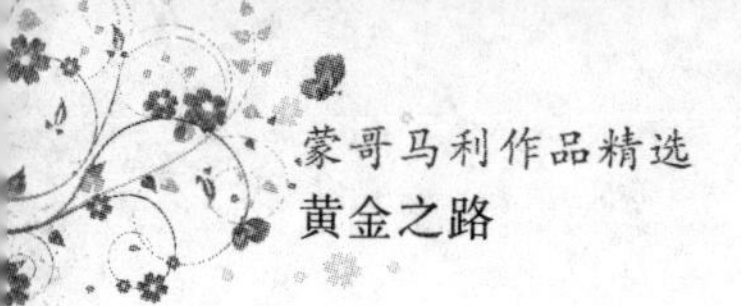

“才不是差不多，而是几乎相同。”彼得说，“反正，我才不去管是否相同。总而言之，我的长老派是决定了。我一旦决定，再也不会改变了的。不过我认为父亲知道以后，一定会气得七窍生烟。”

“你父亲既然已经革心洗面，想必不会再吹胡子瞪眼啦！”

“不过，这类人还是很多呢！就算他不会气得七窍生烟，感到悲伤总是免不了的，我最讨厌这一点。我这辈子是当定长老派教徒了。可是，我还是很烦恼。”

“你就不要对你父亲提这件事了嘛！在你成年之前，你可以先到美以美教会啊！到了成年以后，你就可以选择自己喜欢的教会了。”菲莉思蒂这样提醒彼得。

“我才不要呢！那样太不老实啦！”彼得很顽固地说，“加妮特伯母说，无论做什么事情，最好是光明正大，尤其在宗教方面更应该如此，所以我要老老实实地对我父亲说；可是，我又害怕父亲会大惊小怪。不过我准备在两三星期后才那样做。”

其实，内心里感到烦恼的人，并非只有彼得一个人。雪拉也对自己的容姿担心起来。

某一个黄昏，当我在洋葱田拔杂草时，看到雪莉跟雪拉在篱笆那边编织花边。我是在无意中听到她俩在闲谈，并非有意要偷听。不过，凭后来雪莉时常欺负我来看，她俩或许都知道我站在一边“偷听”了。

“雪莉，我不愿意像这么丑地度过一生。”可怜的雪拉颤抖着说，“小孩时尽管长得很丑，但随着年龄增长慢慢变漂亮，仍

然可以叫人忍受；但是我不但没有变漂亮，甚至每况愈下呢！玛莉姑妈说，我就要步上玛儿姬姑妈的后尘了呢！看来，我是凶多吉少了！如果我那么丑的话，哪个男人会娶我呢？”说到这里，雪拉长叹了一口气说，“我可不愿意当老小姐。”

“但是，有不少长得并不怎样的女孩子也嫁人了呀！而且，雪拉，有时你看起来也蛮可爱呢！你的身材就长得很不错啦！”雪莉这么安慰雪拉。

“可是……你看看我这双手！”雪拉呻吟了一声，“你看！我的手长满了痘子！”

“你不要烦恼啦！等你长大后，痘子就会消失的。”

“可是，在我们学校举行音乐会以前不可能消失。有了这一双长满痘子的手，叫我怎么上台嘛，因为在我的朗读中有一段‘姑娘挥起了百合般的手’，而且在朗读这一段时必须……长满了痘子的手，还能够伸出来献丑吗？”

“凡是我听说过的治疗法，我都试过了；但是没有一种有效。茱蒂说抹一些虾蟆的口水就可以消除，可是，如何才能取得虾蟆的口水呢？”

“天哪，多恶心啊！与其那样，不如让痘子留下来吧！雪拉，如果你不动不动就哭的话，看起来一定更可爱。你哭的时候，眼睛就会变得不好看，就连鼻头也会变得红彤彤呢！”

“但是，我不能不哭啊！我非常容易受到伤害。关于那些誓言，我已经全部放弃了。”

“你要弄清楚，男人最讨厌动不动就哭的女人。”雪莉说。

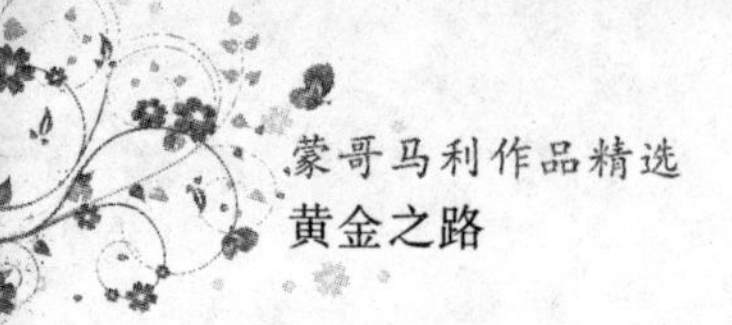

想不到她那一颗由褐色头发覆盖的头，蕴藏着很多夏娃的智慧。

“雪莉，你曾经想到过嫁人吗？”雪拉小声地问。

“你说什么呀？”雪莉似乎受到了很大的惊吓，“雪拉，以我的年龄来说，谈结婚实在还太早了！”

“依我看，你现在就可以考虑这个问题。趁着赛拉斯追求你时——”

“我恨不得赛拉斯立刻沉到红海底去算啦！”因为雪拉提出了她生平最讨厌的名字，雪莉感到怒不可遏。

“赛拉斯现在对你怎么样？”菲莉思蒂绕过篱笆而来，她问道。

“才不只现在呢！他一直对我展开疲劳轰炸呢！他存心叫我神经衰弱而死！”雪莉越想越气地说，“他一直写信给我，不是把信放在我的桌上，就是夹在我的课本里，烦死了！我一次也没有给他回信，不过他倒是乐此不疲。他在最近的一封信里写着——如果我不答应长大后嫁给他的话，他就要叫我好看！”

“哇！雪莉，那就等于向你求婚啦！”雪拉有点儿畏缩地说。

“那家伙甚至送给我一撮头发，还叫我也回送他一撮。现在我就告诉你吧！我立刻就要把他的头发退还！”雪莉仍然愤恨地说，“我才不要给他回信呢！”

“依我看，你为什么不写信给他，明白地告诉他，你对他的看法，叫他别再做那种怪里怪气的事情呢？”菲莉思蒂提出了她的意见。

“我不会那样做的。而且，我也没有那种勇气，”雪莉狼狈地说，“不过，我破天荒地做了一件事情。上星期，他写了一封

又臭又长的信给我。而且错字连篇呢！平均两个字就有一个错字！像酸粉这个字，他就写成了咸肉粉！”

“奇怪啦！情书里面怎会出现‘咸肉粉’呢？”菲莉思蒂很纳罕地问。

“噢……那时，他母亲叫他去买东西，因为他一直在想我的事情，所以忘了去买，却把它写在信上。我在他写的别字上面，用红墨水写上了正确的字，再把信件寄还给他。我认为这样做以后，他就会尴尬，再也不会写信给我了。”

“他不再写啦？”

“才不，他照写不误呢！我改正他别字的用意，无非是想让他尴尬，再也不会写信给我。谁知我的策略彻底失败了。他实在是厚颜无耻的人，居然又写信给我，说谢谢我纠正了他的错误。他说，我之所以纠正他的错误，无非是对他怀着好感……到了这种地步，我还能说什么？我实在拿他毫无办法！”

“赛拉斯夫人，这个名字并不好听……”菲莉思蒂说着，不觉笑出了声音。

“佛洛丝对我说过，赛拉斯在他父亲的一棵树上刻上了你的芳名，把那棵树糟蹋得一塌糊涂，”雪拉说，“他的父亲怒骂他‘如果你再糟蹋我的树，我就拿鞭子抽你’！但是，他把他父亲的话当耳边风，仍然刻个没完没了。他还对佛洛丝说，他这样做以后，心情就会开朗很多。据佛洛丝告诉我，赛拉斯在客厅前的一棵白桦树上刻上你跟他的名字，而且，两个名字的四周又刻满了心。”

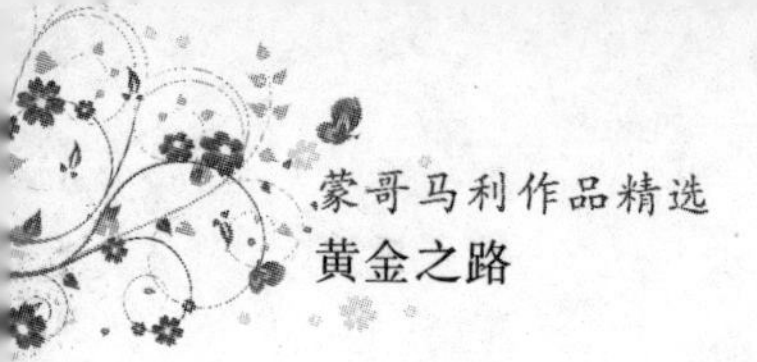

“他那么做，无非是要那些来到他家的人都能够看到罢了！”雪莉呻吟了一声，“他故意要把我折磨死。我最烦的是，我在做算术题目时，他总是用那种倾诉，又带着几许责难的眼光凝视我。遇到这种情形，我会尽量不往他那边看。但是，感觉到对方在凝视我，总是叫人焦躁不安。”

“听说赛拉斯的母亲也对这件事发过雌威呢！”菲莉思蒂说。

赛拉斯忽略了菲莉思蒂玫瑰般的美艳，却对一本正经的雪莉情有独钟，这本来就叫菲莉思蒂大不以为然。当然啦！菲莉思蒂并不想要赛拉斯的痴心，但是，他对她视若无睹的态度，实在叫她咽不下一口气。

“那家伙又把报纸上的诗剪下来送给我。”雪莉继续说，“而且，他还用铅笔在某处做记号呢！昨天，他又寄了一首给我。我把他剪下的纸片放在裁缝袋子里。我念给你们听听——

如果你的心扉仍不能为我打开，
我只有死心了，
然而在我生命告终前都将处在一片黑暗中！

三个无情的少女，念着感伤的诗句，再哈哈地大笑。可怜的赛拉斯！他的爱投错了对象。虽然雪莉的心扉始终没有为他打开，但是他并没有处在一片黑暗里。

后来，他娶了一个很年轻、很健康、玫瑰色皮肤的胖姑娘，她跟他初恋的对象完全不一样，但赛拉斯的事业与家庭两得意。

第十五章

一撮头发

在那年的六月，令人快乐的事情一桩桩地降临。我们在那些爽朗的日子里，等着孩童时代“精选”的最后收获。为了不让任何快乐的事件逃脱，雪莉说她连睡觉都可以牺牲呢！

在黄金的路上，落叶缤纷的地面；在广大原野跳动的影子；树叶彼此摩擦的声音；烟雨蒙蒙的森林小径；牧场小道飘散着的幽邃香气；古老果树园里小鸟的啾啾声，蜜蜂的嗡嗡声；松林背后的落日；樱花上的透明露水；柳梢上的月牙；黑夜里闪动的星星……

对于这些大自然的赏赐，我们有如小孩般毫不思索地一一接受与品尝。

六月中旬将举行的婚礼，校内的音乐会练习，雪莉与赛拉斯之间的纠缠……在都变成了我们娱乐的来源。

关于赛拉斯跟雪莉的事件，只有逐渐恶化一途。他仍然寄很多词不达意，错字、别字连篇的信给雪莉。赛拉斯还扬言要

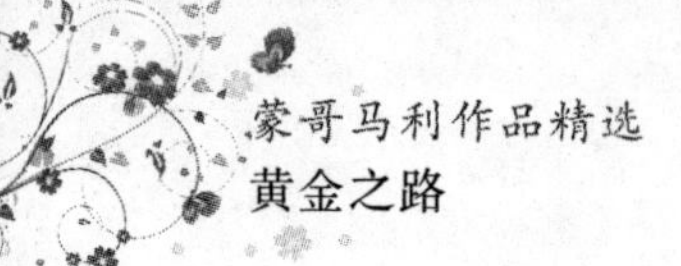

跟威利·弗雷沙决斗，藉此威胁雪莉，这几乎缩短了她的生命——事实上，就像菲莉思蒂指出那般，赛拉斯只是在吓唬她，根本就不会真正实行。

“可是，我非常担心，他可能会随时采取行动。在学校里，如果两个男孩为我大打出手的话，我会很没面子的。”

“刚开始时，如果你稍微讨好赛拉斯一下就好啦！那样就绝对不会演变到今天的地步。”菲莉思蒂一点儿也不体恤地说。

“我才不要那样做呢！”雪莉红着一张脸叫道，“你也知道，我第一次看到赛拉斯的大红脸时就不敢领教了！我才不齿于讨好他呢！”

“菲莉思蒂在吃醋呢！因为赛拉斯对她根本不屑一顾，只拼命讨好雪莉。”达林说。

“你少乱猜！”菲莉思蒂气炸了！

“我亲爱的妹妹啊！我才没有乱猜呢！”达林一点儿也不甘示弱地说。

不久以后，赛拉斯竟然偷剪了雪莉的一撮头发！事情是这样的：在某一个放晴的下午，雪莉跟姬蒂坐在教室打开的窗边。遥远的绿野有凉风吹进来，十分凉爽舒适。雪莉跟姬蒂之所以坐在那儿，当然有她们的道理。原来是姬蒂在一本杂志上看到日光浴对头发有益处，便跟雪莉把长长的发辫甩到窗外，让它们去享受日光浴。

当雪莉一边晒着秀发，一边拿着石板计算分数时，一直被冷落的赛拉斯，便带着一把剪刀偷偷地溜到了教室外面，而且立刻

摸到了窗边，以迅雷不及掩耳的速度剪下了雪莉的一撮头发。

这次强夺头发的事件，虽然没有带来鲍伯诗里恐怖的结果（鲍伯为英国诗人。他以当时发生于社交界的某件事为题材，写了一篇《盗发》），但是，雪莉内心的起伏绝对不输给佩琳达（在《盗发》里，被爱好冒险的男爵剪下头发的绝世美女）。从学校回家的途中，雪莉一直在哭。当达林宣言他要跟赛拉斯决斗，以终止赛拉斯恶劣的行为时，她才停止了流泪。

“不行！你绝对不能跟赛拉斯决斗！”雪莉哭着阻止达林说，“不管发生什么事情，绝对不许你为我打架。你怎么不衡量一下自己的力量呢？赛拉斯的块头大，又那么孔武有力。万一你被揍了，不但爸爸不会放过我，就是妈妈也会气昏的！她绝对不会相信错误不在我。如果赛拉斯只剪一小撮的话，那倒没事，问题在于他剪得太多了。你瞧！我得把另外一边的头发也剪下来才行。这样头发不是会变得很短吗？”

不过，这次获得雪莉的头发，也是赛拉斯最后获得的一次胜利，因为他已经接近了没落的时期；就连雪莉也遭到鱼池之殃。巴金斯老师是非常严格而重视纪律的教师。在上课时间内，他绝对不许学生做出任何违规的事情。

有一天，赛拉斯又写信给雪莉。以前，他只是悄悄地把信放在她的桌上，或者夹在她的书本里，这一次却别出心裁，让三个同学在桌底下传给雪莉。当艾姆佛伦接过信的瞬间，当场被刚好从黑板转过头来的巴金斯老师逮个正着。

“艾姆佛伦，你把那东西带过来！”巴金斯老师下达命令。

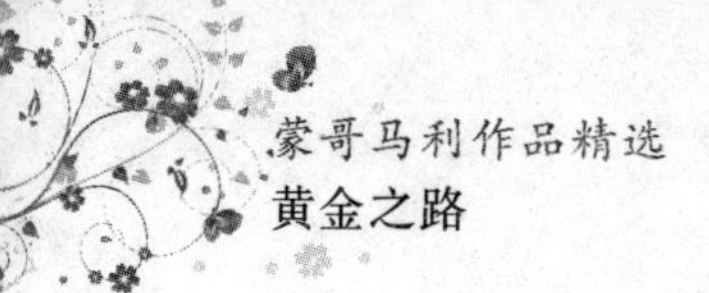

赛拉斯的脸转为苍白。艾姆佛伦把那封信交给老师。巴金斯老师接过那张信，仔细看了一下，再问："艾姆佛伦，这封信是你写给雪莉的吗？"

"老师，不是我……"

"那么，到底是谁呀？"

艾姆佛伦说不知道，是邻座的同学交给他的。

"换句话说，你不知道它从哪儿来的啰？"

巴金斯老师浮现出令人害怕的冷漠笑容。

"嗯……我想，只要问雪莉就知道了。艾姆佛伦，你回自己的座位吧！罚你们以后的一个星期之内，下课后必须多留校一个小时。雪莉，你过来。"

面上带着愤怒的艾姆佛伦回到了座位，可怜无辜的雪莉涨红着脸走了出来。

她的制裁者说道："雪莉，你知道那封信是谁写给你的吗？"

雪莉跟某著名人物一般，一向不喜欢撒谎。

"是的……老师……我知道……"她以蚊子般的细声说。

"那么，到底是谁呀？"

"我……我不便说出来……"雪莉就要哭出来啦！

"是吗？"巴金斯老师一本正经地说，"只要我把信封打开，就不难知道是谁写的。不过，凡是有教养的人都不会去拆开别人的信件。好吧！既然你不肯说是谁写给你的，那么，我自然有更好的办法。你自己拆开信封吧，并且拿着这根粉笔把信的内容全部写在黑板上，接着，把寄信人的姓名写在最下面。"

雪莉抽了一口气，于是避重就轻地说："老师，我要说出谁写了这封信。写的人是——"

"你稍等一下！"

巴金斯老师挥手阻止了雪莉。他这个人越无情时越会变得冷静。他又说："刚才我叫你说出是谁写的这封信时，你一直不想开口，所以，现在你已经没有这个机会了。你把信封打开来，拿着粉笔，依照我的吩咐去做！"

再柔弱的人也有自尊心。雪莉一向内向顺从，但碰到这种情况，她也会产生反抗心。

"我……我做不到！"雪莉叫了起来。

巴金斯老师并非死板的人，如果他知道那封信的内容的话，他是绝对不会这么处罚自己得意的学生的。有如他在事后所说的一般，他以为那封信是另外一个女生写给雪莉的呢！因为在上课时，女学生们时常玩这种把戏；而且，既然老早就订了这种规矩，巴金斯老师是不可能随便改变的。

"好吧！你既然不想这样做，"巴金斯老师和颜悦色地说，"那么，你在这三天内都得跟赛拉斯坐在一起！"

巴金斯老师并不知道，在他的管辖之下区域，曾经上演过一出小小的感情戏。他这种处罚也太便宜了赛拉斯。当时的我认为，那不啻是恶魔的一击。到了这种地步，雪莉已经没有了选择的余地。她想着，叫她跟赛拉斯坐在一起，她宁愿接受更严厉的处罚。她的眼睛燃烧着怒火，打开了信封，抓起了粉笔，走到了黑板前面。

两三分钟以后，那封信的内容就被写在黑板上了。我无法一字不漏地把它们重现出来；不过令我记忆深刻的是，信里充满了感伤且错字连篇。

站在黑板前的雪莉很冷酷，她把可怜的赛拉斯的错误原原本本地暴露出来。原来，赛拉斯一直把雪莉的头发挂在他的胸前。

“那些头发是偷来的！”雪莉掉过头，对巴金斯老师悄悄说。

赛拉斯说，雪莉的眼睛实在非常漂亮，实在找不到合适的字眼形容，他还强调说，一旦想起了雪莉，他就食不下咽。他信末的署名——“被人拆散为止，我都是你忠实的赛拉斯·布里克”。

当雪莉在黑板上写时，同学虽然还担心巴金斯老师发脾气，可是照常笑得前俯后仰。就连巴金斯老师本人也无法维持他最严肃的表情，时常背对我们，好像在看着窗外，但是，我们仍旧能够察觉到他的肩膀在不停地颤抖。

当雪莉写完，把粉笔放下来时，巴金斯老师才红着脸，转身朝向我们。

“好啦！雪莉你可以坐下来了！赛拉斯，肇事者原来是你！你去把那些擦掉！然后站在教室角落把两手举到头上！”

赛拉斯照着老师的吩咐去做，雪莉则回到了座位，一直啜泣着。在那一天，巴金斯老师再也不招惹她。雪莉难过了好几天，但当她获知赛拉斯再也不纠缠她时，就不再郁闷了。

赛拉斯再也不给雪莉写信了；而且，再也不以那种如痴似醉的眼光看她了；再也不把“孝敬物”——口香糖、铅笔等贡

品供在“圣堂”前了。

赛拉斯的妹妹告诉了雪莉真相——她哥哥已经明白了雪莉对他是嫌恶，而非矜持，她宁愿上黑板写出他信的内容，也不齿于跟他坐在一起，那就表示她对他真的无感情可言了。

既然对方厌恶他，他又何必对她朝思暮想，有如陷入地狱一般地长吁短叹呢？巴金斯老师撒下的一片寒霜，使赛拉斯的年轻恋梦枯萎了。

第十六章

尤娜姑姑的故事

在某一个黄昏，菲莉思蒂、雪莉、达林、雪拉、菲利克，以及我，六个人坐在罗佳伯父牧场里长满青苔的石头上。那一天，说故事的女孩说《高傲公主的结婚钟声》给我们听时，我们就坐在那儿。

不过，现在已经是日斜西山的黄昏，山谷由夕阳余晖镶着边，而且还在闪闪发亮。我们的背后有两棵高耸的针枞树，它们昂然伫立在晚霞中，树枝伸向打开的幽暗窗户。大伙儿又走到翠绿色的小径上坐了下来。眼前的一带斜坡，点缀着一大片白色的雏菊。

我们正在等彼得和说故事的女孩。

今天是彼得的生日。他为了跟父母度过下午的时光，在吃过午餐后立即赶到了马克雷。他发誓要对他父亲说出长老派的黑暗秘密，我们都非常担心会有不好的结果。

至于说故事的女孩，今天早上她就跟李德小姐到夏洛镇去

玩了。我们都猜她已经愉悦地越过了阿斯壮家的草原，正朝我们这儿来。

等了好长的一段时间，彼得好不容易回来了，他得意地走上通往山丘的郊道。

“咦？彼得好像又长高了嘛！”雪莉说。

“彼得越长越帅啦！”菲莉思蒂加强语气说道。

“那家伙自从老爸回来以后，一下子就变帅了呢！”

达林对菲莉思蒂冷嘲热讽。但是，菲莉思蒂却向达林白了一眼说：“那是因为彼得再也不必吃苦和负起沉重责任了。”

“彼得，结果怎么样了？”等彼得进入能够听到声音的范围时，达林就迫不及待地问。

“哇！真是谢天谢地！”彼得也高声说，“我一回到家，就正经八百地对我老爸说：‘爸爸，我想跟您商量一件事，因为我再也忍耐不住啦！’”

“‘彼得，你有什么烦恼呢？不要害怕，快告诉我。你爷爷毫无怨言地原谅了我，我当然也能够那样原谅你。到底是什么事情啊？’”

“‘好吧！爸爸我就坦白地对您招认吧！我是……我是长老派。去年夏季，我听说审判的日子就要来临了，于是立刻加入了长老派。我很遗憾，不像爸爸、妈妈以及洁恩姑妈一样属于美以美派……我要说的话就是这些。’

“说完了这些话，我就打着寒颤，等着老爸的回答。想不到老爸轻描淡写地说：‘我以为是什么大不了的事情呢！原来是小

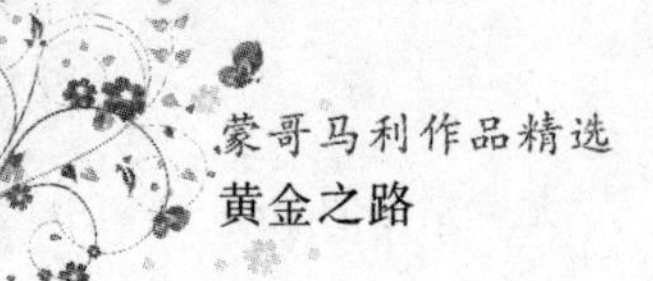

事一桩！你这个小萝卜头，长老派又有什么关系呢？只要是你喜欢，不是新教就得了，我不会在乎的。’

“我老爸还说：‘最重要的是，你的内心必须纯净，只能做正派的事情。’你们知道吗？我老爸本来就是很够格的基督教徒呢！”

“是吗？这么说来，你已经放心啰？”菲莉思蒂说，“你的纽扣眼里插着的是什么东西啊？”

“那是四片叶子的三叶草啊！”彼得很得意地说，“这表示到了今年夏天，我的运气就会好转了。我是在马克雷找到它们的。在卡拉尔可是很难找到三叶草的呢！据罗佳伯父说，那是卡拉尔的老小姐很少的缘故。马克雷则有很多老小姐，所以，那边的三叶草比较多。”

“你少来！老小姐跟三叶草又有什么关系呢？”雪莉不以为然。

“我也认为没什么关系；可是罗佳伯父却说大有关系，据说一个叫达恩的人已经证明了那种说法，有一天，他莫名其妙地对我说，三叶草的多寡跟蜜蜂有关。因为在所有的昆虫中只有蜜蜂有长长的舌头去舔蜜。不过，野鼠会吃蜜蜂，猫又会吃野鼠，而老小姐又喜欢养猫。

“正因为这样，罗佳伯父说，老小姐越多，猫儿也会越多。猫儿一多，野鼠就会减少。野鼠一减少，蜜蜂就会变多。蜜蜂一多，三叶草当然也会跟着增多。

“既然这样，就算变成老小姐也不必伤心呀！至少，还有助

于三叶草的大量生长。你可别忘了这一点。”

“你们男孩的蠢话我已经听多啦！罗佳伯父也跟你差不到那儿去。”菲莉思蒂说。

“啊！说故事的女孩来啦！”雪莉叫了起来，“好啦！我们可以听到精彩的故事了！”

说故事的女孩一来到大伙儿面前，就有如连珠炮般地说，李德小姐的家有多美，仿佛是一个梦里的家。建筑物完全被常春藤盖着，更难得的是有一个美妙而古老的庭园。

“而且啊！”说故事的女孩有如发现了珍奇的宝石般，喜不自胜地说，“那儿还有着一个凄艳而动人的故事呢！更难能可贵的是，我居然碰到了故事的男主角。”

“那么，女主角在哪里？”雪莉急切地问。

“归天了呀！”

“是吗？为什么女主角要死去呢？我还是喜欢听女主角活着的故事。”达林有点失望。

“那就奇啦！女主角活着的故事，我不是说过好多了吗？”说故事的女孩有一点不以为然地说，“如果这一任女主角没有归天的话，那就没有动人心弦的故事可说啦！”

“女主角的芳名叫尤娜，是李德小姐的姑姑。我在想，尤娜一定长得跟李德小姐一模一样。李德小姐告诉我很多有关她姑姑的事。我走到前庭时，发现前庭的角落有两棵梨树形成一个拱门，旁边有一张老旧的长椅。长椅下面长满了青草，以及争艳斗妍的紫罗兰，一位驼着背、白发苍苍、有着漂亮蓝眼睛的

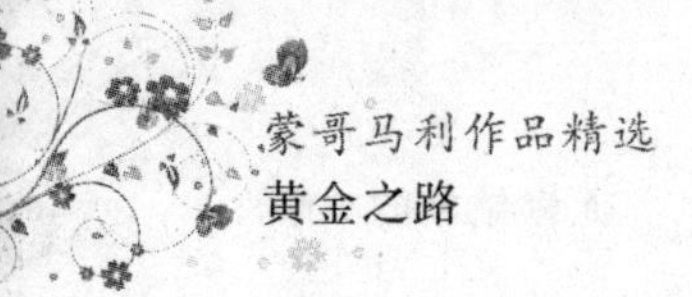

老爷爷，失魂落魄地坐在那儿，看起来非常可怜。

“我感到纳闷的是，李德小姐始终不曾跟他打招呼，视若无睹，抓着我的手往别的方向走。隔了一会儿，那一位老爷爷起身快快地走了出去。这时，李德小姐就对我说：‘你来尤娜姑姑的位置坐着吧！我这就告诉你尤娜姑姑和她心上人的故事。刚刚走出去的人，也就是尤娜姑姑的心上人。’”

“天哪！把他当成心上人，会不会太老了点？”我说。

“标致的李德小姐听后笑得花枝乱颤的，再告诉我说，那已经是四十年以前的事情了呀！那时的老爷爷是个高挑而帅气十足的青年，而尤娜姑姑则是芳华十九的漂亮姑娘。

“我们走到那个长椅旁边时，李德小姐就迫不及待地把尤娜姑姑的故事告诉了我。因为她在孩童时，就听了有关尤娜姑姑的故事好多遍，所以即使姑姑死了四十年，她的‘个性’仍然存在这个世界，使她久久难以忘怀。”

“个性是什么啊，是不是幽魂之类？”彼得问。

“不是啦！”说故事的女孩很烦躁地回答，“我可不能为了说明那个名词而中断说故事啊！”

“其实啊，连你也说不出那个词的意思吧？”菲莉思蒂有点轻蔑地说。

说故事的女孩捡起了她放在草丛上的帽子，有点儿不高兴地戴到头上。

“我要回去啦！今夜，我得帮奥莉比亚阿姨把蛋糕冷藏起来。我想，你们对辞典的兴趣，远远地超过了听故事的兴趣。”

“你太过分了！”我叫了起来，“达林、菲利克、雪拉、雪莉一直噤若寒蝉，一句话也没说啊！只因为彼得跟菲莉思蒂搅局，就要拿全部的人开刀，那太过分了吧！我们急于想知道故事的发展，谁也不在乎什么个性不个性的。求求你！你继续说下去吧！喂！彼得，你给我安分点。”

“我只是想知道那个词的含义罢了！”彼得一脸不高兴地咕哝。

“至于‘个性’是什么东西，我当然知道，只是很难言说罢了，”说故事的女孩心平气和地说明，“个性，就是使别人能区别彼得跟达林，或者我跟菲莉思蒂的东西。李德小姐的尤娜姑姑具有鲜明的个性，而且又长得标致、俏丽。乳白色的皮肤，油光水滴似的黑发，梦一般的黑色翦翦双眸：李德小姐把它们形容为月光之美。”

“尤娜姑姑一直有写日记的习惯。李德小姐的母亲每次都会念一小节给她听。其中也不乏诗词之类，念起来叫人心生向往。姑姑对于她心爱的这个庭园，也有特别的描写。李德小姐告诉我说，只要她一看到庭园里面的一草一木，就会想到尤娜姑姑的诗词，或者是她文章里面的一节。整个庭园都印满了尤娜姑姑的倩影。她对她的想念就仿佛淡雅的香气般，弥漫在小径上。

“尤娜姑姑和刚刚我说的那个心上人，准备在尤娜二十岁生日那天举行婚礼。

“尤娜姑姑准备在结婚的那天穿上绣着紫罗兰的白色锦绣礼服。谁知在婚礼前夕，她却得了热病，很快就魂归离恨天。

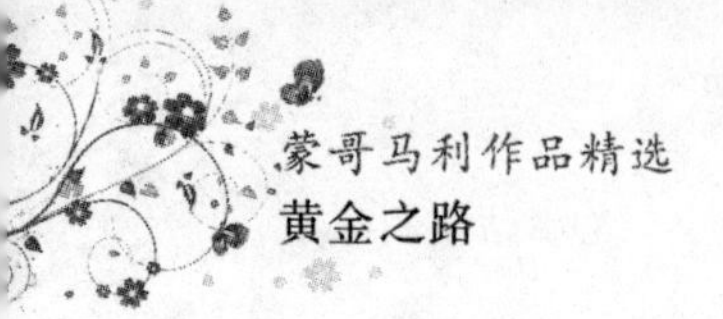

“在她双十年华生日那天，不但结不成婚，而且被家人埋葬了。那时正是玫瑰花开的季节。

“这以后，尤娜姑姑的心上人就一直守着她，把他的一颗心都奉献给她。他一辈子都没有结婚。每年六月尤娜姑姑的生日时，他就会来到这个庭园里，形单影只地坐在他们共同坐过的长椅上，默然无语地进入追思的国度。

“李德小姐说，她很喜欢看姑姑的心上人在那儿沉思，因为从他的身上可以感受到超越时空和死亡的至爱，这给了李德小姐很美很深刻的感动。

“有时，她甚至可以感受到尤娜姑姑风情万种地坐在她心上人的旁边，跟他喃喃细语——尽管她的尤娜姑姑已经在孤坟下长眠了四十个寒暑。”

“绮年玉貌时死亡，心上人每年都来庭园凭吊，实在够浪漫的。”

“我认为活着结成连理比较好，”菲莉思蒂说，“我母亲说，那种浪漫的死法，只能够在傻子身上看到。那么标致的李德小姐竟然没有心上人，实在叫人匪夷所思。她那么漂亮的人怎会……”

“卡拉尔的人都说，李德小姐眼高于顶呢！”达林这么说时，说故事的女孩没好气的说：“以卡拉尔来说，能够配得上李德小姐的人，连一个也没有呢……而且……而且……”

“而且……又是指什么呀？”菲莉思蒂问。

“你何必管它是什么呢？”说故事的女孩留下谜一般的话就走了。

第十七章

奥莉比亚姑妈的婚礼

对于奥莉比亚姑妈的婚礼，我们是又兴奋又喜悦，在举行婚礼前的星期一、星期二这两天，我们都没有去上学，留在家里帮着做一些杂事。所有吃的、布置的，无一不叫我们感到称心满意。

菲莉思蒂已经到达了幸福的顶点，而忘了跟达林斗嘴——不过，当达林告诉她总督夫人也要来时，她开始显露出紧张的模样。

“你别忘了做一些她喜欢的炸面包哦！”达林这么说时，菲莉思蒂没有好气地说：“哼！奥莉比亚姑妈的婚宴什么山珍海味都有，就算总督夫人也没什么好挑剔的啦！”

“除了说故事的女孩，据说，我们都不能围着正式的餐桌吃饭，对不对？”菲利克有一点儿惋惜地说。

“你不要失望啊！”菲莉思蒂安慰他说，“我会把一整只火鸡送到我们桌上，还有一大桶冰淇淋。雪莉跟我负责端菜，因

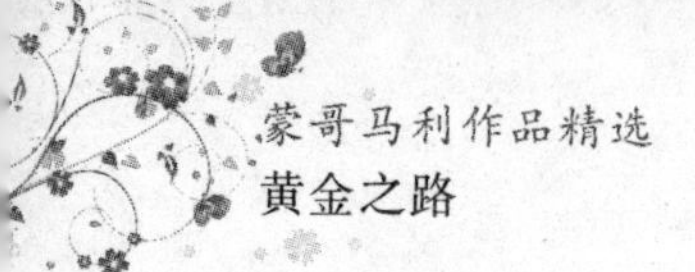

此，我会特别留下一些东西给我们自己。”

“我也很想跟你们一块儿吃大餐，”雪拉叹了一口气说，“但是，母亲一定会把我带走，我知道，她会整晚监视着我。”

“我去请奥莉比亚姑妈对她说，让你跟我们一块儿吃吧！我想，她应该不会拒绝新娘的要求吧？”雪莉安慰道。

“正因为你不了解我妈，才会那样说，”雪拉以颓然的口气说，“我最害怕跟母亲一块儿吃饭了，不过，她肯带我参加婚礼，并且为我做白色的衣裳，我已经感激不尽了。”

星期一夜晚，乌云一下子多了许多，风雨开始对唱起来。到了星期二，雨仍然下个没完！我们几乎要发疯啦！如果星期三也下雨，那该如何是好？

如果一直下雨的话，奥莉比亚阿姨就不能在果树园举行婚礼了。这实在太扫兴啦！尤其是在其他的花儿都凋谢，只有迟开的苹果花打算为奥莉比亚姑妈祝贺时，竟然会碰到如此扫兴的事情！

那些苹果树总是最迟才开花，而今年又比去年整整延后了一个星期，这正好配合奥莉比亚姑妈的婚期——那一大片粉红色的苹果花，覆盖在高高的枝丫上，像一座座金字塔。

我想没有一个新娘子拥有过这么漂亮的头纱吧！

不过到了星期二的黄昏，天气就好转了，我们当然很高兴。华丽而染成深红色的夕阳，就像答应要带来晴天一样，在翠绿的世界投下闪耀的银箭。

阿雷克伯父驾着马车到火车站接新郎和伴郎。达林叫所有的孩子手里拿着牛铃和铁锅，在门口处等候着，想以粗野的方式，迎接从小径进来的一对新人。可惜只有彼得同意这样做，其余的人都打了退堂鼓。

“难道，你要叫希顿博士把我们看成野蛮的印第安人吗？”菲莉思蒂骂了起来，“你以为他会把我们看成有教养的孩子吗？”

“可是，我们胡闹的机会仅有这一次啊！我想，奥莉比亚姑妈是不会在乎的，因为她懂得幽默。”达林不悦地嘟起了他的大嘴。

“你胆敢那样做的话，妈妈必定会宰了你！希顿博士是哈利法克斯的人，在那儿，根本就没有那种欢迎方式，所以他必定会认为你是野蛮人。”

“这样说来，他在哈利法克斯结婚不就得了？”达林满脸不高兴地回答。

瞧见奥莉比亚姑妈的老公时，我们这一群半大不小的孩子都有点失望。当他到达以后，阿雷克伯父把他带入客厅里面。我们这一伙人都躲在楼梯后面的黑暗角落偷看，之后很快都奔到月光照耀的外面，在榨乳小屋诉说各人的看法。

“天哪！他秃头呢！”雪莉以失望的口气说。

“哇！他好胖！”菲莉思蒂也说了一句。

“乖乖，他已经四十岁了呢！”达林也附会说。

“那又有什么关系呢？”说故事的女孩认真地说，“只要奥

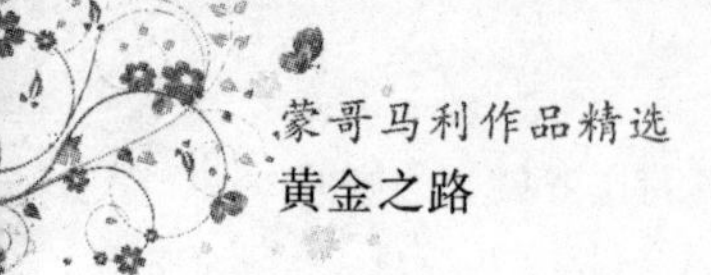

莉比亚阿姨爱他就成了！”

“本来嘛，听说他腰缠万贯呢！”菲莉思蒂又说。

“嗯……还差强人意啦！依我看来，奥莉比亚姑妈在这个岛上，再也找不到比他更好的对象啦！”彼得说。

不过到了翌日早晨，大伙儿接近了希顿博士以后，才发现每个人都喜欢他，而且一致认为他是容易相处的人。女孩子们没有时间表示对希顿博士的意见，因为她们根本忙得团团转。尤其是菲莉思蒂更忙得像匹马。一直到吃过午饭后，才有喘口气的机会。

“啊，好不容易全部应付过去了。”当大伙儿集合在枞树林的空地时，菲莉思蒂叹了一口很大的气说，“再也没有什么事情好忙了。只剩下换一件参加婚礼的衣裳而已，想不到结婚会忙成这个样子。”

“对啦，雪拉有一张字条要给我！”雪莉说，“茱蒂送来的，我现在就把它念出来！”

给我最喜欢的雪莉：

发生了一件很倒霉又恐怖的事情。昨夜，我牵着牛到水沟喝水时，在枞树林子里发现了一个蜂巢。

因为四周有些暗，我以为是个黄蜂的旧巢，于是用木棒去敲打它，天晓得，原来是个新巢，一下子就有一大群蜜蜂出来“轰炸”我！我的脸肿了起来，一只眼睛几乎看不见了呢！虽然相当疼，但是想起母亲可能不让我参加婚礼时，我的一颗心更痛呢！

万万料想不到，母亲却说我去与不去，她都没有意见，所以我决定要去。反正，它又不会传染，不过，我为了你看到我时不致于“骇然”，所以事先告诉你让你有个心理准备。想起那么好的奥莉比亚姑妈要走了，实在有一点舍不得。想必你也会感到寂寞吧？

但是仔细想想，你们所失去的，将是奥莉比亚姑妈新得到的。

你的至友

雪拉

“真是可怜的孩子。”说故事的女孩说。

“嗯，真希望客人别把她当成是我们的家人。”菲莉思蒂以一种厌烦的表情说。

下午五点钟，奥莉比亚姑妈在果树园的苹果花下举行了婚礼，那光景真令人陶醉。空气里弥漫着苹果花的香气，蜜蜂们一面沉醉于花香，一面很兴奋地从这朵花飞到那朵花上。

古老的果树园充满了笑容可掬的贺客们。奥莉比亚姑妈在霜雪结晶般面纱内的容颜，看起来美得出奇。说故事的女孩破天荒地穿了一件白色的长衣裳，再把褐色的头发全部梳到脑后，看起来格外高挑，仿佛是另外一个人。

在婚礼举行过后，雪拉获准跟我们一块儿吃豪华的婚宴。

“想不到因祸得福。”雪拉很兴奋地说，“如果不是被蜜蜂叮的话，妈妈一定不让我跟你们坐在一起吃饭。她不想看到我这副'尊容'，所以让我'自生自灭'……啊，新娘漂亮得不得了呀！"

当然啦，对于说故事的女孩不能跟我们同桌吃饭的事实，我们倍感寂寞；但是，我们仍闹成一团，女孩们负责张罗山珍海味，我们吃得肚子都快撑破了。

最后一道菜才吃过，新人就开始跟大伙儿辞别，然后坐着马车进入芳香的月光之夜。

达林跟彼得奔到小径上，摇响了牛铃、敲响了铁锅，发出一阵噪音，菲莉思蒂大发脾气，但是奥莉比亚姑妈和她的大夫笑着挥挥手。

"多幸福呀，就算发生了地震，他们也不会在乎的！"菲利克皮笑肉不笑地说。

"真是太棒啦！我的心一直在跳呢！希望他们这一辈子都很快乐，"雪莉叹了一口气说，"可是，奥莉比亚姑妈这么一走，我可会很寂寞。我想，我可能会哭上一整晚。"

"那是因为你太累了。今天太忙了，所有的女孩都像佣人不停工作。"达林说。

"明天会更忙呢！我们得收拾残局，打扫干净。"菲莉思蒂以满足的口气说。

第二天，贝克那个巫婆来访，一面吃着剩菜，一面打着舌鼓，嚷着太好吃啦！

"哦……哦……我是酒足饭饱啦！"吃罢，贝克取出了烟斗，又说，"像这种降重的婚礼，我是很难得碰到呢！想想以前的婚礼，约有一半的男女，像个贼一样悄悄跑到牧师那儿，也就算完成婚礼了，根本就没有宴请宾客。不过话又说回来啦！金克家是望族，结婚当然就得隆重。”

“唉！奥莉比亚走了。从外表看来，他们好似并不怎么合适，但是，说不定两人经得起时间的考验……”

“贝克，你为什么不结婚呀？”罗佳伯父嬉皮笑脸地问，听了他这句轻率的话，我们都吓了一大跳。

“我并不像一般的女人，一辈子会被男人牵着鼻子走。”

贝克似乎很满足于自己的才华，很高兴地跟我们道别。她走到大门口处时，看到雪拉时停止了脚步，问她的脸到底是怎么啦。

“是……是被蜜蜂蜇的……”雪拉打起哆嗦，简短地回答。

“嗯……那么，你的手又是……”

“长了好多痘子。”

“我来告诉你怎么办吧！你拿一个洋芋，在满月的夜晚走到屋外；再把洋芋切成两片，用其中一片搽左手的痘子，说：‘一，二，三，痘子，快快离开我吧！’再用另外一半搽右手的痘子，说：‘一，二，三，四，痘子啊！请放开我吧！’最后把两片洋芋埋掉，埋的地方不能让人知道。这样痘子很快就会消失了。不过，你千万记住要把洋芋埋掉。如果没有埋掉而被别人捡去的话，捡到的人就会长出痘子来了！”

第十八章

鬈发风波

六月末，我们学校举办了音乐会。这对我们来说可是一件大事。对于绝大多数的人来说，都是第一次上舞台，正因为这样，有好几个人变得非常神经质。我们打算全员参加演出，只有达林一个人例外。他对于任何角色都一律拒绝，结果只有他一个人落得轻松自在。

“站在那个舞台上面，跟观众打照面时，我一定会死掉！”在音乐会举行的前一夜，雪拉一面走着，一面叹息着说。

“会不会昏倒呢？”雪莉做了比较保守的估计。

“我一点儿也不害怕。”菲莉思蒂很倔强地说。

“这次我再也不会打哆嗦了。第一次上台时，我确实一直发抖呢！”说故事的女孩说。

彼得凑热闹地说：“我听洁恩姑妈说过，当我们必须在很多人面前演戏或者说话时，不妨把台下的观众想象成一堆高丽菜，这样就不会紧张了。”

“或许真的不会紧张吧；但是对着高丽莱演戏，未免太泄气了。我希望表演给人看，因为只有这样，我才能看到他们感动又坐立不安的样子。”说故事的女孩说。

“只要不出丑，好好地演出自己份内的戏，我才不管观众是否会感到坐立不安呢！”雪拉说。

“我最担心到时忘了该怎么演，那才糟糕呢！希望到时有人暗示我、帮助我。不过，心须在我出丑以前。”菲利克说。

“有一件事我非做不可！”雪莉仿佛想起了一件大事般说，“明晚，我要头发卷曲。自从彼得差一点死掉后，我就再没有把头发卷成波浪状了。明晚非把它们弄卷曲不可，因为女孩子都是那样的。”

“没有用啦！露水跟热气会糟蹋你卷曲的头发的！到时，你就会变得跟稻草人一模一样！”菲莉思蒂有点幸灾祸地“忠告”。

“哼，才不会变成稻草人呢！今晚，我要用茱蒂的卷发液把头发弄湿，再用纸张把头发卷起来。雪拉给了我一瓶那种药水，茱蒂说它的效果非常好。不管天气如何潮湿，卷曲的头发都能够持续好几天呢！只要我一直卷到明晚，一定会很好看。”

“我才不会在乎头发呢！笔直的头发，比很多人的卷毛好看多了。”达林冲着雪莉而来，但是，雪莉的心意已定。她连做梦都想拥有一头卷曲的头发呢！达林的一句话是改变不了她的心意的。

“你们看！我的痘子全不见啦！”雪拉说着，伸出了她的手。

“天哪！果然是真的！你试过贝克的方法了吗？”菲莉思蒂

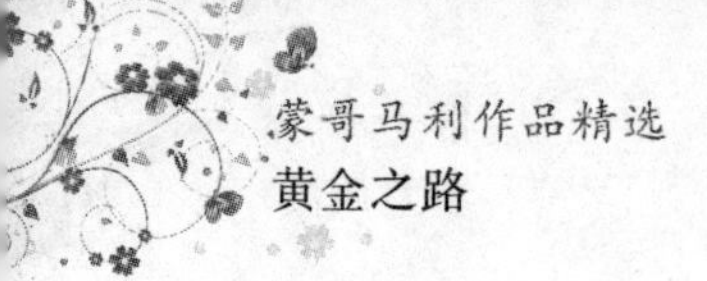

嚷了起来。

“是啊！我本来不相信她所说的话，不过仍然试了。刚开始的两三天，我一直看着手上的痘子，但是它们并没有消失，我就把这件事忘了。到了上星期的某一天，我偶然瞧了一下自己的手，谁知完全消失了，吓了我一大跳！”

“既然这样，你还能说贝克不是巫婆吗？”彼得说。

“你也别太死心眼啦！那是洋芋汁治好了痘子！”达林说。

“可是，我用的那个洋芋很干瘪呢！几乎没有什么汁。直到现在，我也不知道应该信谁才好。可是痘子消失了却是千真万确的！”

到了晚上，雪莉用茱蒂的卷发液沾湿她的头发，再用纸张把头发缠起来。这是一项很艰辛的作业，卷发液好黏，又有一种怪味道。雪莉拼命忍耐。

要睡觉时，雪莉用毛巾把她的头包起来，再躺下来睡觉。她无法熟睡，一直在做噩梦。不过，她仍然很有精神地下楼，准备吃早餐。说故事的女孩批评雪莉的头发：“雪莉，如果我是你的话，现在我就要把卷发纸拿掉。”

“那怎么成？这样到了晚上，头发又会变直了，我要一直卷到今晚。”

“如果是我的话，我绝对不会那样做！”说故事的女孩纠缠不休，“你那么弄，头发会太卷的，恐怕会变得像个鸟巢。”

雪莉终于投降了，她跟说故事的女孩上楼；旋即，我们就听到了轻微的两三声尖叫；接着，菲莉思蒂奔下楼去呼叫母亲；

加妮特伯母爬到楼上，不久后紧抿着嘴唇下来；然后，捧着一锅热水又上了楼。

我们实在没有勇气问加妮特伯母；但是，当菲莉思蒂下来洗碟子时，我们立刻围住她。

“雪莉到底怎么啦？她生病了吗？”达林咄咄逼人地问菲莉思蒂。

“才不是生病呢。我叫她别卷头发，她偏偏要卷。如今，她也后悔了。既然不是天生的卷发，就不要硬学人家。”

“喂！菲莉思蒂，废话少说！雪莉到底怎么啦？”

“好吧！我告诉你。雪拉那个糊涂虫带来的东西并非什么卷发液，而是橡皮胶水，偏偏雪莉又涂了厚厚的一层。有够狼狈的。”

“天哪！那种东西洗得掉吗？”

“天才晓得呢！她现在正把头发浸在热水里。头发都粘在一起了，硬梆梆的就像木板一样，谁叫她那么爱漂亮。”天字第一号虚荣家菲莉思蒂竟然这么说。

倒霉的雪莉，为她的虚荣心付出了很大的代价。她度过了一个非常不愉快的上午，而且，由于母亲的严厉责骂，心灵根本就没有休息的机会。

雪莉整整浸了一个小时的头。她蹲在盛满热水的铁锅旁边，闭起眼睛，把头浸入热水里。好一阵子后，那些卷发纸才掉下来，头发又恢复了柔软。

接着，加妮特伯母又用粗肥皂给雪莉洗头，洗了好多遍后，橡胶的成分好不容易完全洗掉。洗好头发以后，雪莉就一直坐

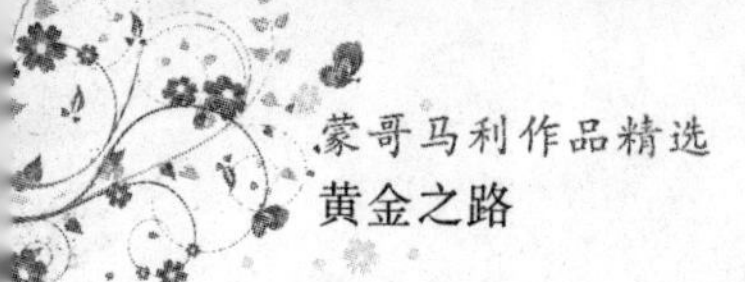

在闷热的炉灶前，把那些惨遭蹂躏的头发烘干。烘干后的头发失去了往日的光泽，变得干燥而凌乱。好多天都还这样。

“我今晚看起来就像女鬼！我的头发都竖立起来了呢！”雪莉向我吐苦水。

“雪拉这笨蛋！真会惹事生非！”我大发雷霆。

“拜托，你就不要再责怪可怜的雪拉了！她又不是故意的，她只是拿错了瓶子而已。上次，彼得差一点就死掉时，我发誓再也不卷头发，谁知我的虚荣心又发作了。这是我不遵守誓言的报应。你瞧，我的头发看起来是不是像一堆干草呢？”

可怜的雪拉来看雪莉时，才知道自己闯了祸，感到茫然若失。菲莉思蒂把她骂得狗血淋头，就连加妮特伯母也臭着一张脸。不过，一向单纯又大度的雪莉原谅了她。那一夜，她们又手牵着手，欢欢喜喜地去学校了。

教室里挤满了邻居和朋友。巴金斯老师忙着布置会场，当夜的风琴演奏者——李德小姐已经登上了舞台，看起来比平常更为标致动人。

李德小姐戴着一顶有白色花边的帽子，帽缘插着一些忘忧草。身上穿着白色洋纱印着紫罗兰的衣裳，披着一个黑色花边的披肩。

“李德小姐看起来就像天使。”雪莉兴奋地说。

“你们看，”雪拉说，“笨先生也光临了——他就坐在门边的那个角落。真是天地要倒转了呢！想不到他也会来参加音乐会。”

“因为说故事的女孩要朗诵诗歌啊，他一定是来捧场的，因

为她们是好朋友啊！”菲莉思蒂说。

音乐会进行得很顺利。相声、合唱、朗诵继续一一进行着。菲利克并没有出丑，他把自己扮演的角色演得很好。彼得也相当称职。不过，他在唱歌时，两只手一直插在口袋里，巴金斯老师一直在暗示他，但都徒劳无功，因为那是彼得根深蒂固的一种习惯。

彼得所朗诵的诗章，是当时很受欢迎的作品。它的开头是这样的：

“我的名字叫诸伯尔，住在葛兰碧山丘，我的父亲是个牧羊者。”

在最初的练习里，彼得中气十足，但是在朗诵第一行时，却念成——“我的名字是居住诺伯尔葛兰碧山丘……”

轮到雪莉表演了，她虽然带着些许机械性，但是把那篇故事朗诵得非常动人；或许比起她头发卷曲时表现得更出色。

虽然跟那群发型很豪华的女同学相形之下她的头发看起来相当寒酸，然而正因如此，她排除了所有的害臊与恐惧的心理。

事实上，撇开头发不说，雪莉是最标致的。因为兴奋，她的一双眼睛闪闪发亮，面颊上晕满了玫瑰色——或许染得太红了。坐在我后面的一位卡拉莱尔夫人说，雪莉倒不像菲莉思蒂有着一张肺病患者的脸，真是把我气炸了。

雪拉也很想表演得十全十美，但是她始终怯场得厉害。她机械地向观众点头，菲莉思蒂毫不留情地说：“她呀，像个傀儡！她百合般的手，与其说是在挥动，不如说是在苦闷地抽动

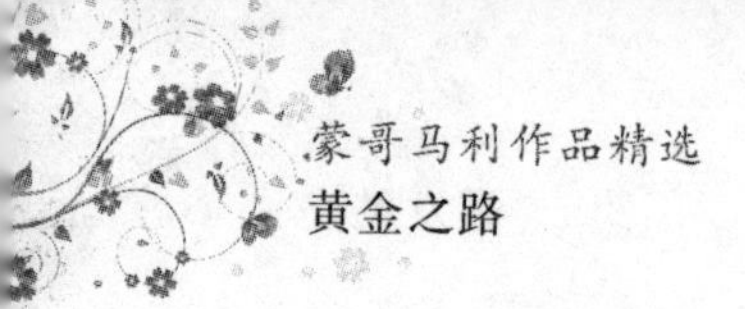

比较合适一些。”

雪拉表演完时，我们不约而同地舒了一口气。她或许也认为——自己既然是我们之中的一员，实在很不好意思让我们丢脸吧？

接下来，菲莉思蒂不慌不忙，既不夸张、也不注入感情地朗诵了一首诗。不过，她那种朗诵方式，或许大有问题吧？然而，只要看看她，就能够让人感到心满意足。她那一头金黄色的波浪式鬈发、翦翦的蓝色双眸、红艳光泽的花容、洁白如藕的手腕，无一不打动观众的心坎。他们都认为耗费一毛钱来看菲莉思蒂已经非常值得了。

轮到说故事的女孩上阵。充满了期待的沉默充斥于室内，巴金斯老师一晚都紧张着的面孔，逐渐松弛了下来。说故事的女孩才是值得信赖的表演者。她每次上舞台都不会显露出手足无措的样子，更不会忘掉台词。

最大的“败笔”是她穿了一件白色的衣服。白色本来就不适合她，偏偏今天她的脸又显得格外地苍白。唯一可圈可点的是她的眼睛发射出了魅力的光辉。

她声音里特有的威力和魔力，牢牢地抓住了观众的心，以致再也没有人在乎她的外表。

她朗诵的是国文课本上的古老叙事诗，所有的学生都很熟悉。不曾听说故事的女孩朗诵的人，只有雪拉一个人罢了！巴金斯老师故意叫说故事的女孩朗诵这首叙事诗，以避免时间的浪费。因为她不必像其他学生一样，浪费很多时间

在练习方面。

在两天前的“预演”时，说故事的女孩已朗诵过一遍，可惜的是雪拉并没有出席。

在这首叙事诗里，有中世纪佛罗伦萨的贵妇人登场。她嫁给了一个冷酷无情的丈夫，不久就郁郁而终。到了夜晚，她却从昏睡状态苏醒了过来，挣脱出了坟墓。

这位被认为“死去”的贵妇人，从坟墓爬出来后又冷又怕，便跑回家去。她夫家的人以为是幽魂出现，吓得把她赶走；她跑回自己的娘家时，父母也迫不及待地把她赶了出来。在一筹莫展中，她徘徊于佛罗伦萨的街头，后来终因筋疲力尽而倒在初恋情人的门口。

她的初恋情人一点儿也不害怕，把她带进屋里照顾。翌日天亮后，她的父亲和丈夫发现坟墓里空空荡荡，知道她没死，想带她回去，她却一口回绝，结果闹到了法庭。法官的判决是——一旦“被埋葬就被视为死者，被夫家和娘家赶出来的女人，无论是基于‘法律’或现实来看，无非是一个死者而已。她早就不是什么人的妻子或者是谁的女儿了。”在这种情形下，她当然拥有选择新伴侣的自由。那首叙事诗的高潮表现在下面这行里：

“法庭传了被告——死者。”

说故事的女孩，以戏剧性十足的举止，使出浑身的力气演出，使观众能够充分领会到诗的威力与意义。她滚瓜烂熟地朗诵着，就像在果树园表演给我们看一样。她紧紧攫住了观众怜悯、恐惧、不安的情感。当她演到法庭的场面时，实在叫人拍案叫绝。她变成了如假包换的佛罗斯审判官，威严而凛然的表演，叫人不寒而栗。尤其是她当众一喝时，达到了沸点：

“法庭传了被告——”

说到此地，说故事的女孩在一瞬间停止说话，为的是想增强观众对这句话的印象。

“法庭传了死者呀！”雪拉尖叫起来。

经雪拉这么一叫，其效果就不难想象了。一般说来，戏剧或者诗朗诵接近尾声时，观众席几乎都会传来心安的叹息声，但是，这一次却传来了山崩地裂似的哄笑声。

说故事的女孩的演技完全被破坏了。如果说视线能够置人于死地的话，她在场势必就把雪拉“看”死啦！她狠狠地瞪了雪拉一眼以后，有如敷衍一般，把剩下来的几行匆匆朗读完毕。她满面飞霞，为了隐藏她满腔的愤恨，急忙遁入隔开后台的布帘子后面。巴金斯老师显得有些狼狈，观众们却哧哧地笑着。

只有雪拉一个人看起来又安详又满足，但是等大伙儿都表演完毕时，我们可饶不了她。

“你们到底是怎么啦？我可是一片好意呀！我以为说故事的女孩忘词了，所以好心向她‘提词’呀！”

“笨蛋！蠢蛋！说故事的女孩是为了增加效果，”菲莉思蒂虽然对说故事的女孩的才能很嫉妒，但是基于对家族人的爱，她再也忍不住了，于是，她又毫不留情地说，“雪拉，你真是笨

得不可救药！”

“我一点儿也不晓得呢！我以为她忘了……”雪拉说着，她又哇地哭起来。

在回家的途中，雪拉一直哭着；但是并没有人安慰她。为了她那件糗事，每个人都感到忍无可忍。就连雪莉也很不高兴。雪拉连出两个纰漏，就算她再诚实也无法弥补。我们这一伙人看着她一面抽泣一面开着她家的门跑上小径时，仍然无动于衷，一点也不认为她可怜。

一切节目结束以后，说故事的女孩就回家了，所以比我们更早回到家。我们都想对她表示同情，然而，她却拒绝接受。

“拜托你们！请不要再提那件事了。”说故事的女孩抿紧了嘴唇说，“我不会介意的。那个……笨蛋！”

“去年夏天，她使彼得的说教无法收场，今年又破坏了你的朗诵。我认为我们不要再跟她做朋友了。”菲莉思蒂说。

“不要！不要那样无情地对待她！”雪莉说，“雪拉是一个可怜的孩子。你们想想看，她是不是真的很可怜？我想今晚她又要哭上一晚了。”

第十九章

月光小径

不过，对说故事的女孩来说，夜晚的冒险并未终止。静得让人害怕，仿佛是充满了喃喃细语的夜，笼罩着古老的屋子。菲莉思蒂跟达林已经睡熟。我本来已经漂到梦的岸边，但是，轻轻的敲门声音却把我弄醒了。

“伯利，你睡着了吗？”说故事的女孩轻声问道。

“还没，什么事？”

“嘘！你穿上衣服，出来吧！拜托。”

我在山一般高的好奇心和不安之下，乖乖地听了她的话。我走到大门处时，看到了说故事的女孩。她穿了上衣，戴着帽子，手上持着一根蜡烛。

“你想到哪儿去啊？”我睁大了眼睛。

“嘘！不要那么大声。我必须到学校，想请你陪我去。我忘了把珊瑚项链带回来。因为扣子松了，我害怕它掉下去，所以把它拿下来，放在了书橱上。音乐会结束时，由于我一时气愤，

所以忘了。"

珊瑚项链是说故事的女孩母亲的遗物，是一件很漂亮的装饰品。在这以前，说故事的女孩从没有佩戴过，为了这次的音乐会，她拼命说服加妮特伯母，好不容易才获得了允许。

"不过，在三更半夜出门总是不太好，还是等明天早上再去拿吧！"我反对说。

"李姬·芭丝顿母女明天会去学校打扫。她们希望在天热以前就做完所有工作，所以上午五点钟左右就会到校。关于李姬母女的事情，想必你也有所耳闻吧？如果那条项链落入她们手中，那就别想它会再度回到我手里了。

"而且，等到明天上午再去的话，加妮特伯母就会知道我丢掉项链的事。这么一来，以后她就不会再让我戴了。所以我现在非去不可！如果你害怕的话，"说故事的女孩有点轻蔑地说，"那么，你就别去吧！"

害怕？哼！谁害怕啦！你等着瞧吧！

"咱们走吧！"我说。

我神不知鬼不觉地溜出屋子，等我恢复清醒时，已经处于黑暗、森冷的夜里了。我的心怦怦跳着，神经也不觉绷紧了起来。我们从来都没有在这个时候出过门。环绕在我们身边的世界，跟白天太阳光照耀的世界不同，看起来充满了邪恶，乍看之下，仿佛是充满魔法跟咒语的异地他乡。

能够跟夜晚相配的场所，严格地说来只有乡村而已！乡村的夜晚具有一种无限蔓延的安详气息。广袤的原野由神秘的黑

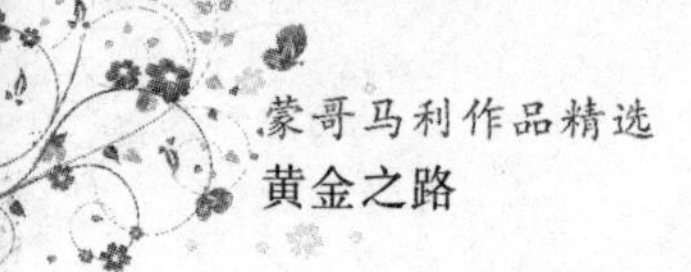

暗包围着，静静躺在那儿；风从遥远的荒地吹过古老的沙丘；田园里的空气有如梦般嗫嚅，给人一种被慈母怀抱的感觉。

“这种感觉不是很棒吗？”说故事的女孩一面走下长长的丘陵，一面做深呼吸，“你懂我的意思吗？我现在可以原谅雪拉了。如果是昨天晚上的话，我才做不到呢！现在我认为那件事根本就没什么，还觉得很有趣呢！说起来也怪怪的，雪拉竟然用她那种尖锐的声音喊出‘死者’呢！我想我会若无其事地继续跟雪拉交往下去，因为她是那样天真无邪。嗯……在这种夜晚里散步，好像又回到了孩童时代……”

那一夜。在妖精徘徊的山谷间，微风对着我们细说别人不知道的秘密；那些茂密地长着羊齿草的低洼地，弥漫着浪漫与谜般的气息；灵界的香气侵入牧场，轻轻地笼罩在我们的四周。

教会前面的枞树有一片盛开的吊钟花，看起来非常惹人爱。吊钟花，当然也有一个更为科学的名称。但是，谁喜欢“吊钟花”以外的名称呢？事实上，这个名称本身已经够完美的了，仿佛森林的香气和魅力都要借着花的形态表现出来。相比之下，沿着吊钟花开放的野玫瑰，闻起来也不见得比吊钟花更馨香。

那一夜，萤火虫也出现了，使夜晚的光辉更添上了一层。萤火虫看起来确实拥有那么一些超自然，我们不能认为自己已经熟悉它们了，它们跟妖精可是有着血脉相连的关系。在很遥远的古代，森林山丘曾经有绿人（妖精）出现过，而萤火虫就是它们的劫后余生者。

每当看到枞树根部明灭不定的鬼火时，我就会更相信妖精的存在。

“它们不是很迷人吗？”说故事的女孩得意扬扬地说，“不管发生什么事情，我都不想失去看看它们的机会，我真庆幸忘了把项链带回来。而且，伯利，我喜欢跟你在一起——其他的孩子并不了解我——跟你在一起，我不必一路上喋喋不休，所以我很高兴。跟沉默的人在一起使人感到轻松。啊！已经到坟场了。伯利，走近那儿时，你会害怕吗？”

“嗯……我好像不是很害怕，可是，总感觉怪怪的。”我慎重地回答。

“我也有同感。不过，我并不是害怕，而是浑身不自在。好像——坟场里有渴望活下去的人，会从那儿伸出手来把我拖进去，这种感觉怪不好受！我们快走吧！一想起长眠于此的人，一度也跟你我一样活着时，实在叫人不可思议。我从来没想过自己会死。你呢？”

“我也不曾想过，但是，每个人都会死啊！当然啦！这是很多年以后的事了。我们不要再说了好不好？”

一到学校，我就迫不及待地打开窗户，点起了煤油灯，才照了几下，就找到了说故事的女孩忘记拿回家的项链。她一时高兴得飞舞到舞台上，惟妙惟肖地演出了前夜的尴尬景状，笑得我前仰后合。

大家都认为我们正在自己床上熟睡的时间里，我们却在夜里徘徊，想到这里我就觉得喜不自胜。在归途中，为了延长冒

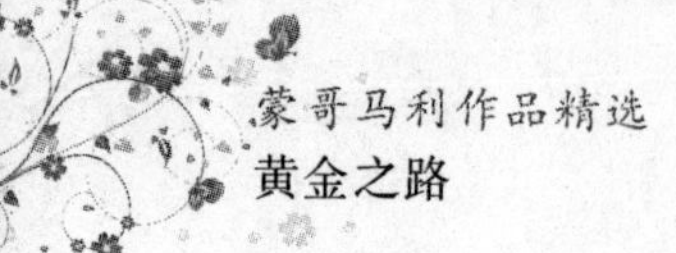

险的时间，我们尽量放慢脚步。

“伯利，你千万不要对任何人提起这件事哦！”一回到家，说故事的女孩就这样对我说，“不管经过多久，我们都要保守这个秘密！除了你我，千万别告诉别人。”

“尤其是不能让加妮特伯母知道，她一旦知道，一定会认为我们都疯了呢！”我笑着对她说。

“偶尔疯狂一下也不算坏呀！”说故事的女孩说。

第二十章

烤火箭项链的故事

社　论

大家一看便知，本期的月刊并没有公布所谓“遵守诺言的最优秀者”。菲莉思蒂再也想不出她认为的最漂亮的念头。以前那些写在纸上的誓言，已经再也无法看到了。

烤火箭项链的故事

以下故事，是加妮特伯母说给我们听的。故事里的女主角是加妮特伯母的奶奶。“烤火箭”这件事听起来有点怪怪的，不过，它并不是用来吃的。事实上，故事里的女主角应该是加妮特伯母的曾祖母才对，但是为了简单起见，我才说成是她的奶奶。

奶奶在十岁时发生了一件叫人啼笑皆非的事情。那时，她跟父母住在一片名叫普林斯利的开拓地，最近的村子也在距离一英里之外。有一天，夏洛镇的哈娜伯母来到奶奶家，叫奶奶

的母亲跟她到一位朋友那儿去。刚开始时，奶奶的母亲说，那天她必须烤面包，同时，奶奶的爸爸也不在家，因此不能离家。

这时，奶奶对她的母亲说，她不怕一个人在家，同时也晓得如何烤面包，请母亲放心地跟哈娜伯母走。哈娜伯母就立刻取下她颈子上那一条漂亮的项链，把它戴到奶奶的颈上，说她可以戴上一整天。

在这之前，奶奶没有佩戴过任何金饰，所以感到非常高兴。当奶奶做完一切杂事，正想和面做面包时，突然看到一个流浪汉进来。那个流浪汉有着一张穷凶极恶的面孔，一进门就大模大样地坐在一张椅子上。

运气太坏的奶奶害怕得浑身哆嗦，一直背对着流浪汉和面。她一想到自己颈部佩戴的火箭项链，就感到坐立不安。

这时的奶奶绞尽脑汁，就是不知道应该把火箭项链藏在哪儿比较妥当。因为不管奶奶想走到哪儿，都必须经过那个流浪者的面前。

突然，奶奶灵光一闪，想到可以把火箭项链藏入面包里。奶奶很快把项链的扣子打开，把它塞进面包里，最后把面包放入炉灶里烘烤。

那个流浪者并没有看到这一切，只是要求奶奶给他一些吃的东西。奶奶为他准备了一些午餐。那个流浪汉在吃完以后，在厨房走来走去，似乎要找一些值钱的东西。他打开了所有的抽屉跟柜子，再进入奶奶母亲的房间里，翻箱倒柜地乱找一通，又到房间角落四处寻找；可是他只找到了放着一块钱的钱包，

气得破口大骂。

等确定流浪者已经走了以后，奶奶颓然地坐下来放声大哭。她已经完全忘记了有关面包的事，等嗅到了焦臭的味道奶奶才奔过去把面包取出来。她以为火箭项链烤焦了呢！急忙地把面包剥开来，结果火箭项链还是好端端的。

待哈娜伯母回到奶奶的家以后，奶奶就告诉她，如何如何地保全了一条火箭项链，才没有被流浪者抢了过去。哈娜伯母一再地夸奖奶奶聪明，终于把火箭项链送给奶奶了。之后奶奶就一直戴着这条项链，并且以它为傲。这以后，奶奶就不曾把面包烤焦。

彼得·克雷格

菲莉思蒂跟彼得说："这个故事很不错，不过，不是百分之百真实的。你是小说版的编辑，可自从我们办了这份杂志以后，你就没有写过一篇小说。你最好自己想出一个故事来。"

彼得雄心万丈地说："我当然会写啊！下次我就写给你看。"

菲莉思蒂说："你会写故事才有鬼呢！"

彼得不甘示弱："好吧！你等着瞧！"

冒　险

我最大的冒险发生于两年前，实在是吓死人啦！那时，我拥有一条很漂亮的条纹缎带，是黄色与茶色的条纹，想不到却被我弄丢了。

（菲莉思蒂：“我一点也不嫉妒呢！因为我觉得一点也不漂亮。”雪莉：“嘘！”）

我找了很久，就是找不到。隔天就是星期天，我在大门口的石阶上发现了一样东西。我以为它是我丢掉的缎带，马上把它捡了起来。然而，根本就不是什么缎带，而是一条花蛇呢！它一下子就用细长的身体缠在我的手上！那时的感觉实在是笔墨难以形容！

我尖叫着，使劲把它甩掉，我的母亲听到我在星期天大叫，非常地不高兴，叫我念七章《圣经》。不过，想起手里抓着蛇的事来，那也就不算什么啦！如果再叫我重新体验一次那种感觉，我宁愿死掉。

雪拉·雷恩

给菲莉思蒂的生日之诗

金发的美丽少女，
白皙的额，仿佛未被污染的雪。
为你，我不惜一死，
请将我当成你的奴仆吧！

你的生日，实在是个值得庆贺的日子，
今天的你，已是十三岁的豆蔻少女。

你将美丽、幸福，
直到白发如雪。

你的眼睛
犹如蓝色的水晶闪着光芒。
为你，我不惜一死，
请将我当成你的奴仆吧！

你的朋友

（达林说：“天哪！到底是谁写了这篇东西？不用说，一定是彼得。”

菲莉思蒂把头昂得高高的，说：“哼！你就是倒立过来也做不到啊！就是拼了你的小命，你也写不出一句来。”

彼得对我嗫嚅着：“她好像很喜欢！我很高兴写了那首诗。不过，太累人了！”）

最新消息

灰猫巴弟曾经长期离家，叫它的朋友们非常忧心。当它被发现时已瘦得皮包骨了，但是现在它又恢复了原来的肥壮，一副自信十足的样子。

六月二十日，奥莉比亚姑妈跟哈利法克斯的希顿博士结成夫妇。雪拉担任伴娘，安东尼担任伴郎。这对新人收到了很多礼物。马威德牧师主持了婚礼。婚后展开了一场豪华的晚宴。大家都由衷祝福他们能永远幸福。

最亲爱的人走了，
最喜爱的声音不复存在，
再也看不到钟爱的人，
我将形单影只。

（说故事的女孩："天哪！这好像是描写死人的嘛！我曾经在坟墓上看过这首诗。到底是谁写的？"

写这首诗的菲莉思蒂说："这首诗可以用在葬礼上，同样也可以用在婚礼上呀！"）

我们学校的音乐会在六月二十九日夜举行，是一场相当成功的音乐会。图书馆有了十块钱的收入。

最近，雪拉遭到了蜂难，受到了蜜蜂残酷的袭击。对于她的不幸，我们感到深刻的同情。我们所获得的教训是——不管蜂巢的新旧，绝对不要碰蜂巢。

贝华德地方的霍金丝夫人新任罗佳伯父的女管家。她是一个非常高大的女人。罗佳伯父说，绕霍金丝夫人的身体一周得花上好几分钟，但是她的工作能力一点也没有可以挑剔的地方。

最近有一道风言风语说，我们的学校有幽魂出没，有人在半夜目睹到奇怪的灯火。

（说故事的女孩跟我在大家的背后神秘兮兮地笑着。）

上星期二，达林跟菲莉思蒂展开舌战。获胜者为达林——老是这样。

（菲莉思蒂露出了揶揄似的笑容。）

马克雷的纽敦·克雷结束了长期的国外旅游之行，在最近归乡，我们感到非常喜悦。

上星期，比利·鲁宾逊负伤是被牛踢伤的。对于他这一次的蒙难，我们实在不应该感到高兴；但是，想起他去年以魔法种子欺骗我们的事，我们都认为他是罪有应得。

一只青鸟，在羊齿草下水井旁的洞穴做了巢。从上面看下去，可以看到鸟蛋，非常可爱。

在五月的某一天，菲莉思蒂一不小心坐在了钉子上。为此，她认为家里的大扫除是最没有意思的事情。

广　告

凡捡到破碎之心者，请把东西送到卡拉尔学校，还给赛拉斯·布里克，他将当面向你致谢。

若有人捡到长三英寸、粗约一英寸的褐色发束，请送还给卡拉尔学校的雪莉小姐。

（雪莉："佛洛丝悄悄告诉我，赛拉斯把我的头发夹在《圣经》里，当成书签使用呢！佛洛丝听到赛拉斯说——虽然希望泡汤了，但是为了思念伊人起见，他将永远把发束夹在《圣经》里。"

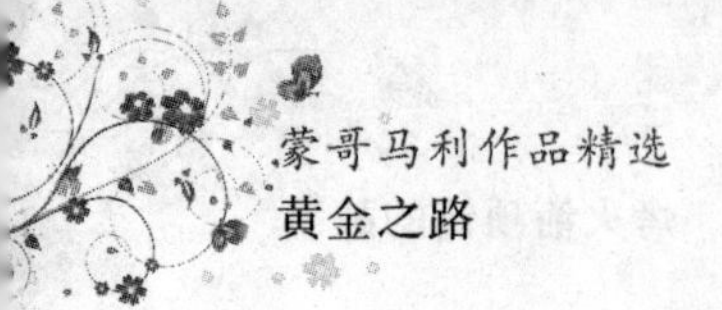

达林说："等我到主日学校时，我就把你的头发抢回来。"

雪莉满面飞霞地说："算啦！如果那样就能够安慰他的话，那就让他夹着吧。你可不能去抢呀！"

达林说："赛拉斯还不是用抢的。"

雪莉："马威德老师不是说过了吗？两种错误搞在一起也不会变对呀！"）

家庭栏

据大家的口碑，奥莉比亚姑妈的结婚蛋糕，堪称卡拉尔最佳的杰作。那个结婚蛋糕是母亲跟我做的。

给那位焦虑的读者：如果能拿到别的东西，那就千万别用胶水卷头发了。与其用胶水，不如用榅桲水。

（雪莉苦着一张脸说："我再也不想听到'胶水'这个字眼啦！"

达林说："你就去对用牙粉炸面包的人这样说吧！"）

上星期，这个春季的第一个蛋黄派出来啦！味道很不错，只可惜奶油太硬了一些。

礼仪篇

极度苦恼的读者问道："被男孩子偷剪掉头发应该怎么办？"

我的回答是："再把头发留长啊！"

答菲利克所问：小的青虫，并不叫青小虫。

（菲利克气得瞪大眼睛说："我才不会问这种问题呢！自始至

终，这种礼仪篇都是捏造的！”

菲莉思蒂说：“说得也是，可是，这个问题跟礼仪篇有关吗？说真的，我也被搞糊涂啦！”）

答彼得：如果你有多余的钱的话，不妨请女性朋友吃吃冰淇淋，这是很正当而且很有礼貌的事。

达林·金克

（才不呢！对于爱慕虚荣的女孩，只要送她松脂就够了。）

流行情报

这个夏季，看来有皱褶的洋纱布围裙会很流行。用花边镶边，已赶不上流行了，而且，只有一个口袋才被认为是潇洒呢！

贝壳是最流行的纪念品。现在的人都喜欢把自己的名字跟赠送的日期写在贝壳内侧，拿来跟朋友交换。

雪莉·金克

笑　话

伯金斯老师说：“彼得，你试着讲出世界有名大岛的名字吧！”

彼得回答：“爱德华王子岛，英国群岛，澳大利亚。”

（彼得摆出了一个揍人的架式说：“可是，伯金斯老师说，我说得很对。这有什么好笑的？”）

这是真的，我保证。有一天，沙米尔在祈祷会里领导一群

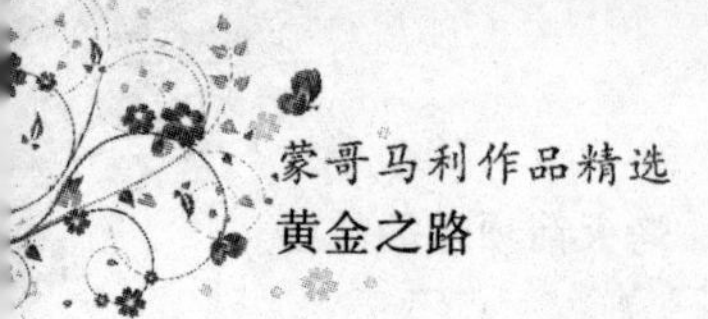

人祷告时，突然发觉警察坐着马车往教堂而来。沙米尔背负着一大笔债务，因此，他立刻敏感地察觉到警察是来抓他的。于是，他火急地把领导祷告的任务交给卡西。当卡西闭起眼睛祷告，其他的人都垂下头时，沙米尔就从窗口溜了出去。

警察一直等到大家都祷告完以后才进入教堂，然而，沙米尔早已杳如黄鹤了。

罗佳伯父说，沙米尔做得很漂亮，但是，他跟宗教却没有缘分。

菲莉思蒂·金克

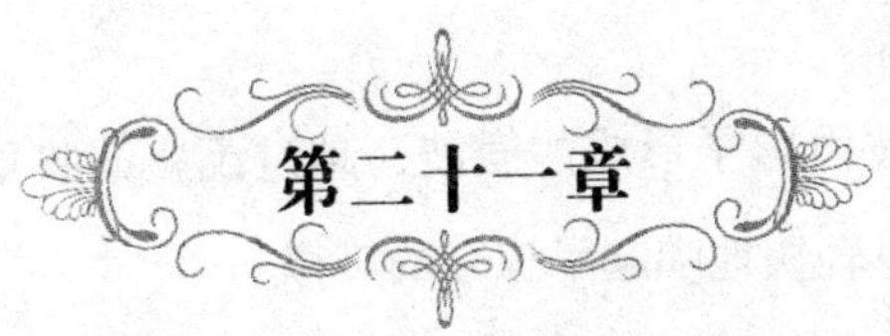

第二十一章

贝克·保恩出现在教会

从前那几个在古老果树园游玩、愉悦地走在黄金之路的孩子当中，仍然有几个喜欢忙里偷闲聚一聚，共同回忆往事，如跟杰利买上帝的画像、达林吃了毒果实、听到鬼魂敲钟、巴弟被诅咒、总督夫人来访，以及在暴风雪中迷路的夜晚等，都是印象深刻而饶有趣味的。

不过，这些往事比起贝克·保恩星期天在教会出现，坐在我家座位上的这件事来，实在是算不上什么。对于当时的我们来说，这件事岂止是好笑而已，简直叫我们惊讶得瞠目结舌呢！

那是七月的某个星期天。阿雷克伯父与加妮特伯母因为出席过上午的礼拜，黄昏的那次礼拜他们就没有出席。我们一群孩子穿着星期天最好的衣裳，手牵着手走下长长的山丘小径，穿过夏天黄昏的黄金之路，徒走到教堂。我们悠哉游哉地走着，但是，仍然注意着不要迟到。

这个黄昏看起来特别地美。在溽暑的一天过后，凉风徐徐

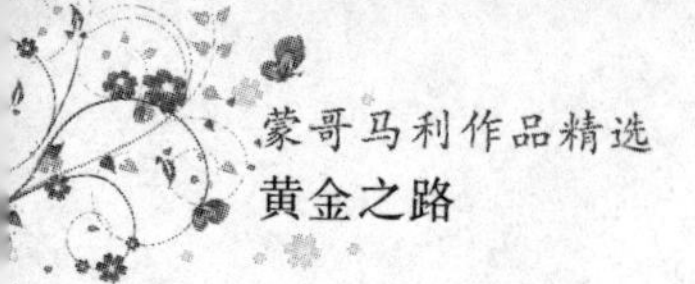

吹来，一望无际的小麦田泛出即将熟透的金黄色。微风跟路旁的青草在喃喃细语，缠绕在草上的金莲花露出了金色的微笑，正在婆娑起舞。

一波一波由影子形成的微波，越过茂盛的牧草地，蜜蜂在沿路的庭园里轻快地唱起了掠夺的旋律。

“今天的黄昏看起来非常惹人怜爱。”说故事的女孩说，“我实在不喜欢进到教堂里，把黄昏的太阳跟音乐关在外面。夏天最好在室外做礼拜。”

“这样做的话，好像不够虔诚。”菲莉思蒂说。

“在室外做礼拜，更会让人产生虔诚之心。”说故事的女孩说道。

“如果要在外面做礼拜的话，非得坐在坟地上不可，这样可会吓死人的。”菲利克说。

“而且，也不能把音乐关在里面呀！”菲莉思蒂再加上了一句，“因为，在里面才有唱诗班呢！”

“音乐拥有慑服野蛮人的魔力。”彼得引用小说里的一句话。最近，他养成了一种以言语的宝石装饰会话的习惯，“莎士比亚的戏剧里就有这句话。最近，我读过《圣经》后，都在读这一类的书。实在很棒呢！”

“亏你还有时间阅读那一类的书。”菲莉思蒂说。

“嗯，星期天下午，我在家时都读这种书。”

“它并不是适合在星期天读的书啊！母亲说过，巴雷利亚的小说不适合在星期天读。”

“可是，莎士比亚跟巴雷利亚不同。”彼得抗议。

“到底什么地方不同啊！那个人哪！写了那么多自己捏造出来的东西，跟巴雷利亚不相上下。而且他还写了一些天杀的东西。巴雷利亚一次也没写过那种东西！在巴雷利亚小说里的人物，个个都是谈吐很优雅的人物。”

“不过，对于那些天杀的东西，我都跳过去不看。马威德老师还说过，只有《圣经》跟《莎士比亚全集》，不管在哪一家图书馆都能够吸引很多人。由此看来，《莎士比亚全集》跟《圣经》具有同样的价值。但是，马威德老师并不说——有了巴雷利亚跟《圣经》，图书馆就能够吸引人呀！”

“如果我是你的话，我绝对不在星期天读莎士比亚的作品。”菲莉思蒂毫不妥协地说。

“德比森先生的得意门生，不知是哪一种的说教家。”雪莉歪着脑袋问。

“关于这个，只要听了他今晚的说教后，不就知道了吗？”说故事的女孩说，“他一定是很擅长说教。有道是明师出高徒啊！我听过有关德比森先生的一则笑话。现在我就来说给你们听——”

德比森先生是贝华德教会的牧师。他拥有一个很大的家族，孩子们个个非常调皮捣蛋。有一天，德比森太太正在烫一顶又大又有穗子的睡帽。德比森的一个小孩趁母亲不注意时，拿起那顶睡帽，把它放在他父亲星期天要戴的皮帽里。

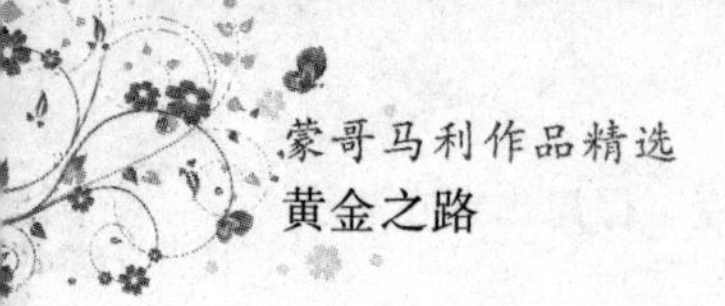

到了下一个星期天，德比森先生到教会以前没有仔细看就拿起了那顶皮帽戴到头上。他一路上胡思乱想着走到了教会。

当他拿掉那顶皮帽时，那顶睡帽仍然戴在他的头上，那些穗子缠在他的头部，帽带则垂到他的背后。尽管这样，他仍然一无所知地走过通道，站在说教坛上面。

这时，一位长老问他，他的头上戴着什么玩意儿。德比森先生心不在焉地把睡帽脱了下来，而且还拉高嗓门说："咦？这不就是莎莉的睡帽吗？怎会戴到我的头上呢？"接着，他很沉着地把睡帽塞进自己的口袋，开始说教，睡帽的带子就一直从他的口袋垂下来。

大伙儿哧哧笑时，彼得说："说起来也够奇怪的，为什么有关牧师的笑话，听起来比其他人的笑话更为滑稽呢？"

"我认为不应该开牧师的玩笑，因为那样太不够尊敬啦！"菲莉思蒂说。

"有趣的话就是能够使人开怀大笑——不管发生在什么人的身上都一样。"说故事的女孩不近情理地回答。

抵达教会时，仍然一个人也没有，大伙儿就到教会四周的墓地徜徉。说故事的女孩像往常一般，把一束鲜花插在母亲坟前。

当说故事的女孩在她母亲坟前插花时，其他人就念起了金克家曾祖父的墓志铭。其实在这以前，他们已经念过好几百遍了。

那个墓志铭结合了金克家一族的喜悦和悲伤、笑声和眼泪，是这个家族史上很著名的作品，作者为曾祖母。对我们来说，

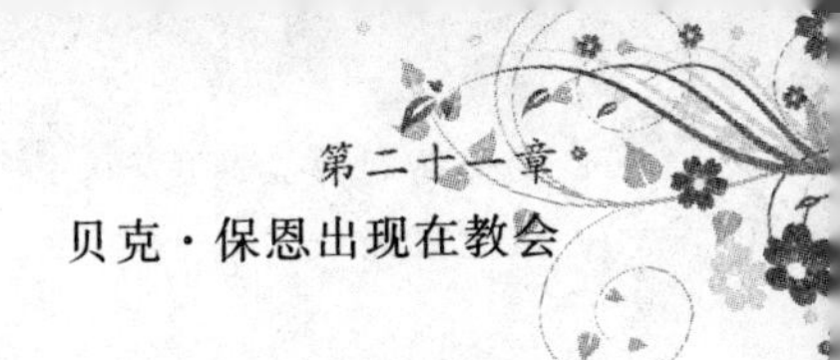

它具有难以抗拒的魅力，就算每个星期天都阅读也不致厌倦。使用爱德华王子岛的红色砂岩板所刻凿的墓志铭，这样写着：

给逝去者的灵魂：
请接受我这个未亡人
充满了感激的悼词。
不管昼夜晨昏，
思慕你的情怀永远不变，纵使你俗世的血肉，
在尘土下已然腐朽，
但无论何时何地，
我的心，
始终惦念着你，
愿住在永恒幸福之世的你，
勿忘日夜悲叹的我。
请以天使的爱卫护我！
使我免于人世的灾祸、不幸，
使我寂寞的生活变得安详，
抚慰我，直到我回到你身边。
当我死去时，
请你用那我怀念的熟稔微笑，
迎接我的回归。

“她到底在说些什么呀？”达林说。

“你怎么可以这么说？”菲莉思蒂有点火大地说。

“有一个地方，我实在不明白，”雪莉说，“曾祖母说她是充满了感激的未亡人，她到底在感谢些什么呀？”

“那还不是表示，她好不容易甩掉了曾祖父。”达林有些邪恶地说。

“快闭上你的臭嘴！”雪莉白了达林一眼，“曾祖父跟曾祖母一辈子都非常恩爱呢！”

“那么，一定是在感谢他们可以生活在一起那么久啰？”彼得诉说他的意见。

“我认为，曾祖母一定是在感谢曾祖父毕生都对她那么好。”菲莉思蒂说。

“未亡人是什么意思？”菲利克问。

“我最讨厌‘未亡人’这个词！”说故事的女孩说，“因为，那是一个很悲哀的词。未亡人的意思就跟‘寡妇’一样，男人都不会变成未亡人。”

“曾祖母这个墓志铭，到了后面好像不能自圆其说。”

“想自圆其说可不简单呢！”彼得基于自己的体会这么说着。

“依我看来，曾祖母是故意这么做的。”菲莉思蒂自以为是地说。

当一伙人进入教堂，走到金克家老旧的座位时，教会里面只有几个人。当我们走近座位时，菲莉思蒂细声说：“贝克·保恩来了！”

我们几乎同时调过头去看通道上悠然走着的贝克。卡拉尔教会严肃的通道，从来就不容许这类人物的“侵略”。我想贝克将是空前绝后的人。她穿着一件陈旧、裙摆被擦破的短裙子，上身穿着花俏刺眼的背心，没有戴帽子，斑白的发乱垂在肩膀上，脸、手腕、小腿都露在外面，而且仿佛抹了一层面粉。那一夜看到贝克的人，可能一辈子都忘不了吧？

贝克黑色的眼睛闪动着野性的光辉，不停地扫视着教会四周，接着她把视线投在我们的座位上。

“啊！不好！她往这边来啦！”菲莉思蒂慌张地说，“咱们坐开来，让她觉得我们的座位已经被坐满了。”

想不到人算不如天算，菲莉思蒂跟说故事的女孩匆匆移动的结果，反而在她俩中间形成了一个空位，贝克就叭嗒一声坐了下来。接着，她大声嚷叫了起来：“我还是来啦！过去我曾说过，我绝对不踏过卡拉尔教会的门坎。但是，我想起了这个男孩……”说着，她对彼得点点头，“去年冬天对我说过的话，于是我认为，偶尔到这儿走走也不坏。我想这样上天堂比较容易吧！”

坐在贝克两侧的少女满脸痛苦的表情。教会里的人们看着我们，邪恶地笑笑。我们有一种被严重侮辱的感觉，然而又无可奈何。至于贝克呢？她似乎感到非常满足。

她坐在那儿，再对说教坛、走廊等地方扫视了一番。

“天哪！那家伙不就是萨姆·肯尼德吗？”贝克大声地叫了起来，“在某个星期日，萨姆就站在教会的阶梯上，逼着耶可夫还给他四分钱。我听得很清楚，他说：‘喂！耶可夫，去年秋天你买母牛时，欠了我的四分钱还没有给呢！那时，你推说没有

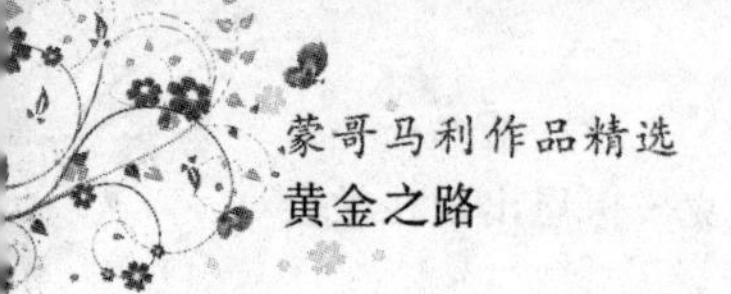

零钱。难道你忘记啦？’萨姆家的人都很吝啬呢！我是说真的，所以才会存下那么多钱。”

当贝克的“演说”进入教会里人们的耳朵时，萨姆的脸色变了。坐在金克家族席位倒霉的我们，由于自尊心被践踏而难过异常，根本就没有心情去观察别人的变化。

“咦，那个婆娘不就是梅丽达吗？”贝克继续说，“她戴的那顶帽子，也就是六年前我最后一次来这里时她戴在头上的那顶。想不到她那么懂得爱惜东西，这种女人真是少见哪！噢！你们瞧瞧爱儿玛太太穿的衣裳！瞧她那种装扮，任谁也想不出她母亲死于救济院呢！嗯，你们认为如何？”

可怜的爱儿玛夫人！从穿着漂亮牛皮鞋的脚尖，一直到帽子上面优美的驼鸟羽毛，实在无可挑剔。想不到，她的流行装扮却换来了贝克的奚落，包括达林这几个男孩哧哧的笑；但是绝大部分的人根本就笑不出来，他们都紧绷着面孔，担心下一次被奚落的人就是自己。

“哟！克兰多老爷子光临了呢！”贝克挥舞着她沾满“面粉”的拳头说，“这个老乌龟表面上是一个正气凛然的长老，骨子里却是一个恶棍呢！为了领取一笔保险金，他竟然一把火烧掉了自己的房子，而把纵火之罪推给老娘呢！他也不睁开眼睛仔细瞧瞧，老娘是省油的灯吗？嘻嘻嘻……”

贝克的笑声，令人浑身起鸡皮疙瘩，而克兰多老爷子则拼命地装着“没听见”的德行。

“伯利，牧师什么时候才会来呢？”菲莉思蒂在我的耳边发出哭声说，“我以为她说两句就不会再说了呢！”

但是，牧师迟迟不出现，贝克也越说越有劲：“噢，玛莉亚·德琳也来啦！我已经好多年没有看到她了！她家没什么好吃的东西，所以老娘一向不去拜访她们。她呀！是一个不折不扣的克雷林人。克雷村的人都不懂得烹饪呢！你们瞧瞧！玛莉亚的脸像是缩了水！我说得对不对呀？

“站在那里的那个无赖正是道格拉斯·尼可森。他的哥哥在家人吃的面包里放了老鼠药，真是好狠毒的心！你们说是不是？结果，被判有罪。

“道格拉斯的老婆，一天到晚穿着绸缎的衣裳，瞧她那种打肿脸充胖子的德行。你们做梦也料想不到，她结婚时穿着棉布衣裳吧？依我看哪！她能够穿着衣裳结婚已经很不错了。

“瞧瞧那个‘吝啬鬼’提摩西吧！他的小气连萨姆也要甘拜下风呢！这个丧尽天良的老家伙，每天到了吃晚餐前，就会给他的每个孩子五分钱，叫他们别吃晚餐，等孩子们睡着以后，再把他们口袋里的五分钱掏走。真的，我绝对没有骗你们。就连他父亲去世时，他也舍不得拿好衣服给父亲穿上，却叮咛他老婆拿了一件很平常的衣服，他说反正就要埋葬了。这也是千真万确的事。”

“我……我再也受不了啦！”菲莉思蒂哭了起来。

“贝克小姐，我认为你不应该那样损人。”彼得看着菲莉思蒂痛苦的样子，终于克服了对贝克的恐惧，小声地责备她。

“小鬼，你别管！”贝克有一些发火地说，“我跟那些人不

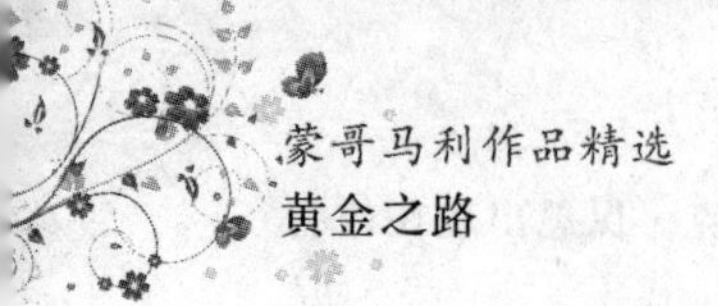

同的地方在于——心里想什么就说什么，而那些人只敢在内心里想着。差别就在这儿。如果我把他们的事情统统抖出来的话，你们一定会瞠目结舌呢！吃一些薄荷糖吧！”

贝克从她的裙子口袋里抓出一把薄荷糖，分给大伙儿。看到那些脏兮兮的糖果，我们都打起了哆嗦；又不敢拒绝她，一直用手握着。

“快吃呀！”贝克发出命令。

“母亲叮咛过我们，不能在教会里吃零食。”菲莉思蒂结结巴巴地说。

“才怪呢！我亲眼看到和你母亲差不多年纪的太太，在教会里给孩子们零食吃呢！”贝克以强压的口吻说。她把薄荷糖放入嘴巴里面，津津有味地吃着。这时，她没有说话，我们大家都放心了。但是，那只有一下子而已！当三个打扮得花枝招展的女孩经过我们旁边时，贝克又嚷叫了起来：“哟！别趾高气扬啦！你们有多少斤两老娘清楚得很呢！咦？亨利·弗仑老太爷还活着嘛！我一向叫他们家的那双鹦鹉为‘亨利’，因为它的鼻子就跟亨利的一模一样！你们瞧瞧爱达玛那德行，她想男人都想疯了呢！她好想嫁人，但是没有一个男人喜欢她！

“那位男士就是亚历山大。他呀！是一个很虔诚的基督教徒，就连他饲养的狗也是好基督徒呢！我能够凭男人所饲养的狗判断他们的信仰心。真的，亚历山大是一位很好的男士。”

听到贝克赞扬一个人，我们感到很安慰。想不到，那只是仅有的一个例外而已！

“你们瞧瞧，弗雷沙那种不可一世的德行！那个男人哪！一直在乞求神让他变得跟别人不一样，果然变成怪人一个啦！那个叫苏姗·弗伦的婆子在嫉妒全世界的人呢！就只因为罗杰老爷子被埋葬在最好的坟场，她就嫉妒得要命。瞧瞧那个叫希斯亚金的男人吧！他的脸就跟他出娘胎时一模一样！大伙儿都说，神创造了人，我却认为希斯亚金等一伙人是由恶魔所创造的。”

“天哪！越说越离谱啦！再这样下去，她不知还要说些什么呢！”可怜的菲莉思蒂嗫嚅着。

还好，菲莉思蒂的苦难过去了。因为牧师已经走到了说教坛，而贝克也安静下来了。她把沾满了面粉似的一双手臂交叉在胸前，再用她漆黑的眼睛盯着年轻的说教者。

大约在半个小时内，贝克恰如模范生一般静坐着，始终不发一语。一直到牧师说及最后审判的那一天，请万能的神对我们宽容时，贝克才以嘶吼的声音喊了一声“阿门”，使不认识贝克的年轻牧师有些狼狈。他睁大了眼睛，以惊讶的眼光扫视了一下听众席；但是，他很快又恢复了镇静，继续说教。

直到德比森说到一半时，贝克都默默地听着，甚至连动也不动一下；但是又过了几分钟后，她突然站起来叫道：“你的说教令人沉闷透啦！请你讲一些比较有趣的吧！”

德比森牧师顿时哑口无语。贝克在一片肃静中跨出步子。走到了通道的中央处，跟牧师面对面站着。

“这个教会充满了伪善者，实在不适合正派人士的光临。如果要变成你们这样的伪善者的话，我宁愿深入森林自杀。”

说完这些话，贝克转了一个身，大踏步走向门口。只走了几步，她又转了回来，抛下了一句临别赠语：“我时常感觉神很可怜，因为他要操心的事情实在太多了；不过，我已经知道神不必那样做了，因为神拥有很多手段很高明的牧师呢！”

说完后，贝克拍拍沾在她脚上的卡拉尔教会的灰尘。倒霉的德比森牧师继续说教。

艾尔达长老一向对牧师的说教都很认真地倾听，就算当时发生地震，他也不会分心；可是在日后，他竟然说贝克的那一场谩骂是很好的训诫呢！

不过，我个人认为没有人从贝克的谩骂中获得利益，金克家的我们更是如此。由于内心里一直有澎湃的浪潮，因此我们回到家里时，甚至想不出牧师所引用的圣句。菲莉思蒂垂头丧气地说：“贝克一直坐在我们家族的位置，因此，德比森牧师一定会认为她是我们的亲戚呢！这种屈辱真叫我受不了啦！彼得，你做做好事，以后再别叫贝克到教会来了。今天之所以会发生这种事，应该怪你！”

“无所谓啦！以后可能还有更好的戏可以看呢！”说故事的女孩很愉快地说。

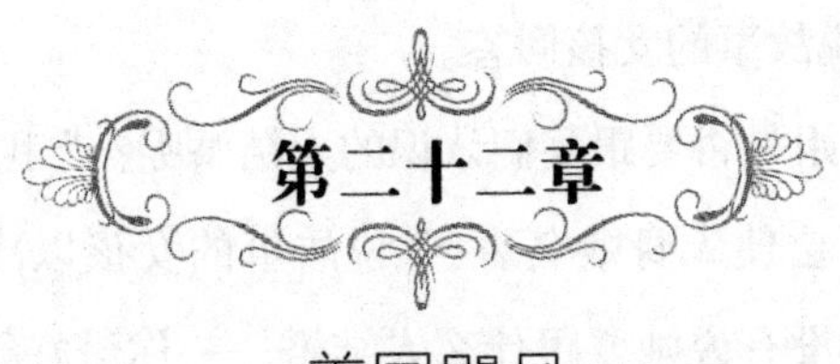

第二十二章

美国飓风

八月的某一天，在果树园里有六个孩子和一个大人围绕着说教石。那个大人是李德小姐，她在教完了少女们的课程以后，接受邀请留下来喝茶。那些仍然以浪漫的热情崇拜她的少女们，高兴得仿佛要登上天。

说故事的女孩手里拿着一朵醒目的罂粟花，踏着金黄色的草地走过来。她拿着的那朵花仿佛是注满了魔法之酒的红杯一般。当她把那朵花献给李德小姐时，李德小姐以一双漂亮的纤手去接它，这时我发觉她的中指有一个闪闪发光的戒指。

在这以前，我曾听女孩们说过，李德小姐从来不曾戴过戒指。看样子，她好像并不喜欢戒指。那个戒指美则美矣，不过，型式和设计——细钻围绕着中央的翠玉，却很老旧。

等李德小姐回去以后，我问说故事的女孩是否注意到了戒指。她虽然点了点头，但是好像不再说些什么了。

“你稍等一下，说故事的女孩，那个戒指一定有来由——你

一定知道吧？”

“我已经说过了，的确有一个故事，但是，你得等到它成熟才行呀！”说故事的女孩回答。

“李德小姐是否要跟我们认识的人结婚呢？”我不死心地问。

“好奇心会使人身败名裂。”说故事的女孩以冷淡的口吻告诫说，“我并没有说她要跟什么人结婚——你最好等到时机成熟再问。”

说故事的女孩曾经去拜访马克雷的表哥，并且在那儿待了一个星期。回来时，带着马克雷港老水手所说的故事。她答应在那天说“发生于北海岸的最大悲惨事件”给我们听，现在就要实践这个诺言。

有人叫它“美国飓风”，亦有人称它为“美国北佬的旋风”，这件事大约发生于一八五一年十月，是港口的考尔斯爷爷告诉我的。当时他还年轻，但是，实在太可怕啦！他一辈子都忘不了！

在那时，每年到夏季，好几百艘美国的双桅帆船都会集中在海湾捕青花鱼。

一八五一年十月，在一个美好的星期六夜晚，有好几百艘美国的双桅帆船集中于马克雷海角。到了星期一的夜晚，其中的七十多艘失事。幸免于难的船只，都是为了度周末，于星期六夜晚进港的那些。考尔斯爷爷说，遇难的船只就是星期天仍照样出海捕鱼，才会碰到飓风。

不过，还是有几艘船靠港而幸运获救。因此，实际蒙难的船员有多少也不清楚。那可是一场北海岸前所未有的大飓风。而且整整刮了两天，好几十艘帆船被扫上岸，幸好船员大多获救，至于那些撞到岩石的船均粉身碎骨了，船员也全部罹难。

在飓风过后的好几个星期，北岸充满了溺死者的尸体。天哪！实在太悲哀了！其中大多数名字和身份都弄不清，因此草草地被埋葬在马克雷坟场。马克雷的学校教师还题了一首诗。考尔斯爷爷念了开头的两节给我听——

遇难渔民将长眠于此，
有教会与森林环伺，
眼下有拍岸波涛，
他们永随潮浪而去。
骤来的飓风，撕裂苍穹；
海上男儿，任狂涛颠弄；
陆上人泪眼睁着，
身覆海藻尸具，被打上岸。

这次的美国飓风，最让人悲哀的是法兰克林号的故事。这艘船在马克雷海岸触礁，船员全部罹难，无一幸免。

他们是船长和他的三个弟弟。他们的父亲，在听到这个噩耗以后，为了带回儿子遗体，千里迢迢来到这个岛屿。

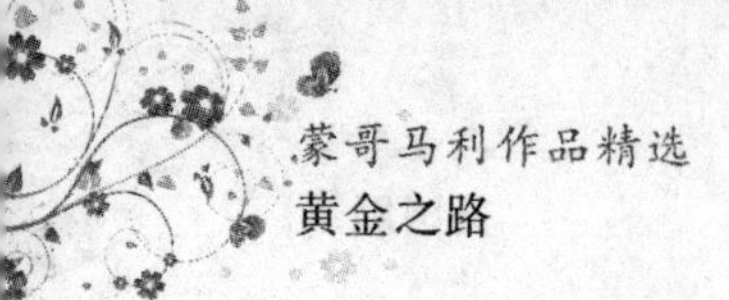

父亲决定把三个儿子带回故乡便将埋在马克雷坟场的三个儿子的尸体挖出来，放进一艘名叫西丝荷的帆船里。父亲则搭着蒸气客轮回家。最不幸的是，那艘帆船的船长是个无神论者，而且专做坏事。

那一夜，帆船准备航出马克雷港口时，年纪较大的水手们都异口同声地说，暴风雨就要来临了，最好静待暴风雨过去，否则会有危险。那个船长却以前后延误了好几天为由，非得立刻启航不可。

他暴跳如雷地嚷着："就算是全能的神也拿我没办法！"当夜就匆匆出港。果然，暴风逮住了那艘船，它很快地灭顶了。考尔斯老爷爷说，这可能是前世就已经注定的命运吧。

他们永眠于紫罗兰波浪下，
就像所有的人永眠于青草下。

说故事的女孩以哀矜的声音吟咏着，然后说道："很幸运，我所爱的人没有被大海吞噬掉，这些人使这个世界的悲哀增加了三倍呢！"

"史蒂芬伯父是一名船员，他也是死于大海。史蒂芬伯母的心都碎了。为什么人们不能满足于陆地上的生活呢？"菲莉思蒂说。

雪莉的眼泪啪哒啪哒地掉在绣着人名的布片上。自从去年的夏天开始，她就不停地收集这种名字布片，如今，数量已经

相当可观；但是，凯蒂收集的比她还多一个，这个事实叫雪莉很懊恼。

“而且其中一个还没有付费呢！就是贝克·保恩。看起来她不会付了，我也不敢催她。”雪莉苦恼地说。

“换成是我的话，我才不会绣她的名字呢！”菲莉思蒂说。

“我可不敢啊！如果不绣她的名字，她一定会知道，到时一定会把她惹火的！如果再有一个人的名字可以绣就好了。可是，凡是我认识的人都绣上了。”

“除了凯恩贝尔。”达林说。

“那还用说吗？我想，绝对没有人会去要求凯恩贝尔绣名字的，那一定是白费力气。他那种人哪！根本就是个无神论者，最讨厌听到‘传道’这句话。对于这件事，他连一分钱也不肯出呢！”

“跟他谈谈也没有什么害处啊！应该不会太恶劣。”达林说。

雪莉感到有点希望地说：“达林，你真的这样认为？”

“那还用说吗？”达林以非常认真的表情回答。即使像雪莉这么温柔的女孩，达林有时也会揶揄她。

不过，雪莉又陷入烦恼里，一整天，她眉宇间现出了苦恼的神情。到了第二天早晨，她来找我。

“伯利，下午你能跟我一道出去吗？”

“行啊！你有什么特别的事情吗？”

“我想到凯恩贝尔家，拜托他加入绣名字的行列。”雪莉很镇静地说，“但是，我并没有很大的自信。你想想看，去年夏季，

一直到说故事的女孩说他曾祖母是怎么嫁给他曾祖父以前，他连一文钱也不想捐给学校的图书馆呢！不过这次说故事的女孩不想去了，她好像非常害怕到那儿，一想到这件事情就会死掉似的。

“但是，我非去不可，因为这是义务啊！而且不管如何，我非得绣出跟凯蒂相同数目的名字不可！如果你肯跟我一道去的话，下午就走吧！我一个人是绝对不敢到凯恩贝尔家的。”

第二十三章

传道女英雄

那天下午，雪莉跟我毅然朝着“虎穴”前行。我们走过的路都很漂亮，因为那是我们刻意寻找的。尽管我们知道，会见凯恩贝尔不可能有称心满意的结果，但是至少可以尽情享受散步的乐趣。

在上次的拜访时，他对我们客客气气，显得和颜悦色，那是因为说故事的女孩在场。她曼妙的声音大大提高了他的兴致，从而顺利达成目的；但这次并没有这位朋友的助阵。

大家都知道，凯恩贝尔这个人只要有人提传道，不管对方用什么方式，他都会很强烈地表现出憎恶。

“或许穿好一点的衣裳，对我们比较有利。”雪莉看着她稍稍褪色而小了点的印花布衣裳，有些后悔地说，“说故事的女孩就说过，要穿漂亮一点，我也很想穿好一点的衣裳，可是母亲不同意。她说，凯恩贝尔先生不会在意我穿什么衣裳。”

“我不这么认为，凯恩贝尔比你想象中更在意这种事情

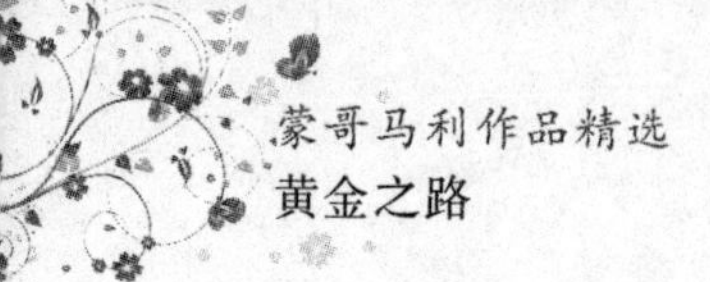

呢！”我自以为是地说。

“啊！但愿这件事快点过去。我的一颗心一直七上八下，那种感觉很难形容出来。”

“好啦，雪莉你得鼓起勇气来哦，”我鼓励她说，“一直到那儿，我们都不要去想这个问题了。这样我们就能够完全把它忘掉，让我们快乐一点吧！”

“好的，我就试试看，”雪莉点点头，“可是，说比做更容易呢！”

我们走的那条路通过山顶，秋天的金色麒麟草正光芒耀眼地盛开着；云朵有如吉普赛族群，从我们头上飘过去。

每个角落都被成熟作物所装饰的卡拉尔村，沐浴着光明的太阳光，静静地躺在我们的眼下。那些阳光从蔓延到马克雷港的山谷照射出来，两边满种有待收获的作物的黄金之路旁，开满了淡紫色的蓟花。我们很快走过香气四溢的小山谷。

如果你要坚持蓟花并没有香味的话，那么，你不妨在晚夏的黄昏，夜露下降的时刻，走到开满蓟花的小河谷去看看。你一定能在微风起处，闻到如梦似幻的蓟花香气。

越过这个小山谷，小径就会曲折地穿过枞树林。森林里的风，喃喃念着咒语；而森林里的清澈小河，则会温柔地穿过树荫，哗啦哗啦地流过。

曲折的小径上铺满了绿色如天鹅绒般的苔藓，上面又长满了鸽子草莓。这种草莓不能吃，因为它们淡然无味，又干又硬；但是，它们火红的颜色具有观赏价值。松林最喜欢把它当成宝

石佩戴在胸前。

雪莉拔了一些鸽子草莓，把它戴在胸前，但是并不合适。如果说故事的女孩用它来装饰她的褐色鬈发的话，一定非常地醒目。我内心里这么想着。

或许，雪莉也在想同一件事吧？因为她突然说："伯利，你不认为说故事的女孩最近好像变了吗？"

"我时常觉得她比我们更接近成年人——只是偶尔罢了，尤其是她穿起伴娘的衣裳时，像极了一个成年的女人。"我有些不高兴地说。

"这也难怪啦！她是咱们里面最年长的一个——而且她今年已经十五岁了呢！可以说是成年女人啦！"雪莉叹了一口气，接着，她稍微用力地说，"对于我们的伙伴来说，我实在很不喜欢想象谁就要变成大人，菲莉思蒂恨不得自己赶快变成大人，但是我却不想那样。"

"老实说，我才不想变成大人呢！但愿我能永远停留在孩童时代，就像现在这样，我希望你、菲利克都能一直陪着我玩……我也不晓得大人跟小孩有什么不同，但是每次想到自己将不可避免地变成大人时，我就觉得很烦。"

雪莉这句话的某部分，以及藏匿在她褐色眼睛里的胜利表情，让我有某种不安。就在这时，凯恩贝尔先生的巨宅在我们眼前出现，太阳下蜷伏着一只大狗。

"啊，真讨厌。我一直希望狗不会在我们身边出现呢！"雪莉打了个哆嗦。

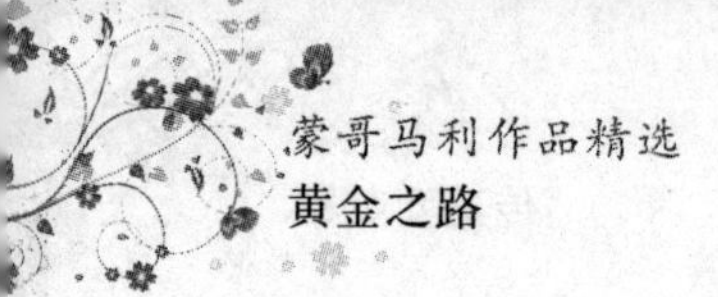

“它不会咬人的。”

“就算它不咬人，可是，它的脸好凶，好像随时随地都会咬人。”

那只狗对着我们怒目而视。当我们畏畏缩缩地走上阳台时，它抬起了头恶狠狠地瞪着我们。我们的前面有凯恩贝尔，后面又有一只恶犬，使得雪莉不安地直打哆嗦。

或许，有那只恶犬反倒好一些，如果没看到狗而直接在门口响起脚步声的话，雪莉很可能会一溜烟跑掉呢！

在门口出现的人，是凯恩贝尔的女管家。她很客气地把我们引进屋子里。凯恩贝尔也随着进来了。当我们对他说出“午安”时，他连最起码的反应也没有。当我们后悔没有离他千里之遥时，他哧哧地笑起来，说道：“又是为了学校图书馆而来吗？”

刚才在路上时，雪莉就对我说过，她最害怕的就是向凯恩贝尔先生提起有关捐款的事情。想不到，凯恩贝尔给了她绝好的开口机会，于是她立刻就把握住了。她颤抖着声音，红着双颊，神经质地说出了她的来意。

“凯恩贝尔先生，这次我并非为学校图书馆而来。我是为了传道用绣名字的打褶短裙而来的。这种短裙接有等于团员数目的布片。每个人负责在一张布片上绣名字，想绣在边缘的人须付五分钱，如果想绣在正中央的圆圈里面，则必须付十分钱。我们尽量把更多人的名字绣在自己负责的布片上面。收到的款项，将捐赠送给落后地区的人们。因为还没有向您开口，因此我才来请教您，是否可以把您的大名绣上去。”

凯恩贝尔皱起了两道浓黑的眉毛，臭着一张脸，没有好气

地说："我才不信所谓的外地传道团呢——我完全不信任他们！对于那种团体，我一个子儿也舍不得花。"

"但是才花你五分钱而已！"雪莉丝毫不放松。

凯恩贝尔舒展眉宇，继而绽开了笑容。

"你跟我是一丘之貉，对于所谓的未开化地区的人，你才不会去关心呢！"

"你别乱说！我一向很关心未开化地区的人，尤其是对于非洲未开化地区的孩子们。而且，我还想尽自己的力量帮助他们。凯恩贝尔先生，我是说真的，我非常认真的。"

"打死我，我也不会相信，"凯恩贝尔以不屑的口吻说，"你们哪！只会做做华而不实的表面功夫，像办音乐会、追着著名人物要求他们签名。只会一味向父母伸手要钱，再痛痛快快地花光，你们才不会去关心未开化地区的孩子呢！你们才不肯真正地为他们牺牲呢！对不对？"

"你别看扁人！我就做给你看！"因为过度的激愤，雪莉再也不害怕了。她有如呐喊般地叫了起来，"你只要给我证明的机会，我就做给你看！"

"哦，此话当真？好吧！我就来试试你是否能够心口如一。明天礼拜天有圣餐会，教会一定会人满为患，而且，那些来参加圣餐会的人，必定会争奇斗艳，穿着他们最好的衣服。如果你能够在不对任何人说明理由的情况下，穿现在这一身衣服参加的话，那么我就出五分钱，让你在打褶裙上绣上我的名字。"

好可怜的雪莉！她怎能戴着起毛球的旧遮阳帽，穿着皱巴

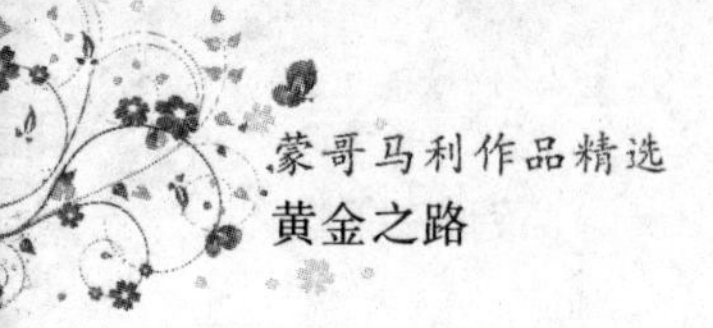

巴的鞋子和褪色的印花布衣裳到教会呢？凯恩贝尔这个家伙未免太过火啦！

“我……我认为母亲一定不会答应的！”

“敌人”得意地笑起来说：“想找一个借口的话，实在很简单。”

雪莉满面通红，狠狠地盯着凯恩贝尔：“我不是在找借口。好吧！就算母亲不许我这么做，我还是会这么穿。不过凯恩贝尔先生，你就让我对母亲说明原因吧！否则的话，她绝对不让我去。”

“好吧！那么，你可以对你的家人说。不过到了星期天，你就绝对不能对任何人提起，否则的话，我们之间的交易就算取消。如果你有时间稍微考虑一下的话，我想你一定会打退堂鼓的！”

“我才不会呢！”雪莉断然地说。

“好吧，好吧，那么我带你们到我家仓库里去看看可爱的小牛吧！它才生下来几天呢！”

凯恩贝尔好像很得意的样子，带着我们去仓库参观。在那儿有很多漂亮的马、母牛和羊，我很快乐，雪莉却不是这样。即使凯恩贝尔先生叫她看一只漂亮的斑纹马，她的表情仍然没有改变。原来，她已经在体会第二天的痛苦。在回家途中，雪莉以认真的表情问我，凯恩贝尔先生死了以后能不能上天堂。”

“很可能吧？因为他是教会的人。”

“噢……可是，他一点也不像那些能够上天堂的人。因为除了赚钱，他似乎没有任何乐趣可言。”

“他的乐趣很可能是虐待人呢。雪莉，你明天真的要穿这种

衣服到教会吗？”

“只要母亲肯让我去，我就要去，”可怜的雪莉说，“因为我绝对不会让凯恩贝尔先生得意的。而且，我希望能够绣出跟凯蒂相同数目的名字。我很想为落后地区的孩童尽一点力量，我是说真的；但是母亲让不让我去呢？关于这点我就没有把握了。”

我做梦也想不到雪莉会如愿以偿。加妮特伯母的反应有时会叫人大感意外。她笑着对雪莉说，你看着办好了，你想怎么做就怎么做吧！

听到这个好消息，菲莉思蒂大发脾气，她以愤怒的口气说，如果雪莉以那副模样上教堂的话，她绝对不去！达林冷嘲热讽地说，菲莉思蒂之所以愿意上教会，无非是想展示她漂亮的新衣裳而已，不然就是想参观别人的新衣服。菲莉思蒂跟达林为此大吵起来，以后的两天里，两人始终不曾交谈。

可怜的雪莉确实希望第二天能够下雨；但是隔天一早她打开门时，很失望地发现——万里无云、阳光普照。菲莉思蒂跟雪莉准备妥当时，我们几个男生仍然没有换衣服，一直在果树园等着说故事的女孩。

今天的菲莉思蒂穿着鲜艳的洋纱布衣裳，头上戴着一顶镶花边的帽子，脚上蹬着一双用缎带装饰的黑色鞋子，整个人看起来很光鲜。

至于可怜的雪莉，她穿着上学时的褪色衣裳，脚穿一双笨重的黑鞋子。她的脸色虽然很苍白，但是充满了坚决的表情。雪莉一向的作风是——凡是搭上了船，没到目的地，她是绝对

不下船的。

“看你那副德行！”菲莉思蒂不屑地说，“好吧！你就坐在詹姆斯伯父的位置吧！我才不想跟你坐在一起呢！从别的地方来的人一定会很多。至于马克尔的人们会全部来呢！到时，他们看到你那么寒酸相时会有什么想法呢？世界上就有很多人宁愿死也不愿问原因。”

“说故事的女孩怎么不快点出来呢？”雪莉说，“如果不快点上路的话一定会迟到的。只要能够比别人早些到达，躲在自己的座位里就不会太难过了。”

“噢，说曹操曹操就到了！”达林说，“咦，那是怎么一回事啊？”

说故事的女孩顽皮地笑了笑，加入了大伙儿的行列。达林猛然吹起口哨来。

雪莉的苍白面颊，在知道了事情的真相后，由于充满了感激之情，很快变得绯红。原来说故事的女孩也是穿着上学的印花布衣裳，头上戴着上学时的毫不起眼的帽子，脚上穿的一双鞋很旧，也没有戴手套。

“雪莉，你大可不必一个人忍受这种窝囊啊！”说故事的女孩说。

“哇！我好高兴！这样一来，我的痛苦就可以减掉一半啦！”说着，雪莉舒了一口气。

我认为没有演变到悲剧乃是最值得安慰的事。自始至终说故事的女孩一点也不在乎，但是，雪莉对于集中在她身上的视

线，非常地不自在。事后她对我说，如果只有她一个人的话，她实在无法忍受。

凯恩贝尔在坟场的榆树阴影处，以幸灾乐祸的眼光看着我们。

“好吧！雪莉小姐，你进行得很不错。只是，你只能一个人做，怎么可以找伴呢？你是不是存心骗我？”

“雪莉才不是存心要骗你呢！”说故事的女孩一点也不畏缩地说，“她老早就打扮成那种寒酸的样子，而且她根本就不知道我会陪伴她呀！因此，你们的交易还是有效的。凯恩贝尔先生，你叫雪莉这么做，实在是太残酷了！”

“是吗？如果是这样的话，那么就请你原谅我吧！我实在想不出自己为什么会这么做。我以为到了这一天，女人的虚荣心会胜过传道的热诚，但是看来并不见得都是这样……到现在，我也弄不清楚雪莉是真的把心放在传道上，还是一时的意气用事；但是无论如何，我都会遵守诺言。雪莉小姐，我会把五分钱交给你。不过，请你把我的名字绣在正中央，绣在角落，实在很不起眼。”

第二十四章

李德小姐与笨先生

“黄昏时，我将在果树园向大家报告一件重大的事情。”在早餐席上，说故事的女孩说。她的眼睛闪闪发亮，那光芒仿佛在跳舞。从她的气色看来，似乎有些失眠的现象。

昨夜，说故事的女孩跟李德小姐一起度过。当大伙儿都上床睡觉时，她仍然还没回来。李德小姐已经授完了音乐课程，将回家两三天。雪莉跟菲莉思蒂感到很颓丧，一直在长吁短叹，任凭别人怎么安慰都没用。

然而，说故事的女孩比起雪莉跟菲莉思蒂来，对李德小姐更为痴迷；但是听到李德小姐要走时，丝毫没有表现出失意之色，反而有些高兴的样子呢！

“你为什么不在现在说呢？”菲莉思蒂问。

“是有关李德小姐的事情吗？”雪莉问。

“什么事情都一样啊！”

“一定是李德小姐要结婚！”想起了李德小姐的戒指，我这

么叫了起来。

“是真的吗？”菲莉思蒂跟雪莉同时嚷叫了起来。

说故事的女孩板起了一张脸，狠狠地瞪着我。

“是否是关于李德小姐的事，我现在不说，你们为什么不等到黄昏呢？”

“到底是怎么一回事啊？”说故事的女孩走出房间时，雪莉说。

“依我看，不会有什么大不了的事情，”菲莉思蒂一面收拾早餐的盘子，一面说，“说故事的女孩总是喜欢把事情夸大。而且，我也不相信李德小姐会结婚，因为她在这个村子里根本就没有情人。阿姆斯特朗太太说，李德小姐没有跟任何异性来往；就算有，她也不见得会对说故事的女孩说啊！”

“那可说不定哦，你没有发现她们很要好吗？”雪莉说。

“李德小姐对说故事的女孩的感情，不见得会比对我们的感情还好吧？”

“话是不错啦！可是我总觉得她跟说故事的女孩之间的感情，跟她对我俩的有些不同。关于这个，我自己也形容不出来。”

“那又有什么好形容的呢？因为本来就没有什么不同啊！”菲莉思蒂爽快地笑出来。

“说来说去，都是你们女孩子间的秘密，对不对？我实在一点也没兴趣。”达林有些武断地说。

达林虽然嘴里这么说着，但是一到了黄昏，他也跟着大伙儿走到史蒂芬伯父的散步小径。在那儿，树枝上挂满了即将成

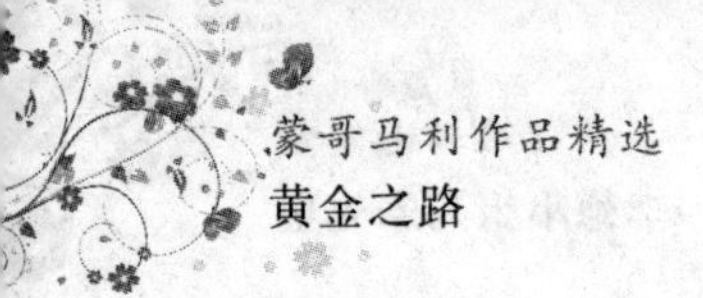

熟的苹果。

“好吧！你可以说了啦！”菲莉思蒂迫不及待地说。

“李德小姐要结婚啦！”说故事的女孩说，“昨晚她悄悄告诉我的，在两个星期内她就要嫁人了。”

“跟谁结婚呀？”女孩儿齐声叫出来。

“她要嫁给笨先生！”

由于惊骇过度，在数秒钟内，我们都变成了不折不扣的哑巴。

“说故事的女孩你别开玩笑啦！”菲莉思蒂在缓过一口气来时说出了这句话。

“我知道你们会吓一大跳，我何尝不惊讶呢？在某一天的夜里，我跟李德小姐散步回来时，我在半途停下脚步来，想隔着篱笆跟笨先生说几句话。那时，我突然发觉笨先生看李德小姐的眼光有了异样。”

“怎么会……跟笨先生呢？”菲莉思蒂有气无力的说，“万万不可能有这样的事情！李德小姐真的这样说吗？”

“是啊！”

“听起来不像是真的。为什么会演变到这种地步呢？那个害臊成性的笨先生，怎会有勇气向李德小姐求婚呢？”

“可能是李德小姐向他求婚吧。”达林插了嘴。

说故事的女孩浮现了一种不屑的表情。

“那也不失为一个好方法。”我故意这么说，无非是想引起说故事的女孩的愤怒。

“臭男生别瞎扯！”说故事的女孩果然中了圈套，“我知

道一切的经过，不过我不便明说。李德小姐也对我透露了一些……昨夜我回家时，笨先生一直陪着我走。笨先生一旦说出了内心话，就一泻千里，好像说上一年也没完没了的——以前他跟我在一起时，老是那么害臊腼腆，谁知昨晚他一股脑儿讲了那么多话……”

“他到底说了什么，你告诉我呀！我不会对任何人说的。”雪莉急切地说。

说故事的女孩摇了摇头说：“那怎么成？总而言之，现在不能告诉任何人。一旦我说了出来，什么都会完啦！有一天我会一五一十地告诉你们，那是很美的故事呢！不过，我得小心地选择字眼，否则的话将弄巧成拙。”

“我在想，你可能也不知道自己在说些什么吧？”菲莉思蒂不高兴地说，“反正李德小姐一定会跟笨先生结婚，对不对？我实在替她感到委屈万分。那么标致的一个人，应该嫁给年轻英俊的男子，为什么非要跟大她将近二十岁的笨先生结婚呢？他又是一个离群索居的怪人。”

“李德小姐打从心眼儿里感到幸福呢！她认为笨先生是一位很出众的男人。你是不会了解他的！我，确实很了解他。”

“哟！你别自以为了不起啦！”菲莉思蒂嗤之以鼻。

“我才没有自以为了不起呢！我是说真的。在整个卡拉尔这个地方，真正了解笨先生的人，只有李德小姐跟我而已！正因为笨先生一向与世隔绝，所以没有人能够看出他真正的面目。”

“他们什么时候结婚呢？”菲莉思蒂问。

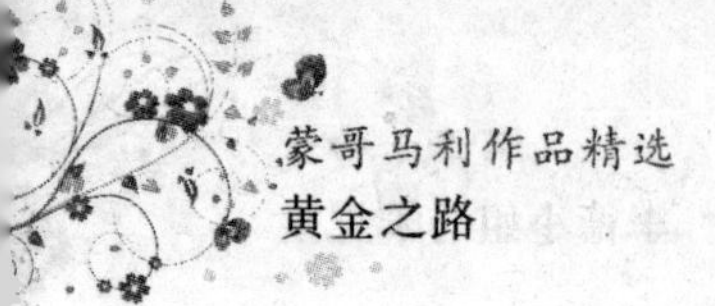

“大约两个星期后，然后，他们就要一起住在‘黄金墓冢’。李德小姐将要住在我们家附近，难道你们不感到高兴吗？”

“那么，她对于‘黄金墓冢’的谜有什么想法呢？”

“她什么都知道了，她认为太感人啦！关于这一点，我跟她的想法相同。”

“那么，对于那一间锁上的房间，你也知道它的秘密了吗？”雪莉嚷了起来。

“嗯……昨晚笨先生对我说过了。我不是告诉过你，我一定要解开这个谜吗？”

“好吧！那么，你就说出来听听吧。”

“很抱歉，我不能说。”

“最讨厌了！”菲莉思蒂有些火大地说，“那件事跟李德小姐又无关，你不妨说给我听听嘛！”

“才不呢！那跟李德小姐有关，全部都跟她有关呢！”

“是吗？一直到今年的春季，李德小姐来到卡拉尔，笨先生根本就没看过她，更没有听过有关她的任何事情，在这种情形之下，怎么可能跟她有关呢？而且那个房间已经上锁好几年了呢！”菲莉思蒂说。

“我没法说明……反正就跟我刚才说过的一样。”

“那个房间里有一本书，里面写着一个名字——爱莉丝……李德小姐也有一个小名叫爱莉丝呀！”雪莉歪着她的脑袋说，“搞不好，笨先生很早就认识李德小姐了吧？”

“格丽丝阿姨说，那个房间已经锁了十年以上了。刚锁上时李德小姐才十岁，她怎么可能是那本书里的爱莉丝呢？那是绝对不可能的！”菲莉思蒂说。

“她会穿那套水色的洋装吗？”雪拉说。

“算啦！咱们别再瞎猜了。”眼看着说故事的女孩邪恶地笑笑时，菲莉思蒂感到怒不可遏。于是，她板起了面孔说：“说故事的女孩好坏！连一个字也不肯透露。”

“我实在不能说啊！”说故事的女孩很耐心地又说了一遍。

“你不是说过，你几乎猜到爱莉丝是谁了吗？”我问道。

“嗯……我差不多就要猜到了。”

“他们结婚以后，那个房间还要锁上吗？”雪莉问。

“嗯。关于这点我可以告诉你。那个房间再也不锁了！而且将充作李德小姐专用的客厅呢！”

“哇！那太好了！只要我们去看李德小姐，我们就可以参观那个房间啦！”

“我才不敢进去呢！我一向讨厌充满了谜的东西。”雪拉说。

“我正好跟你相反，我最喜欢充满谜的东西了！因为它让我坐立不安。”说故事的女孩说道。

“好啦！到目前为止，我们已经知道了两个人的婚礼。这不是挺有趣的吗？”雪莉说。

“但愿接下来的不是葬礼。”雪拉以阴气沉沉的声音说，“昨晚，桌上放了三个点亮的煤油灯。茱蒂说，那是葬礼的预兆。”

“乱讲！无论什么时候都有葬礼呀！”达林说。

“那是指我们认识者的葬礼。本来，我也不相信这种说法；

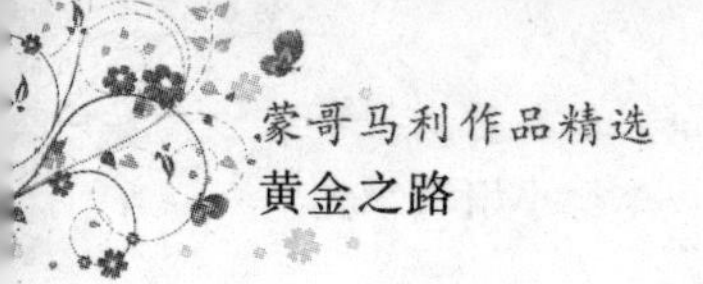

但是，茱蒂却绘声绘色地说，她碰到了好多次。这么说来，不可能是我们亲密的人，也许是我们不怎么熟悉的人。反正我们可以参加葬礼。我实在很想参加葬礼呢！”

“你怎么会有那种可怕的想法呢？”菲莉思蒂打了个寒战。

雪拉一脸诧异地说：“到底有什么可怕的呢？”

“你怎能满脸喜悦地去参加葬礼。你说很想去参加葬礼，那就无异于希望有人快点死掉。”菲莉思蒂严厉地训诫她。

“不……不……我才不是那么想的。菲莉思蒂，我并不希望任何一个人死掉。我的意思是——如果我认识的某一个人非死不可的话，我很想参加他的葬礼。因为，我一次也没有参加过呢！我认为有些好玩……所以……”

“我说你呀！快别把婚礼与葬礼扯在一块儿啦！真不是滋味。虽然李德小姐有一点大而化之，但是，我仍然希望她能够幸福。至于笨先生嘛……我希望他举行婚礼时不要出丑。我这样是不是要求过度了？”菲莉思蒂说。

“我很想看看那对活宝如何进入教会，”达林吃吃笑着说，“我很想看笨先生如何把他的妻子带进去。到时候他不是自己先进去，就是被他妻子的长裙绊倒。”

“搞不好，在婚后的第一个星期天，男方不到教会，而由女方单独去。”彼得说，“马克德尔就真的发生了这种事情。有一个男子在婚后的星期天因为感到害臊不敢到教会，一直到他克服害臊的心理，他的新婚妻子都是一个人到教会呢！”

“在马克德尔来说，或许有人会那样做；但是，卡拉尔的人，

绝对不会那样做的。”菲莉思蒂装模作样地说。

说故事的女孩绷紧一张脸走了开去。我看到了这种情形，立刻跟在她身边问：“你到底怎么啦？”

“他们那样取笑李德小姐跟笨先生……我实在不想听。”说故事的女孩用厌恶的表情说。

“说真的，他们的恋爱实在很美；可是，那些男孩未免太俗气了一些。”

“你可以把一切的经过都告诉我啊！我绝对不会对任何人提起——而且，我懂得那种纯洁至高的爱情。”我催促说故事的女孩。

“嗯……我也认为你一定会懂，”说故事的女孩陷入沉思里面说，“可是，我现在还是不能对你说，因为我还无法很准确无误地把它描述出来。伯利，我想你能够了解我的，到了我能够完美地把它表达出来时，我一定会最先告诉你的。”

天晓得！说故事的女孩一直对这件事守口如瓶。一直到四十年以后，我才千里迢迢地寄了一封信给她，告诉她笨先生已经亡故。同时，我也催促她履行昔日的诺言。她的答复是寄来了笨先生与爱莉丝·李德的恋爱故事。

岁月如梭，又过了十年，李德小姐也长眠于卡拉尔的榆树下，夫妇的两座坟紧紧依偎在一起。这时，我认为可以把昔日甜蜜的恋爱事情公诸于世了。

第二十五章

笨先生的恋曲

笨先生把他的古老农家取名为“黄金墓冢”，一个人形单影只地在那儿生活。卡拉尔的村民认为，给农场取名根本就是多此一举。如果说非取不可的话，何不叫它为“松林居”或者“翠坡庄”呢？为什么非要标新立异地取为“黄金墓冢”不可？

笨先生在他母亲亡故以后，才在“黄金墓冢”过起了单身的生活。当时的他只有二十岁。

如今，从外表判断，他似乎没有年轻过，这也难怪，因为他就要四十岁了。他的外表跟举止跟一般的男人划分得清清楚楚。除开不可救药的内向，他跟族人之间似乎都隔着一重眼睛看不见的蔽障。

笨先生打从出了娘胎，就一直住在卡拉尔；然而，卡拉尔的乡亲们对他一无所知，只知道他内向得离了谱儿。除了教会，他什么地方也不去，更不加入卡拉尔乡亲纯朴的社交生活。

就连对同性的男人，他也隔着一段距离，采取一种淡然的

态度。他从来不跟女人面对面地交谈。就算又丑又肥的老女人对他打招呼，他也会涨红一张脸，感到浑身不自在。

笨先生没有一个朋友，完完全全与外界孤立，完全不搞交际。

他并没有雇用女管家，但是，那栋他母亲生前就建好的古屋一向被整顿得非常清洁。

正因为有时笨先生也雇用邻居的格丽丝阿姨来家里打扫，因此这个消息才会被传出去。当早晨格丽丝阿姨来到时，笨先生已经进入森林，或在田园里，必须到傍晚时他才会回家。在这段笨先生不在的时间内，格丽丝阿姨可以随意地在房间里探索，她总是说："家里的每个地方都光可鉴人。"

不过，有一个房间老是锁着，叫格丽丝阿姨无从进入。那就是在西边山形墙的房间。从这个房间可以俯瞰长满松树的山丘和庭园。不过，格丽丝阿姨记得笨先生的母亲在世时，那个房间里并没有放置任何家具。她认为现在可能也是这样；虽然她时常努力着想打开它，然而，并非对它具有特别的好奇心。

笨先生有一个耕作得非常好的农场。每年到了夏季，他几乎把所有的时间都耗费在农场的整理方面；同时，他也拥有广大的庭园。

透过邮局局长夫人的证言，格丽丝阿姨也知道他时时订购书本和杂志，由此不难知道他也是一个爱好读书的人。他对于自己的生活非常地满足。

乡亲们都一致认为——对笨先生的最大关切，不外乎是放过他，对他不理不睬。乡亲们从来不认为他会结婚，甚至连想

也没有想过呢!

有一天，格丽丝阿姨从笨先生家带出了有趣的话题到村子里散布。虽然它是众人感到有趣的话题，但是大家都表现出半信半疑的样子。他们一致认为，格丽丝阿姨一定是凭着自己的想象添油加醋。甚至有人认为那些话是格丽丝阿姨捏造出来的呢!

格丽丝阿姨说，有一天，她发觉西边山形墙的房间并没有上锁，因此她便想象着里面只放着一些用不上的物品；但是，她蹑手蹑脚走进去时，立刻眼前一亮，想不到，里面被布置得美轮美奂。

鲜丽的窗帘挂在玻璃窗上。挂在墙上的几幅画想必是价值连城的东西，看来是珍贵的收藏品。格丽丝阿姨实在看不出它们的价值有多少。

窗户跟窗户之间摆着书橱，书架上整齐地排列着精选的书本；书橱旁摆着优美无比的裁缝篮子，放在小巧的桌上；裁缝篮子旁放着玲珑的银剪刀和顶针；就连绸缎的坐垫、藤条制成的摇椅，都布置得令人心旷神怡。

书橱后的墙上有一张女性的画像——如果格丽丝阿姨有眼光的话，一定能够看出那是一幅水彩画——画中的女性拥有一双莹莹的大黑眼睛，油光水滴的黑发有如波浪般垂在双肩，皮肤白皙，是一个年轻的可人儿。

女画像下的橱柜上放着一个花瓶，插满了娇艳的花；小桌子上的裁缝篮子旁，也插满了花草。

所有的这些，都让格丽丝感到骇异；然而最叫她不可思议的是——梳妆台前竟然放着女人的衣裳，其中一件是水色的绸缎衣裳。床上甚至整齐地放着有刺绣和花边的青色外出服装。

格丽丝阿姨有如丈二和尚摸不着头脑。这一切的一切，使她仿佛梦游，因此，她仔细翻找房间的每个角落，确定了没有任何人以后，才走出房间。

还有一点叫格丽丝阿姨感到啧啧称奇，这个房间里的每本书的封底都写着一个人名“爱莉丝”。她搜尽了枯肠，就是无法在笨先生家族里面找到“爱莉丝”这个名字。格丽丝阿姨在一团谜包围之中走出了这个房间。从此以后，这个房间一直没有被打开过。

格丽丝阿姨在对大家提起“黄金墓冢”的那间古怪房间时，大家都认为她做了白日梦，气得她七窍生烟，之后再也不提这件事。

其实，格丽丝阿姨所言句句属实。笨先生从外表看来，似乎是害臊成癖，脑筋不灵光；然而在内心世界里，他的思维纤细又浪漫。在他的心灵国度里，到处开满了花朵，处处都有璀璨的诗句。

笨先生在母亲逝世后变得形单影只，凡是无法从现实中获得的东西，他都把它们编入自己的理想国里面——而所谓的爱，奇妙而神秘的爱，也正是他最大的美梦。他塑造出了一个自己所钟爱、对方也爱他的女性；而且，尽量使这个自己心灵上的女性接近事实，并且为她取了一个自己喜爱的名

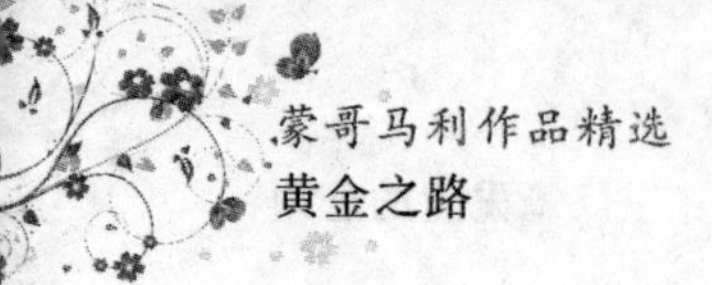

字——“爱莉丝”。

在心灵世界里，笨先生经常跟这位女性并肩散步，彼此呢喃着一些爱语。当他从田园收工回家时，她就会在黄昏阳光笼罩的大门口等着他——恰如在月光照耀下的池塘里映出倩影的花般，在不可捉摸的嘴唇与双眼浮现出笑容迎接他。

有一天，笨先生到夏洛镇办事时，因为在某一家店铺看到一张人像而在心里起伏不已。真的！那张人像简直跟他的梦中情人一般无二。他一颗心七上八下地买下了那张人像；但是，把人像带回家里以后，他却拿不定主意应该把它放在什么地方。

笨先生认为把它挂在陈腐的风景画、戴着假发的肖像画以及漆黑的铜版画之间，实在非常不适合。

那一天黄昏，笨先生在黄昏的庭园苦思着这个问题时，灵思突然一闪！

那时，照耀在西边山形墙窗户的晚霞，使窗户发出了玫瑰色的光辉。他就想象着，在那种光辉中，爱莉丝以充满了淘气的眼光看着他。对啦！那儿就是她的房间！我就为她把那间房间整顿起来吧！在这种情形之下，那张人像就应该挂在那儿！

笨先生整整耗费了一个夏季，才把计划付之实践。因为，他不希望惹来怀疑的眼光，所以一直很隐密地在进行他的计划。他陆陆续续地购买家具，再趁着黑夜把家具运进屋子里。一切的一切，都由他单独进行，始终不假他人之手。

他买了很多她可能会喜欢的书籍，再于封面内侧写下她的

名字“爱莉丝”。他买了一整篮她可能会喜欢的零碎用品和一些缝纫用品。

不久之后，他在某一家店里找到了水色的外出服装，以及一双绸缎鞋子。他把两样都买下来，拿进她的房间里。这以后，这间房间就变成了她的圣殿。每一次要进入房间以前，他都会慎重其事地敲门，房里时时插着美丽的鲜花。在紫罗兰色夏天的傍晚，他就会坐在房间里面跟她说话，或者念一些他喜欢的书给她听。

在笨先生的想象中，她时常穿着拖地的水色长袍，把一双白皙的手放在脑后，坐在摇椅上面面对着他。

对于这些事情，卡拉尔的人们浑然不知。如果他们知道的话，一定会说，笨先生的“痴呆”又加深了，已经不可救药了。在这些人的眼里，笨先生只是内向而单纯的农夫而已！他们根本就无法了解笨先生的真实面目。

到了某一年的春天，李德小姐到卡拉尔教授音乐。学生们虽然很崇拜她，但是大人们都认为她对人冷淡沉默。因为他们比较习惯热衷于社交生活、秉性又比较爽朗的少女，而李德小姐跟这一类的少女相差太远。可是，她并没有蔑视那些人，只是对他们比较疏远而已，她一向喜欢阅读和单独散步。

李德·爱莉丝小姐虽然算不得内向，但是，她就仿佛花儿一般敏感。

不久之后，卡拉尔的人们就默认李德小姐有着她自己的生活方式，跟他们合不来，因此不再生她的气。

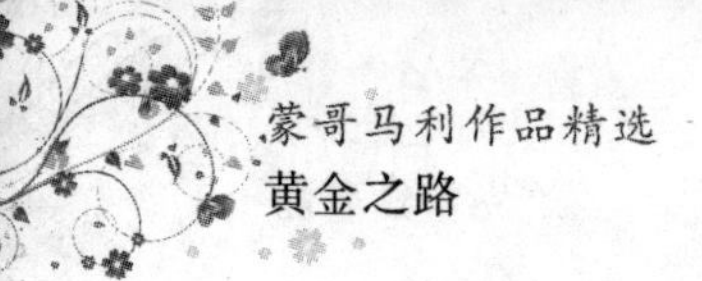

李德小姐寄宿于阿姆斯特朗家。此地环绕着一大片松林，位置刚好在“黄金墓冢”下面。一直到积雪融化，她一直都走大路。但是，在春天来临以后，她就走下松林的小丘，渡过小河上的桥梁，再走上经过笨先生家前院的小径。有一天，当她走过那儿时，笨先生正在庭园工作。

那时，笨先生正蹲在一个角落，在种植一棵小小的杜鹃花苗。那是很宁静的春季上午，世上充满了嫩叶的绿色；一阵风从松林刮下来，再消失于嫩芽遍布的庭园。

青翠的草丛里掺杂着紫罗兰的嫩芽；苍穹看起来好高，万里无云；遥远的地平线附近渗出了乳白色；小鸟在小河穿过的山谷唱着歌；兴奋的知更鸟在松林中合唱。

笨先生的心脏急速跳动，简直差一点就从嘴里跳出来了呢！因为在那个瞬间，他抬头看了一下李德·爱莉丝小姐。

她就站在庭院的围墙外面，也就是站在巨松之下。那时，她并没发觉笨先生的存在，只是在眺望遥远处的李子花，一股表情浮现于她的脸上。在那个瞬间，笨先生以为他的梦中情人真的化成有血有肉的凡身，在他眼前现形呢！

真的！她像极了他的梦中情人，简直像得太离谱啦！眼鼻或许不太像，但是窈窕的身材、蓬松的头发、浓灰色的双瞳、弧线似的嘴唇……甚至那种难以言喻的表情，跟他的梦中情人完全一样。笨先生霎时像灵魂出窍般僵在那儿。

就在那时，她的视线停留在他的脸上，魔法被破除了。他又恢复为内向的男子，一张脸涨得通红，心底开始猛撞起来。

他一语不发，仍旧保持着下跪的姿势。她的嘴角泛出了微微的笑意，接着转一个身，走上了小径。

笨先生以掺杂着失落与欢喜的表情目送着她离去。当她把视线投向他时，他感到了无端的痛苦，但是也包含着一种难以言喻的甜蜜感觉。事实上，目送她走远才是一种难以忍受的痛苦。

笨先生也料想到她一定是新上任的音乐教师；然而，他并不知道她的名字。她身上穿着水色的衣裳。笨先生想那是自然的事情，因为她必定很清楚自己很适合穿青色的衣裳。

笨先生摘了一把山茶花，悄悄地把它们带到西边山形墙那个房间，插在那一张人像下。然而，这种供奉的方式似乎已经失去了魅力；就是抬头看了那一张画像，仍然感觉到它似乎缺乏了一些什么，无论如何不能跟那一张活生生的面孔相比。真的，那一张有血有肉的面孔可爱多了。

看到了李德小姐以后，笨先生感觉到真人的眼睛比画像的灵活而温柔多了，就连头发也比画像的蓬松，从而给人一种真正水滴油光的感觉。他对那房间的爱、对肖像画的爱都在刹那间消失了!

每当他想起可爱的爱莉丝时，他的脑海里再不会浮现西边那个房间的人像，而是会不期然地浮现站在松树下的那个少女。

在那天下午，他再度看到回家途中的李德小姐。走到前庭时她没有停下脚步，头也不回地走了过去。笨先生看着她走过去的背影，一度幻想着她的手牵着一个小孩；同时幻想西边山

形墙的那个房间里有一个穿青色衣裳的女人坐在安乐椅上，她的腿上坐着一个金发的小孩，以含混不清的声音叫她“妈妈”，而这两个孩子都是他的骨肉。

第二天，笨先生忘了在西边的山形墙房间插上鲜花。

一天，他摘下一把喇叭水仙，有如罪犯一般，看了一下四周，再把花放置在松树下的小径。她必定会走过那儿的，如果她没有发觉的话，一定会踩到花。放了花之后，他怀着一半得意一半后悔的心情，退到前庭的隐蔽处。不久以后，他就看到她路过那儿，蹲下身子，把那些花捡了起来。

从这天开始，他每天都会在小径上放一束花。

其实，李德·爱莉丝一瞧到那些花，立刻就知道是谁把花放在了那儿，同时她也察觉到那些花是送给她的。她又惊又喜地把它们捡起来。

关于笨先生的内向和孤僻，她老早就略有所闻；不过在听到风言风语以前，她就在教会看过他，而且在心里颇为喜欢他。

她认为笨先生的脸和深蓝色的眼睛都很美。甚至卡拉尔人们嘲笑的褐色长发，李德也非常地中意，她也很明白他跟一般世俗人不同；然而，这个别人眼中的缺点却变成了她心目中的优点。

或许，她异于常人的聪慧天性，早就看透了他隐藏着的优点，因此对他产生了好感吧？

至少在她的心目中，笨先生绝非是个傻瓜。

当她听到绝大多数人不相信发生在西边山形墙房间的故事

时，虽然不懂得它所包含的意义，但是她相信了那些话。她甚至想解开那个谜呢！她认为它就是判断他人品的关键。

每天，李德小姐都能够在松树下的小径找到花。她根本不知道他就躲在暗处偷看，只是一心一意地想对他表示谢意。有一天黄昏，李德小姐经过松树下时，看到手里拿着一本书的笨先生正靠在前庭的墙上。她停下脚步，很柔和地对他说："谢谢你每天送给我鲜花。"

笨先生吓了一大跳，如果有一个地洞的话，他真想钻进去呢！看到他一副狼狈的样子，她微微一笑。因为对方连一句话也说不出来，因此她又温和地继续说："我每天都过得很快乐，非常地感激你。"

"那并不算什么。"笨先生结结巴巴地说。由于太紧张，他手中的书本掉了下来。李德小姐把它捡起来，再交还给他。

"噢……你也很喜欢阅读拉斯金的作品吗？我也很喜欢；不过，我还没有看过这本。"

"如果你想看的话……你就拿去吧！"笨先生仍然结结巴巴地说。

李德小姐把书本借去了。从此以后，她经过"黄金墓冢"时，他再也不躲起来啦！当她把书本还给他时，两人就隔着墙壁彼此谈论书本的内容。接下来，彼此借阅书本，再彼此交换读后感。

到了这个阶段，笨先生再也不害怕对李德小姐说话了。他有如对梦中的爱莉丝交谈一般，感到非常自然。虽然还不能到

口若悬河的地步，但是，已经能够从容地表现出自己的意思了。

李德小姐时常在松树下找到花，同时也时常把它们戴在头上和身上；但是，她并不清楚他是否注意到了。

有一天的黄昏，笨先生有点害羞地走出了“黄金墓冢”的大门，跟李德小姐登上了松林的山丘。从此以后，他俩就时常相偕着走一段长路。遇到他无法陪她时，她就会感觉到寂寞异常。她并没有发觉到自己深深地爱上了他，只是感觉到自己非常地喜欢他。

她认为他单纯而内向的性格很美。跟他在一起时，比跟任何人在一起都叫她感到快乐轻松。不过，李德小姐仍然不认为这就是恋爱，因为她也跟所有的少女一般，很重视白马王子会出现在她眼前的梦。

在八月的某一天，黄金与烦恼的日子来临。李德小姐戴着一顶青色的宽边帽子，任由可爱的长发随风轻飘。走到松树下时，她看到了一束很香的木犀草。她俯下身子把它捡起来，把脸埋进里面，嗅着它的香气。

她很想早一点借到自己喜欢的那本书，是故，焦急地期待笨先生快一点出来。不久之后，她发现他正坐在前庭最深处的一把生锈的椅子上；但是背对着她，而且大部分的身体都被紫丁香遮住了。

李德小姐面飞红霞，拿掉了篱笆门的铁钩，悄悄地走进庭园。到今天为止，她不曾踏入“黄金墓冢”的前庭，所以显得很紧张。

笨先生并没有听到脚步声。当她站在他背后时，她已经听到了他的声音。原来，他一个人在那儿喃喃自语。当她明白他话里的意思时，吓得满面通红。她不仅无法移动身子，甚至讲不出一个字来。像在做梦一般，也仿佛生了根，只能呆立在那儿，听着内向的男子喃喃自语，一时忘了偷听人家说话是可耻的行为。

“爱莉丝啊！我是如此爱你。”笨先生一点儿也不难为情地说，“如果你知道的话，你会怎么说呢？你会不会笑我？我想，你会用你那甜美的笑声取笑我。正因如此，我才不敢向你开口啊！

“可是在我的梦境里，你正坐在我的身旁呢！我一闭起眼睛就可以看到你。你实在太可爱啦！你的个子又高挑又苗条……黑黝黝的头发，清澈似水的眼睛。在梦里向你求婚还不算过分吧！我会不会是在痴人说梦呢？而且你也会爱我。在梦境里，什么事情都做得到啊！梦是我唯一的财产呢！

“只有这样，我才敢在梦里把你当成妻子。一直倒在松林下碰见你以前，我就已经把你的房间整理好了。在那儿，有你的书本、你的椅子、你的画像，为了你，计划这又计划那的，实在非常有趣。

“有一天，我会把你接到‘黄金墓冢’，让你当这里的女主人。大门处的古老穿衣镜前面，如果能够照到穿着青色新嫁装，面颊涂抹胭脂的你，那该有多好！在你驾临以前，我会把每个房间都布置起来，好让你一间间地巡视。

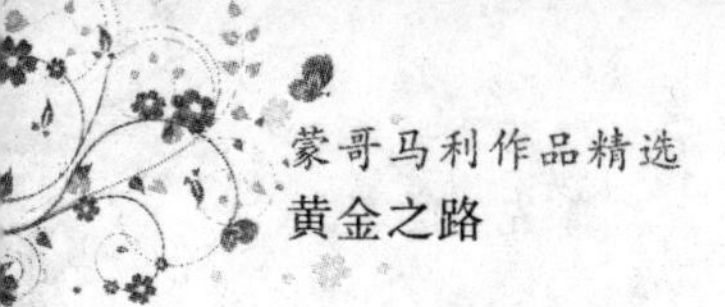

“只要看到你坐上你的椅子的那一瞬间，我的梦就会变成丰富而完整无缺的东西。啊，爱莉丝啊！我们一定能够共度灿烂的人生。

“每当黄昏来临时，你就会唱歌给我听。季节一交春季，我们就去摘早开的花吧！当我疲惫万分地从农场回来后，你就会伸出手臂，让我靠在你的肩膀上，我会温柔地抚摸你光泽的头发——啊，爱莉丝，我亲爱的爱莉丝，在梦中你属于我；但是在现实生活里，你绝对不可能变成我的恋人。爱莉丝，我爱你，我爱你！”

站在他背后的爱莉丝再也受不了啦！发出了小小的惊叫声而暴露了自己的所在。

笨先生惊跳起来，狠狠瞪着李德·爱莉丝。他在沉闷的八月树影里变了脸色，顿时变得十分苍白，睁大了眼睛，看着不停哆嗦的李德小姐。

他愤愤得仿佛就要气绝的样子，内心受到了很大的伤害。仿佛贵重的情操或者神圣的感情受到污染般，他一直瞪着她。他终于开口了，他的嘴唇好像受到残害，失去了血色。

“想不到你会这样！想不到你会算计我——你竟然一声不响地进来，偷听我所说的一切！你为什么做得出来呢？小姐，你知道你做了什么事情吗？你把我人生唯一的支持物拔掉了！我的梦已经死了。既然我的梦被第三者知道了，我就无法活下去啦！

“好吧！你要笑就笑吧！你大可尽情地嘲笑我，我知道自己

很愚蠢，可是那又如何呢？我又没有伤害到你。你为什么要神不知鬼不觉地进来，偷听我的喃喃自语，叫我抬不起头来呢？或许，你认为我很滑稽吧？为什么我也跟其他的男人一样呢？今后，我这个比任何男人都爱你的人，将成为你一生的笑柄。你粉碎了我的美梦，你做了一件很残酷做的事情！”

“德尔！德尔！”好不容易能够发出声音的爱莉丝嚷叫了起来。他的激怒严重地伤害了她的心。笨先生对她发脾气实在令她无法忍受；同时也在这个瞬间，她发觉自己原来是这么地爱他。正因为他太爱她，所以会对她发脾气——问题就在这里。

“德尔，你不要说那样可怕的话……我根本就没有存心要偷听你的话；不过，我又不能不这样做。我才不会把你当成笑柄呢！”

李德小姐很勇敢地凝视笨先生。这么一来，很美妙的性灵，像点燃了灯火般，从她的皮肤散发出光辉。她说：“我很高兴你那样地爱我。只是我很抱歉，欲罢不能地偷听你的话——如果我不这样的话，你不可能有勇气面对着我说这些话呀！我好高兴，我非常高兴！德尔，你懂得我的心境吗？”

笨先生以一种苦尽甘来的眼光看着李德·爱莉丝。接着说：“世上竟然有这种事？爱莉丝，我的年龄大你一倍呢！我今年已经四十岁了。大伙儿都叫我笨先生，每个人都说，我跟别人不同……”

“你的确跟别人不同。正因为这样，我才会爱你呀！现在我已经恍然大悟，第一次看到你时，我就爱上你了！”

“我则是在碰到你以前，就爱上你了呢！”笨先生说。

接着，他走到她身边，很温柔地把她拉了过来。在浑身都感到幸福之下，内向和不善言谈都消失了。在那个古老的庭园里，他吻了她的嘴唇，爱莉丝获得了她心爱的男人。

第二十六章

布雷回乡

在笨先生跟李德小姐举行婚礼的那天早晨，说故事的女孩跟我都不约而同地早起了；阿雷克伯父准备到夏洛镇去。

这一天，我是听到厨房发出的噪音才清醒过来的。一醒过来后我才想到，忘了拜托伯父替我带一本教科书回来，因此我慌张地穿上衣服，奔到楼下想告诉阿雷克伯父。

我奔到楼梯的平台时，碰到了说故事的女孩。她也早早就醒了，因为怎么也睡不着，于是干脆就起来了。

“昨晚，我做了一个奇怪的梦。史蒂芬伯父的小径那边响起了呼叫我的声音，我也不知道是谁的声音，然而，好像是一种很熟悉的声音。我就在他的叫声中醒了过来。那种声音充满了真实感，不像是梦境。

“我看了看窗外的明月，很想爬起来立刻跑到果树园，但是我终究没有那样做。不过，我心里一直想那样，所以再也睡不着觉了。你说奇怪不奇怪？”

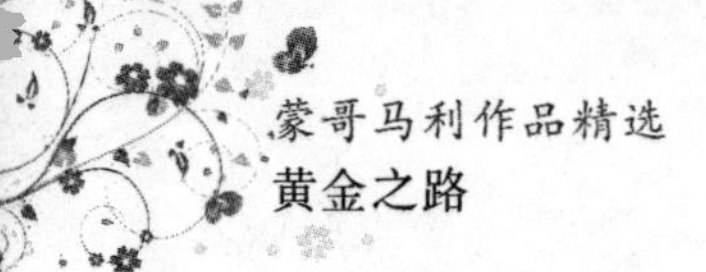

阿雷克伯父走了以后，我就叫说故事的女孩一起到果树园散步。意气风发的巴弟走在前头，我们就跟在它后头走到史蒂芬伯父的小径上。

那时已经是破晓时分，天空里闪出了玫瑰色；东边的天空染成朱红色，里面有几颗乳色晓星，有如浮泛在银色海上的珍珠；天亮前的微风，仿佛是在念着神秘东方的咒语。

“早起实在叫人心旷神怡。黎明的世界跟白天迥然不同呢！以后，我真想每天都在黎明前起床。不过，我只是口头上这么说说而已。到了明天早晨，我可能睡得更晚了呢！”

“这种好天气，对笨先生跟李德小姐的婚礼最合适了。”我说。

“真的，我太高兴啦！美丽的李德小姐，应该享受最好的东西，她是有这种资格的——咦，伯利？啊，伯利！睡在吊床上的人是谁呀？”

我就顺着说故事的女孩所指的方向看去，吊床就吊在散步道两端的两棵树上，里面有一个男人用大衣当枕头在睡觉。他似乎睡得很香甜。

他留着褐色尖尖的胡子；褐色的头发很浓密，成波浪状；面颊泛出桃红色，紧闭双眼下的睫毛有如少女般又浓又黑，而且充满了光辉。

他穿着明亮的灰色西装，从吊床垂下来的一双白皙的手，闪耀着钻石的光芒。

虽然没见过面，但是他的脸给我一种似曾相识的感觉。我正在搜索枯肠、绞尽脑汁，拼命地要想出他是谁时，说故事的女孩

已经发出了奇妙又有点含糊的声音。只在那么一瞬间，她就跳越过了她跟吊床之间的距离，再跪下来，用两手环抱着男人的颈部。

“爸爸！爸爸！”

她大声地嚷叫时，我由于过度的惊讶，仿佛是向地底扎了根一般，愣在那儿。

本来在睡觉的男人翻了一个身，睁开了大而闪亮的褐色眼睛。在那一瞬间，他痴痴地望着这个垂着褐色鬈发，紧抱着自己的年轻女孩。旋即，他就喜滋滋地站起来，把女儿紧紧地拥抱住。

“女儿——女儿——我可爱的女儿！乍看之下，我还不敢断定是你呢！你已经长大了啊！我离开你时，你才八岁……啊，我可爱的女儿！”

“爸爸——爸爸——我以为你再也不会回来了呢！”

在片刻之间，我就认为“我这个没用的人”终于也有被派上用场的机会了，于是我就一转身奔上了小径。在奔跑的途中，种种不同的感情充满了我的心坎；然而，其中最为强烈的念头是，我将成为消息报告者的那种胜利感。

“加妮特伯母，布雷姑丈回来啦！”我上气不接下气地跑到厨房说。

正在和面的加妮特伯母调过头来看我，举起了沾满面粉的手；一脸睡相、脸上却浮泛玫瑰色的菲莉思蒂跟雪莉才进来厨房，听我这么一说时，不约都睁大了眼睛。

“伯利，你刚才说什么姑丈啊！”加妮特伯母嚷了起来。

“就是布雷姑丈啊——也就是说故事的女孩的爸爸。他已经

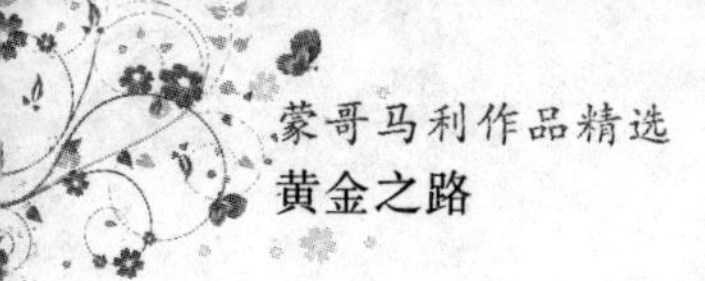

回来啦！”

“他人呢？”

“就在果树园。他睡在吊床上面。我们在果树园找到他的。”

“天哪！”加妮特伯母颓然地坐了下去，“只有布雷才会做出这种事情！他就像一个陌生人！为什么不大大方方地进来呢？搞不好，他是来带走那个女孩的……”

此时，我的胜利感恰如蜡烛熄灭枯萎殆尽了！关于这件事，我从来就没有想过呢！如果布雷姑丈带走说故事的女孩的话，山丘农场的每一天将变得索然无味。

想到这里，我又走到了外面，菲莉思蒂跟雪莉也沮丧地跟我走了出来。

那时，布雷姑丈跟说故事的女孩刚刚从果树园走出来。他用手臂抱着女儿的腰部，女儿的手则放在父亲的肩膀上；笑与泪在她的眼中打转。以前我只看过说故事的女孩哭过一次，那是彼得麻疹痊愈的时候。

说故事的女孩，除非极度悲伤，否则她是绝对不会哭泣的。

加妮特伯母的迎接方式虽然有那么一些慌乱，但是仍充满人情味。保守而勤劳的庄稼人，就算花花公子型的布雷不在时如何奚落他、贬低他，但是一旦他出现，由于他富有魅力和人缘很不错，大伙儿还是很喜欢他。

布雷姑丈有他独特的作风。他用手臂抱住一本正经的加妮特伯母，再把她痴肥的身体转了一圈，仿佛她是窈窕的女学生；接着，在她玫瑰色的面颊投以一吻，说道：“加妮特，你难道不

想老吗？四十五岁了，竟然像个十六岁的女孩般风情万种，而且连一根白发都没有呢！”

“布雷啊，老是年轻的倒是你呀！”加妮特伯母嘻嘻哈哈地说，“你打从哪儿来的呀？听说，你一整夜都睡在吊床里，这到底是怎么一回事啊？”

“我在美国的湖畔画了一个夏季的画。有一天，我突然想起了家，尤其是想回来看看可爱的女儿。于是，我就搭乘开往蒙特利的客轮。抵达此地时，已经晚上十一点了。站长的儿子驾马车送我回来。我想你们忙碌了一整天，正在休息，实在不忍心吵醒你们，因此就在果树园度过了一夜。

“其实，这也是月光叫我这么做的。古老果树园的月光，是黄金时代唯一残留之物了。”

“看你疯疯癫癫的！”一向注重实际的加妮特伯母说，“九月的夜晚相当冷，或许你已经感冒了呢！搞不好，你已经得了风湿病也未可知。”

“或许是那样吧！我的确有一点儿愚蠢，”布雷姑丈很快活地承认，“那也是月光的过错。加妮特，月光真叫人沉醉，它就仿佛是香醇的银色葡萄酒。

“如果是妖精的话，只要用他们的高脚杯喝酒，就什么事情也不会发生了，但换成是凡夫俗子的我，一旦喝了这种银色葡萄酒，脑筋就会变得怪怪的，因此，白天所具备的常识就会变得毫无用武之地。不过，我既没有伤风感冒，更没有得什么风湿症；因为像我们这种愚蠢的人可是有神在特别保佑呢！

“说真的，果树园的一夜使我感到非常满足。我就在那儿回忆一些甜美的往事，一面聆听着吹过古木的风声，一面进入温馨的梦乡。加妮特，那一片果树园就跟十八年前的春天一样，被花包围着。加妮特，在梦中，人生永远是崭新的，甚至被忘怀的过去，在梦中出现时，也会叫人觉得它还很新鲜呢！”

“我们到屋里吃早点吧！”加妮特伯母说，“这两个是我的女儿，菲莉思蒂跟雪莉。”

“我还记得她们呢，真可爱！”布雷姑丈一面跟她们握手一面说，“这两个女娃子没有什么大的改变，我的女儿就不同啦！她已经变成大人了！”

“才不呢，她还是孩子呢！”加妮特伯母有一点儿急躁地说。

说故事的女孩摇了摇她长长的褐色鬈发：“爸爸，我已经十五岁啦！真希望你看看我穿长裙的样子。”

“好啦！以后我们不会再离开了。”布雷姑丈说。我认为他的意思是说，他就要留在加拿大，再也不到外国了——真是做梦也想不到他会把说故事的女孩带走呢！

除了这件事，我们跟布雷姑丈度过了很愉快的一天。很明显的，比起跟那些成年人的社交来，他似乎更喜欢跟我们在一起起哄。在精神方面，他并不太在乎责任，乐天且不拘泥，喜欢无拘无束的行动，仿佛一个大孩子。我们全体一致认为他是个很理想的伙伴。

那一天，由于伯金斯老师必须出席教员会议，学校就放了假。正因为这样，我们得以听到海外旅行的种种趣闻，过

了一段很快乐的时光；同时，他也为我们每个人描绘肖像。那时，照相机刚刚迎接了黎明时代，因此我们都还不曾拥有自己的照片。

其中，尤以说故事的女孩最为快乐。因为她一直笑得合不拢嘴，心想母亲知道这件事的话，一定会大惊小怪的。说故事的女孩的母亲把十诫的第二条超扩大解释的结果，就是她一向站在反对任何画片或者照片的立场。总而言之，她是一个具有奇妙偏见的女人。

“你不要对你母亲说不就得啦？”达林说。

想不到，说故事的女孩却摇摇头：“我非得向她禀报不可，”说故事的女孩以认真的表情说，“在最后审判那一天，我已经决定把所有的事情都告诉母亲。而且《家庭指南》也说‘必须对母亲说出你的一切事情’。不过，有时也叫人很头疼呢！我决心向母亲说出一切时，她总是要骂我，这叫我感到很不是滋味；但是一想到由于违背了母亲的意思，到了最后审判将领罪时，我又会害怕。”说到这里，说故事的女孩深深地叹了一口气。

“反正在最后审判来临以前，我们就会死了。”

彼得这么说时，菲利克却吓唬他说：“到了最后审判时，死去的人都会活过来呢！”

“我们不必去想那么多啦！谁知道审判的日子会在何时来临呢？不要那样担心，那样对心脏有害处。”

“那种事，似乎不应该随便就说出来呢！”菲莉思蒂有点胆

寒地说。

到了将近黄昏时，我们一齐来到“黄金墓冢”。因为新郎与新娘预定在日落时回家，因此我们在这对新人进入新居时可能走的小径上撒了花瓣。这是说故事的女孩出的主意。不过，如果不是布雷姑丈给她撑腰的话，加妮特伯母可能不会允许呢！而且，布雷姑丈要求跟我们一块儿去。我们答应了他，条件是他必须躲在新婚夫妇看不到的地方。

“爸爸，我们只是一群孩子，又认识德尔先生，他是不会在意的；但如果他看到您的话，因为不认识，可能就会很不自在哦！这样的话，岂不是把好气氛糟蹋掉了吗？”说故事的女孩说。

接着，我们到各家的庭园搜刮花朵，再抱着这些花朵到“黄金墓冢”。在闪耀着明亮琥珀色的九月黄昏，遥远的马克德尔港口的上空，升上了一轮红色的满月。布雷姑父躲在大门旁的松树阴影处；不过，他仍然跟说故事的女孩彼此挥着手，爽朗地说着笑话。

“你确实能跟你父亲好好相处吗？你们已经分开很久了啊！”雪拉不可思议地说。

“就算我跟父亲百年不见，我们之间的情感也不至于改变呀！”说故事的女孩笑着说。

“嘘！别作声，来啦！”菲莉思蒂兴奋地说。

真的，他俩来啦！标致的爱莉丝染红了双颊，穿着青色的衣裳，看起来实在不亚于天仙。

笨先生喜悦得好像登上九重天，看起来一点也不像原来的笨先生。他从马车上把新娘抱下来，面上带着微笑，伴着她走近我们。我们这群孩子稍微退后，让一对新人通过以后，再把花撒在小径上。

新娘李德·爱莉丝走过鲜花的地毯，再走到新居的门口。当两人都走到了大门的最上一级石阶时，停止了脚步，回过头来看我们。我们虽然感到手足无措，但是仍然遵守着礼节，说祝贺的言词，并且祈求上天赐给他们永远的幸福。

“你们对我们两个这么好，我好喜欢你们！”新娘笑容可掬地说。

“能够为你们服务，是我们无上的荣幸。”说故事的女孩嗫嚅着，“啊，德尔夫人！我们都祈求上苍永远赐给你们幸福。”

“谢谢你，我们会很幸福的。”德尔夫人把她的脸对准丈夫，德尔先生凝视着新娘的眼睛。就在这时，他们似乎完全把我们忘怀了。

当德尔先生把新娘牵入新居，把整个世界关在外面时，我们就悄悄退散了。

我们踏着月光，嘻嘻哈哈地循着回家的小径走。布雷姑丈在大门口跟我们会合。说故事的女孩问他父亲对新娘有什么看法。

“当她去世后，坟上很可能会开出紫罗兰花。”布雷姑父这么回答。

“比起说故事的女孩来，布雷姑丈更会说一些莫名其妙的话。”菲莉思蒂喃喃自语着。

美好的岁月抛下了我们远去，即使依恋地想抓住它们，

它们也会毫不留情地从我们的指缝溜走。它们隐藏于阴影背后，远远地走到傍晚星辰所照光的那一方。时光老是那么可爱、那么美好，从晨光到夜幕低垂为止，没有一件事情可以伤害到它。

虽然笑靥与笑声都被带走，但是，“怀念”这个宝贝，仍然陪伴在我们的身边。

第二十七章

时光流逝

“爸爸离开时，我决定跟他走。我们预定在巴黎度过冬天，而且，我也要上巴黎的学校。”

有一天在果树园里，说故事的女孩对我们宣布。她的声音有些微的振奋，但还是悲伤的成分比较多。这个消息并没有给我们很意外的感觉。事实上，自从布雷姑丈归乡以来，我就有这种感觉。

对于布雷姑丈要带走说故事的女孩这件事，加妮特伯母完全不同意，然而，布雷姑丈一点也不肯让步。

布雷姑丈说，与其让说故事的女孩在这种乡村上学，不如带她到更好的学校去读书。而且，说故事的女孩长大了呀，布雷姑丈希望他的女儿能一直陪伴着他。

看来，说故事的女孩的离开已经成了定局。

“哇！能够到欧洲实在太棒啦！”雪拉表示非常羡慕。

“一段时间后，我可能会喜欢欧洲，”说故事的女孩慢条斯理地说，“不过在刚开始时，我一定会得思乡病的。当然啦，我喜欢跟父亲一块儿生活——但是，我一定会非常思念你们的。”

“我们也会思念你的呀！”雪莉叹了一口气说，“你跟彼得都要走了，这个冬天我们一定会感到非常寂寞！如果一切都能照旧该多好。”

菲莉思蒂什么也没说。她低垂着头，痴痴地望着她坐处的青草，心不在焉地拔着细小的叶子。两颗很大的泪珠顺着她的面颊流下来。

看到这种情形，说故事的女孩吓了一大跳。

“啊，菲莉思蒂！你是为了我将离开而流泪吗？”

“那还用说吗？”菲莉思蒂一面抽泣一面回答，“你……你真以为我是无血无泪的人吗？”

“我以为你一点儿也不在乎呢！我觉得你似乎不喜欢我。”说故事的女孩很坦白地说。

“天哪……你把我看成那么浅薄的人吗？”菲莉思蒂尽量维持着她的威严说，“你去说服你爸爸，让你一直留在这里好吗？”

“好吧，但是有一天我也是非走不可的。分离的时间越延长越会让人痛苦。真的，我现在就有如被勒紧脖子一样地痛苦。而且，我又不能带巴弟一块儿走。我是不得不把它留下来啦！希望你们好好待它。”

一伙人都很认真地说，他们很愿意那么做。

菲莉思蒂一直抽泣着说：“我……每天早上、黄昏都会给巴

弟奶油吃。可是，只要一看到它，我一定会想起你而哭出来的。”

“我又不是立刻就要走。”说故事的女孩振作起来说，“我会一直待到十月末。因此，我们还可以共度愉快的一个月。我们就尽量使这最后一个月多彩多姿吧！

“菲莉思蒂，我很高兴你喜欢我；但是想到非走不可时，我又会感到非常悲哀。不过在这一个月里，我们最好忘掉这件事吧！”

“我会尽量试试看。如果你在走之前，想学习烹饪的话，我可以倾囊相授。”

菲莉思蒂叹了一口气，把那块湿漉漉的手帕收起来。对菲莉思蒂来说，这已经是最大的牺牲。想不到，说故事的女孩却摇摇头说：“噢，不啦！我不想在这最后的一个月，为了学烹饪而伤透脑筋。”

“你还记得吗？你曾经把布丁……”彼得欲言又止。

“你是说，我把锯屑放入布丁原料里，对不？”说故事的女孩微笑着说，“你有什么话都尽量说出来吧！不必怕我会不好意思，像我不等面粉发酵就急着烤面包的事情，我也不会忘记的。”

“这不算什么，还有人出更大的丑呢！”菲莉思蒂很亲切地说。

“例如……使用牙粉……”达林说到此地就停住了，因为，他想起了说故事的女孩希望使最后一个月尽善尽美的事情。

菲莉思蒂的脸涨成绯红色，但是她一直默然不语——她甚至连表情也没有改变。

“反正我们在一起的日子里，发生了很多很快乐的事情。”

雪莉说。

“今年跟去年，我们都笑得非常开心。我们在一块儿时，一向都过得很惬意。不过你们也不要悲伤。这以后，仍旧有很多充满了绮梦的岁月在等待我们。”说故事的女孩说。

“伊甸园总是在我们的背后——而乐园就在我们将去的地方。”走到小丘，听到女儿所说的话时，布雷姑丈说道。

他轻叹了一口气，但是，很快就恢复了笑脸。

“我比想象中更喜欢布雷姑丈。”菲莉思蒂悄悄地对我说，“我母亲说过，布雷姑丈好像没有根的浮萍，到处漂流。但是，我认为他很风趣，跟他相处时给人一种沐浴春风的感觉。只是，他时常说一些叫人莫名其妙的话。我想说故事的女孩到巴黎以后，一定能够生活得很快乐。”

“如果她想到那儿上学的话，现在就得好好加油了。”我这样说。

“说故事的女孩要进戏剧学校呢！罗佳伯父说那是很好的事。他还说，有一天说故事的女孩必定会光耀金克家的门楣；不过，母亲认为那是无聊透顶的事。就连我也有这种想法呢！”

“茱莉亚姑妈不就是一名歌手吗？”

“噢，她俩之间有着很大的不同呢！不过，只要说故事的女孩好好干，一定会很有成就的。”菲莉思蒂说着，轻叹了一口气。

“法国距离这里太遥远啦！就算一旦发生了什么事情，我们也无从知道啊！很多人都说，巴黎是一个很可怕的地方。我希望他们有好的结果。”

那天黄昏在挤过牛奶以后，我跟说故事的女孩牵着母牛到田里。在回家途中，我们在果树园碰到了布雷姑丈。

布雷姑丈很悠闲地在史蒂芬伯父的小径上散步。他把两手放在背后，那张年轻而俊美的脸朝向西边的天空，浴着璀璨的晚霞。

“你们看到西南天空里闪耀着的那颗星星了吗？”我们走近他时，他问道，“你们瞧！就是挂在树梢上的那一颗，它是傍晚的星辰……是世界上最白亮的星子……正因为白色表示活力，象征着强韧的魂魄，所以这片果树园才会溢满黄昏的光辉，现在，我就在这里跟幽魂们约会呢！”

“是跟先祖的幽魂约会吗？”我说了一句笨话。

“并不是先祖的幽魂。到现在为止，我还没有碰到标致而失意的爱蜜莉呢！女儿，你的母亲反而看过爱蜜莉的幽魂一次！那真是很不可思议的事情。”布雷姑丈仿佛是在说给自己听。

“母亲真的见过幽魂吗？”说故事的女孩嗫嚅着。

“嗯，她相信她确实看到了幽魂。”

“布雷姑丈，您相信世上有幽魂吗？”在好奇心驱使下，我问道。

“伯利，我连一次也没有看到过呢！”

“但是，您刚才说过，今夜在这里跟幽魂约会……”说故事的女孩说道。

“嗯，没错。我是在跟过去岁月的幽魂们约会。正因为这里有好多那种幽魂，所以我才会喜欢这个果树园呀！我们是很要

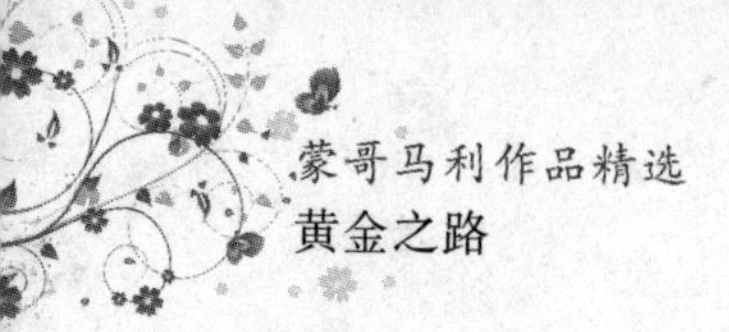

好的朋友呢！我们在一块儿散步、一块儿闲谈……在一起开怀地笑——那是蕴藏着悲伤的笑。

“一到月夜，在这个果树园里，时常有可爱的亡魂现形、那些倩女的幽魂跟我手牵着手，在果树林里、在月光下徘徊……”

“您是说母亲？”说故事的女孩嗫嚅着。

“是啊！就是你的母亲。只要我在这儿徘徊低思，我就不会相信你的母亲已经死了……更不敢相信她甜美的声音已经听不到了……她比任何人都爽朗而活泼——又那么年轻，女儿，她只比现在的你大三岁……”

“您能够记得母亲的音容实在太好了……”说故事的女孩轻叹了一口气，“现在，我连一张母亲的画像都没有呢！爸爸，您为什么不给母亲画一张肖像呢？”

“因为你母亲始终不肯让我画呀！她对一种莫名其妙的迷信深信不疑，所以一直不许我描她的肖像。我只好准备耐心地等到她答应的日子，谁知她就那样死了。在同一天里，她的双胞胎哥哥——菲利斯也死了，这实在太悲惨了。那时我抱着你母亲，想不到她突然抬起头来，叫了一声‘菲利斯’，接着她对我微笑着说：‘菲利斯来接我啦！我不必单独走上黄泉路，你不必悲伤，你应该为我高兴才对！’说完她就走了……”

布雷姑丈的话使我们哑然，一时之间，不知说些什么话才好。隔了一会儿，说故事的女孩说：“爸爸，我的母亲到底是哪一种人呢？我的长相像不像母亲？”

“啊，但愿你长得跟你母亲一样，褐色头发的小妞。你母亲

的脸仿佛百合一般白皙，只有双颊染上了玫瑰色；她的翦翦双眼好似整天都在唱歌——她的眼睛就像迷蒙的青色雾霭，睫毛很浓而往上翘。她的嘴唇就好像红色的玫瑰一般；她的身材叫人联想到年轻的桦树，窈窕而富于韵味。

“我实在太爱她了！我感到非常幸福！很遗憾的是——据说，一个人受到别人过度的钟爱以后，她的灵魂将带上悲伤的气息。不过，我认为她并没有离我远去。只要我对她念念不忘，我们的人就仍然紧紧地系在一起，就好像她仍然还活着一样！”

说到这里，布雷姑丈抬头看了看傍晚的星辰，我知道他已经忘了我们的存在。于是，我跟说故事的女孩便离开了现场，让布雷姑丈一个人留在古老的果树园内，沉浸在往昔的回忆里。

第二十八章

往桃花源的路

在那一年的十月，我们把夏季遗漏的阳光全部拾了起来，再像衣服般把它穿在身上。说故事的女孩对我们说，希望大伙儿把她最后的一个月变成美不胜收的东西。

大自然的成全，加上我们一伙人的努力，我们获得了一个美不胜收——由缤纷的落叶所装饰，山明水秀的月份——十月。

在那个十月里，枫叶灿烂得叫人沉醉。据说，枫叶在嫩叶萌芽的季节初期，红色与橙色多少使枝头热闹了一下；但是季节一到夏天，它们就会把这种热闹气氛收敛起来，把它们深藏于镶银的绿色下。

到了秋季再来临时，枫叶就会抛弃它们一本正经的模样，展现出它们本来野性的灿烂与豪华；使整个山丘进入一千零一夜的故事里……

事实上，一直到它在十月小丘上展现出完璧的姿态，我们都很难看出它们红艳的程度。必须临近大地所孕育的所有光辉

被冬天的冰霜所封冻时，它们才会下定最大的决心，原原本本地把自己裸露出来。

摘取苹果的季节来临时，我们又开始愉快地工作了起来。

布雷姑丈也加入我们的阵列一起摘苹果。有他跟说故事的女孩陪伴的这个月，是我们毕生难忘的。

“今天陪我一块儿散步吧！”有一天下午，小丘罩着雾霭、天空成为蛋白色、牧场刮着微风时，布雷姑丈对我和说故事的女孩说。

那一天是星期六，彼得回家了；菲利克跟达林帮着阿雷克伯父贮藏芜菁；雪莉跟菲莉思蒂忙着制造星期天食用的饼干。在这种情形之下，只有说故事的女孩跟我陪着布雷姑丈在史蒂芬伯父的小径上散步。

在最后的一个月里，我们尽情地厮守在一起，沉浸于无边无际的青春幻梦中，并且谈论未来。在夏季，我们之间产生了不寻常的感情。毕竟我们比其他的伙伴年长——说故事的女孩已经十五岁，我也快到了那种年龄。正因为这样，我们才认为既然年纪比他们大，当然就应该拥有他们所没有的梦想、展望以及将来。

其实那时，我们仍然是个孩子，对于幼稚的事物仍然感兴趣。不过在偶然的那么一瞬间，我们还是会认为自己年华已经不小，而且会不约地收集孩提彩虹般思想的碎片，借着它们建立起稀有的美妙友情。

青春期将从孩提时代的硬壳破壳而出时，我们又进入了一

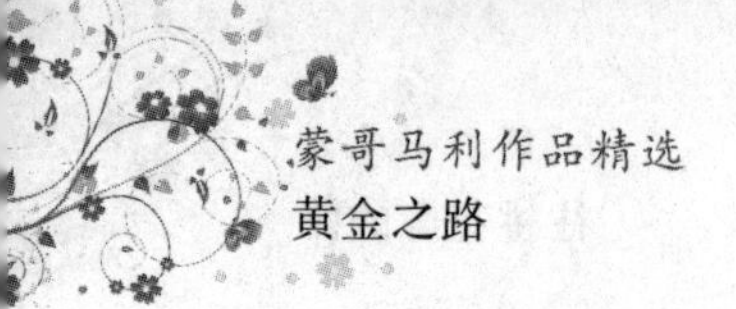

个充满魔法的时期，那时，我们一直在想象着黄金之路的遥远处，除了一团罩在山丘的雾霭，又有一些什么东西呢？最奇怪的是，在这个时期里所产生的相互信赖关系，比起任何时期建立的关系都更能持久。

“爸爸，我们要到哪儿去啊？”说故事的女孩问。

“我们就到镶着灰色山丘的森林里吧！然后再穿过它，走到弥漫着上古和平气氛的山谷。”布雷姑丈说，“在我离开加拿大以前，我想再巡视一下爱德华王子岛的森林。不过，我不想一个人去。”

人生之路还是很漫长的！我、说故事的女孩和布雷姑丈，我们三个人就一起寻找那通往“艾尔凯德”（位于古代希腊贝洛波尼斯半岛的高原，乃是和平的桃花源）的道路。

“我们要走的路，将出现很多叫你们感到心旷神怡的东西，一些可以使你们心情畅快的旋律，将随着风飘过来。同时，我们也会邂逅披着羽毛和皮毛的朋友。灰色枞树所演奏的音乐，将让你们浑身感到欢畅。或许，你们会毕生记着这个下午的散步。”

布雷姑丈说得对极啦！

虽然已经隔了好几十年，但是，对于那时的事情我仍记忆犹新。跟着说故事的女孩、布雷姑丈徜徉于卡拉尔森林的那个午后，在我一生的回忆里，占了很辉煌的一页。

我们三个人走出那些快被淹没的小径，走遍了可爱的新土地和寂静的森林。布雷姑丈走在我们的后头，轻轻地吹着口哨，偶尔也喃喃自语。我们三个人横越连接阿雷克伯父农场后面森

林的旷野，在那儿发现穿过罗佳伯父森林的小径——一条曲折蜿蜒的羊肠小道。

“我们走这条羊肠小径探险吧！”布雷姑丈说，“我们纵然有很多不必走上这条小径的理由，但是放弃森林小径以后，我的心口又会感到疼痛。我想，这条小径一定是通到森林心脏部位的小路。

“如果说我们认识森林，森林也认识我们的话，那么，我们就非走上这条路不可了。当我们感到野生的心脏对着我们的心脏鼓动时，那种不可思议的生命，就会渗入到我们的血液里，永远变成我们的东西。

“正因为这样，不管我们走在多嘈杂的道路，或者航行到任何水域，甚至如何七颠八倒地走路，到头来，仍然会再度被拉回森林。”

“不管在什么时候，只要我走进森林里面，就会感到心平气和。树木似乎最容易亲近。”说故事的女孩有些陶醉地说。

“那是神所创造的事物当中，最容易叫人亲近的东西。跟树木一块儿生活是一件最容易的事。凡是对松树说话，对白杨树说出秘密，在一片沉默的感情世界中跟枞树散步，都能够学习到——什么才是真挚的交往。

“而且不管走到世界的什么地方，所有的树木都是一样的。毕尼利山顶的桦树和卡拉尔森林的桦树没有什么两样。我还跟阿毕蜜山谷的一对老松树双胞胎变成了好友呢！

“你们听听！那边的松鼠在大声喧哗呢！为了点芝麻小事大

肆喧闹的松鼠你们看过吗?

“松鼠是森林流言散布者、多管闲事者。它们哪，始终无法保守森林里伙伴的秘密。话虽如此，松鼠对人们的招呼仍然是够亲切的。”

“它们好像在生我们的气。”我笑着说。

布雷姑丈很快活地回答:“如果那些松鼠能够稍微动动脑筋的话，它们的叫嚣声就能够好听多了。同时，它们也能够变成更为可爱的动物。”

“如果要变成动物的话，我宁愿变成松鼠。我想除了飞翔在天空，最棒的就是它们的生活方式了。”说故事的女孩说。

“哇！你们瞧瞧那只松鼠的跳法！”布雷姑丈笑了起来，“你们也听听它唱的胜利之歌吧！它正要跳过尼加拉瓜瀑布呢！看哪！住在森林里的生物都很幸福，对于自己的生活好像都很满足。”

循着枞树的香气，走入微暗而曲折的小径时，三个散步者到了有喷泉的洼地。

那一天是我们最幸福的日子，因为我们发现了森林最大的秘密——它在小径的尽头，也就是松树的树荫。它好似水晶船透明的嘴唇，甚至连透过树叶的太阳光也未曾吻过呢!

“我们可以把它看成古老故事里面的‘迷魂湖’。此地也是被施以魔术咒语的地方。如果我们不放低脚步声、小声交谈的话，一定会妨碍水精的睡眠，并且打破他们的咒语。”布雷姑丈说。

“只要在森林里，我什么都能够相信。”说故事的女孩这么

说着，用金褐色的桦树树枝皮替代杯子，盛了一些泉水。

“咱们就用这种水干杯吧！女儿，我想这些水里面一定蕴藏着某种强大的魔力，使你能够达成愿望。”

听到布雷姑丈的说词以后，说故事的女孩举起了金色的杯子，按在她朱红的嘴唇上，她那一对褐色的眼睛浮现出微笑。她嚷着：“为我们的未来干杯！希望人生未来的每一天，都会比过去的日子更美好。”

“那是一种很奢侈的愿望——也只有年轻人才有这种愿望。”布雷姑丈说，“如果你存着真挚的心，那就很有可能得偿——不过，小男孩、小女孩，你们不敢相信的日子，以后将陆续来到呢！”

我们不晓得这句话的含义。然而，我们也知道一件事情，那就是布雷姑丈从来不说明自己所说的话的含义；就算是刻意问他，他也只会说：“你就等着吧！到你长大以后，你就会知道了！”

于是，我们决定沿着从清泉流出的曲折小河走。

“小河是全世界最富于变化的东西，又可爱又具有不可抗拒的魄力。它们起伏不定，善于变化。在这里，它仿佛是一颗心破碎了，不停地叹气，发一些牢骚；但是，你们仔细地听听——到了那棵桦树的根部，它似乎在开什么玩笑，吃吃地在笑哩！”

的确，那是非常富于变化的小河。

小河在我们的眼前，又灰暗又宁静，仿佛是停滞下来不再流动。我们一旦蹲下来就可以发现，那些流水好像变成了一口

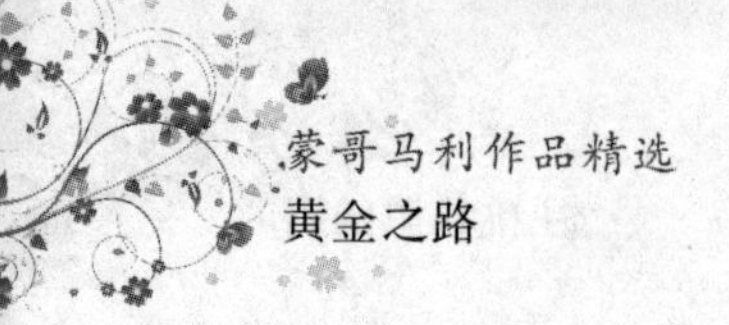

小池塘，还能够照出我们的身影呢！

接下来，它沙沙地，恰如在喋喋不休地，通过阳光闪动如钻石光辉般的底部。因为水质清澄，太阳光又直接照在河里，使得水里的鱼无所遁形。河堤在某些地方险峻而高耸，在某些部分却只有长着青苔的岸边。一度，它撞上了小小的山崖，发出激怒的泡沫，勇敢地和山崖缠斗。

对于妨碍流水的腐朽圆木，小河哗哗地大叫，一面发出不平的牢骚一面前进。每次碰到阻挡去路的树根时，它就会大发脾气。看到它那种暴跳如雷的德行，我们准备撇下它时，它又突然变成一副很安详的模样，文雅地转了一个弯——我们似乎是处于童话王国。

原来，在森林深处的心脏部位出现了一个小小的山涧！

一排桦树替小河镶上边，而且，那些桦树比森林里的“姊妹”们更为优美，不时散发出金色的光辉。到了那儿，森林全部后退，形成了一个琥珀色的向阳处。枯黄的树叶倒映在流水里，有时会有一枚枚的叶子掉到水面，随流漂去。

或许，正有如布雷姑丈所说的，那些随流漂去的枯叶，想一心一意地往大海探险吧？

“真是一个好地方。”我满心欢悦，看了一下四周，再叫嚷了一声。

“此地一定是被施了永久的妖术，”布雷姑丈嗫嚅着，“冬天是永远不会光临这里的，这里将永远保持这个面目。”

“我们不要再到这里来了……”说故事的女孩悄悄地说，“只

要这样，不管卡拉尔有着天大的变化，在我们的心坎里此地永远都是这个样子，万世不变。”

“好吧！我就把这个景致描绘下来。”布雷姑丈说。

布雷姑丈在描绘时，说故事的女孩跟我坐在小河的岸边。她说了一则故事——“芦苇的叹息”给我听。那是一则很简短的故事——

故事的主角是长在森林池畔的褐色芦苇。因为它深感自己不能像小鸟和小河一般——甚至不能像风那奏出美妙宜人的音乐，时时悲叹不已！四周漂亮而抢眼的东西都对芦苇冷嘲热讽，以它的愚蠢为笑柄。

事实上，对于这种颜色不起眼又不叫人感兴趣的东西，谁又会期待它能够奏出音乐呢？直到有一天，一个俊美有如春天的年轻人进入森林后，情况才有了很大的转变。

这个年轻人摘下一片褐色的芦叶，把它折成一个他喜欢的形状。接着把它按在他的嘴唇上，对着它吹气……天哪，只在那么一瞬间，美妙的旋律就飘荡在森林里！因为音色非常迷人，凡是一切的东西——小河、小鸟、风儿等，都尽量保持安静，全神贯注地聆听。

这种动人心弦的旋律，从来就没有谁听过。这使得芦苇内心的痛苦一扫而光。

其实，我不止一次听过说故事的女孩讲出更为动人的故事；

但是，这一则故事远远超过那些故事，在我的心坎里发出了光辉。或许，这跟她说故事的地点有关吧？同时，这也是她对我们所说的最后一个故事——也就是她在“黄金之路”所说的最后一个故事。

当布雷姑丈完成素描时，太阳光已经变成红色，且在逐渐减弱它的光芒。急躁的秋天黄昏已经落在森林里了。我们就有如说故事的女孩所提议的那样，向森林做了一个永远的道别，走出了山涧。一种难以忘怀又难以言表的香气飘荡在我们四周。我们依依不舍地穿过枞树林，缓慢地踏上归途。

“枯萎的枞树香气仿佛被施过妖法，”布雷姑丈似乎忘了他并非单独在走路，喃喃地自语，“这种香气就仿佛微妙的被混合的好酒，流入血液里面，有一种难以言喻的甜美，相形之下，其他的香气就显得不够高雅了。唯有枞树的芳香能够向上飘散，一直到达‘遥远的神之世界’。”

说到这里，他霎时停了下来，再以低沉的声音说：“菲莉思蒂，你一向最喜欢枯萎的枞树的香气。如果今夜你能够跟我在这里的话……噢，菲莉思蒂！”

那种声音所包含的某种气氛，使我们突然感到悲哀。所以当说故事的女孩把她的手伸入我的手中时，我才舒了一口气。

接着，我们走出了森林，踏进秋夜的一片黑暗中。

我们来到狭窄的山涧。在前面斜坡的一半地方，枫林中唯一的柴火，以森林跟傍晚的山丘为背景，闪动着红红的火焰。对我们产生了一股诱惑力。

“我们就走到那儿去吧！”布雷姑丈以兴奋的声音叫了起来。他抛弃了刚刚还占据在他心田的悲伤，抓起了我们的手说：“在夜晚燃烧的森林之火，对于我们人类有一种难以抗拒的魅力。快走吧！不要浪费时间啦！”

“但是……它们不是正在燃烧吗？”我不停地在喘气，因为布雷姑丈一直把我们赶到了山丘上。

“你能够保证它会烧很久吗？或许，有一些庄稼汉在处理了田园的农作物以后，放一把火烧了残叶残枝；也很可能是森林里的异物生火为记号，告诉众人们妖精就要召开宴会了呢！如果动作太慢的话，可能就会熄灭了呢！”

但那堆火没有熄灭，不久之后，我们就进入了树林子里面。从那儿看起来，那一堆火非常美丽。红红的火舌，摇摇晃晃地摇摆着，再温和地爆开。蔓延于树木下的长长回廊，由玫瑰色的光线所照耀出来，那些光线的前端隐藏着灰色与紫罗兰色的影子。

它们看起来是那么宁静，又显得有些朦朦胧胧，实在不像是这个俗世之物。

“我实在不敢相信，爬过一个山丘以后，那儿有人类居住的村庄，而且还有我们看惯了的家庭式火烛。”布雷姑丈说。

“那些东西跟我们所熟悉的东西仿佛是隔了几千英里远。”说故事的女孩说。

“你说得很对！”布雷姑丈说，“我们现在又回到了人类的童年期——也就是暂时的未开化世界。在这个时期，所有的东西都有着古代神话的美——神秘的静谧，或者被施了魅惑之美的原始妖术。如今，所有的这些东西都会变成真的呢，搞不好绿色的妖精会现形，手牵着手在火堆旁跳舞！

“或许，树木的精灵们会从树木里面跳出来，坐在火边烤烤他们被十月寒霜冻僵的手脚呢！

“好吧！就算看到了他们我也不会大惊小怪的！你们看到那一片黑暗里闪过一个象牙色的臂膀没有？同时，在弯曲的树干那儿，不是有一个妖精正往这边看吗？人类的视力实在太没有用啦！比起妖精点燃的火来，根本就等于一种无用的废物嘛！”

我们三个人手牵着手，走过被施过妖术的土地，一心一意地找妖精国的住民。我们似乎听到了一阵神秘的声音发自妖精之家，以及看到弥漫着妖气的山丘。一直到那堆火完全熄灭，我们都没有离开树林子。

等我们完全清醒过来时，发现山丘上没有云朵的天空里，浮现了一轮黄澄澄的满月。我们跟满月之间耸立着松树。那些松树很直很细，自始至终浮现在银光下。

在遥远的那一方，山丘的农家静谧地躺在柔和的月光中。

“从下午离家到现在为止，不是有一种很长久的感觉吗？事实上，只有两三个小时罢了！”说故事的女孩说。

确实只有两三个小时而已。但是比起平淡、没有彩梦与奇遇的一年来，实在是有价值得多了！

第二十九章

再见啦！朋友们

我们漂亮而绮梦连连的十月，有一天被黑暗的悲剧摧毁了——那一天，巴弟死了。巴弟度过了很幸福的七年岁月，然后，突然地死了。看样子，它很可能吃到了有毒的东西。对于它在黑夜里跑到哪里而碰到了这场灾难，我们根本就一无所知。

在寒冷的晨晓太阳的照射中，它拖着疲惫的身体，回到家里等死。我们醒过来时，发现了躺卧在大门口的巴弟。

就算加妮特伯母不大惊小怪地告诉我们，布雷姑丈勉强地摇一下头，我们也知道巴弟是没有活过来的指望了。因为我们不管再如何地救它都没有用了，我想，即使是去找贝克那个巫婆也是徒然的吧！我们都围着巴弟悲叹。说故事的女孩坐在最上面的一个阶梯，抱起了可怜的巴弟。

"我看，祷告也没有用了吧……"雪莉痛苦地说。

"试试总是无妨啊！"菲莉思蒂抽泣着说。

达林虽然很悲哀，但是，他仍然说："不要再滥用祷告了，

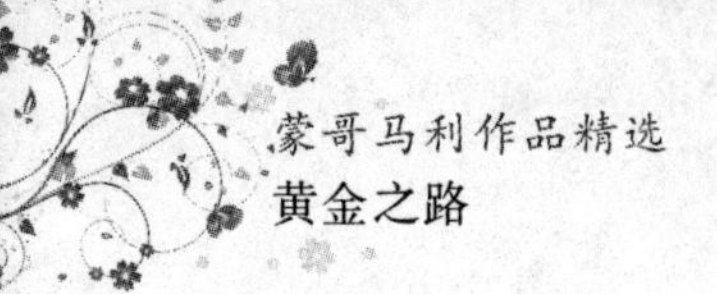

我们已经对巴弟无可奈何了，你们看看它的眼睛就不难明白。前一次治好巴弟的病并非祷告呀！”

“对啦！是贝克那巫婆治好的！”彼得说，“可是，这一次绝对不是贝克下的咒，因为她已经有好几个月不知去向了。她如今在哪儿并没有人知道。”

“巴弟如果能说出哪儿不舒服那就好啦！”雪莉说，“眼巴巴地看着它痛苦而不能帮助它，实在太悲哀了……”

“我看，现在它不会很痛苦了。”我安慰她。

说故事的女孩始终不发一语。她用一只纤细的手，无限怜爱地、一次又一次地抚摸着猫光泽的毛。巴弟抬高它的头，想更接近她的饲主。说故事的女孩柔肠寸断地把猫抱到怀里，巴弟很衰弱地叫了一声，再颤抖了一下身体，之后，巴弟的灵魂就飞到了善良的猫应该去的地方了！

“啊，它死啦！”达林说完，就背对着我们。

“叫人不敢相信这是真的。昨天早上的这个时候，它还好端端的呢！”雪拉抽泣了起来。

“我看到它吃了两碟奶油，黄昏时又抓到了一只老鼠呢！或许，那只是它最后抓到的老鼠。”菲莉思蒂叹了一口气说。

“它活着的时候，捉了很多老鼠呢！”彼得以含糊的声音对“死者”说。

“它只是一只猫——你们别忘记这一点。”布雷姑丈说。

由于菲莉思蒂、雪莉以及雪拉一直哭，加妮特伯母再也忍受不住了。她以尖锐的声音责骂少女们，这以后真正要哭的事

情还多着呢，就省省眼泪吧！当然啦，这句话并没有使少女们得到安慰，反而令她们反感。说故事的女孩始终没有滴下一颗眼泪；但是，她眼睛的表情比哭泣更为凄惨。

“想一想，也许这是最为妥善的安排吧……”她很悲伤地说，“只要想起留下巴弟离开此地，我就会非常地难过。不管你们待它再好，它仍然会想我。换成是别的猫就不一样啦！普通的猫只要有东西吃就行，它们才不管主人在哪儿呢！可是巴弟不同，我一旦走掉，它的心一定会开一个洞的。”

“可怜的猫！可怜的巴弟！”雪拉以断肠的声音哭叫。

菲莉思蒂恼怒之余，打了雪拉一巴掌，冷冷地说：“你哀号个什么劲儿！它又不是你的猫！”

“可是……我很喜欢它呀！而且朋友感到难过时，我也会心酸啊！”雪拉又开始抽泣起来。

“如果猫也跟人类一样能够上天堂，那该多好。到底猫能不能上天堂呢？”雪莉说。

“好像不能。如果猫拥有到天堂的机会，那该多好！很可惜，猫不适合天堂。”

“布雷，你这话实在是叫人听不进去！”加妮特伯母以责备的口吻说。

“如果我对孩子们说，猫也能够上天堂的话，你一定会感到更吃不消啰？”布雷姑丈如此回敬。

“这些孩子那样对待畜生，本来就不对劲呢！”加妮特伯母断言，“所以嘛，你就千万别去安慰他们啦！好啦！孩子们，别

再闹啦！你们赶紧把猫埋葬了，再去摘苹果吧！”

我们是非干活不可的。不过，我们绝对不可能把猫草草地埋葬。我们私自决定，在那天的黄昏，要隆重地把巴弟埋葬在果树园内。

必须回家的雪拉对我们再三保证，她会及时回来的。她一再地强调如果延误几分钟的话，那就麻烦我们等她。

“必须在挤完牛奶以后我才能够出来。”她抽泣着说，“不过，我绝对不会错过的。虽然是猫的葬礼，但是仍然是一场葬礼呀！”

一直到走到雪拉听不到的地方。菲莉思蒂才有如呕吐一般地说：“她还像是个人吗？”

那一天，我们都怀着沉重的心在工作。女孩们呜呜咽咽地哭着，我们男孩则故作轻松地吹口哨。不过，随着黄昏的到来，我们也对猫的葬礼发产生了兴趣。据达林说，正因为巴弟跟别的猫不同，所以葬礼必须隆重一些。

说故事的女孩已经找到了坟地。在樱树林子的后面，一到春天，早开的紫罗兰会争奇斗艳地开一大片。男孩子们挖好了坟坑。

赶上时间的雪拉、菲莉思蒂以及我看着一切作业的进行，而雪莉和说故事的女孩却离得远远的。

“昨晚，就是做梦我也想不到今夜会为巴弟挖坟坑。”菲莉思蒂叹了一口气。

“我们绝对无法预料一天里将要发生的事情，牧师曾经这么说过，果然这样。”雪拉又抽泣了起来。

“的确如此,《圣经》上就如此写着。但是这件事不能跟猫混淆在一起呀！”菲莉思蒂慎重其事地说。

一切准备妥当以后，说故事的女孩把她心爱的猫抱到了果树园。猫被放入牛皮纸箱子里面，上面再披上一条花毛巾。

“‘请含笑归土吧！’我能够这样说吗？”彼得问。

“不行！不好！绝对不能那样说！”菲莉思蒂责备了一句。

“或许，唱赞美歌比较好一些？”雪拉热心地说。

“如果是不太严肃的话，或许还可以。”菲莉思蒂说。

“‘走吧！朝向岸边！’如何呢？它好像不太严肃。”雪莉说。

“虽然如此，它还是不适合葬礼。”菲莉思蒂说。

“‘光啊，请温柔地引导我吧……’我想这一首很适合。因为它具有浓厚的抚慰气息，而且又那样地消沉……”雪拉说。

“不必唱什么赞美歌啦！”说故事的女孩冷淡地说，“你们哪，还有心情寻开心吗？我只要宁静地覆上泥土，再覆上一块扁平的石板。”

“这跟我想象的葬礼完全不同嘛！”雪拉不满地咕哝。

“你得振作起来哦！我们预定在《我们的月刊》上刊出死亡的报导。”雪莉抚慰着雪拉。

“而且彼得会在石板上刻上巴弟的名字呢！”菲莉思蒂说，“在完成以前，我们绝对不能让大人们知道。因为他们一定会认为那是无聊的事情。”

完成了巴弟的葬礼后，我们变得心事重重，蹒跚地走出了果树园。灰色的黄昏之风，在周围一带吹动。罗佳伯父在门口

处跟我们擦身而过。

“怎么？愁云惨雾的葬礼结束啦？”他一副幸灾乐祸的德行。

此时我们真恨死了罗佳伯父；但是当我们听到布雷姑丈说“你们葬好了不能说话的好友了吗”时，我们都由衷地喜欢他。

同样是一句话，却能够给予人完全不同的感受。虽然布雷姑丈同情我们，但是那一夜挤牛奶时，巴弟已经不存在的凄凉事实，仍使我们难掩辛酸。菲莉思蒂在挤牛奶时，哭得像一枝带雨的梨花。事实上，这个世界有很多人被埋葬时，他们所带走的亲朋眼泪，恐怕没有我们流给巴弟的一半呢！

第三十章

预言

“伯利，你爸爸写信给你了！”菲莉思蒂进入果树园的篱笆门后，立刻交给我一封信。我们这群孩子摘了一整天的苹果，正在古井旁午休，并且舀了些冷凉甘美的井水润喉。

我漫不经心地打开信封。可爱的父亲写起信来一向很随便，而且很短促，毫无趣味可言。

这封信也短得离了谱儿，但是带来了重要的消息。我在看过以后，一直凝视着信纸；菲莉思蒂终因憋不住而叫了起来：“伯利，你怎么啦？信里写了些什么呢？”

“我父亲就要回来啦！在两星期之内他就要从南美启程，十一月就会到达这里，再把我们带回多伦多。”

大伙都哑然无言，只有雪拉哇一声哭了起来。听到她的哭声，我的心情又沉重起来了。

“唉！”隔了一阵子以后菲利克说，“能够跟父亲团聚，固然很高兴；不过，我实在很不愿意离开这里。”

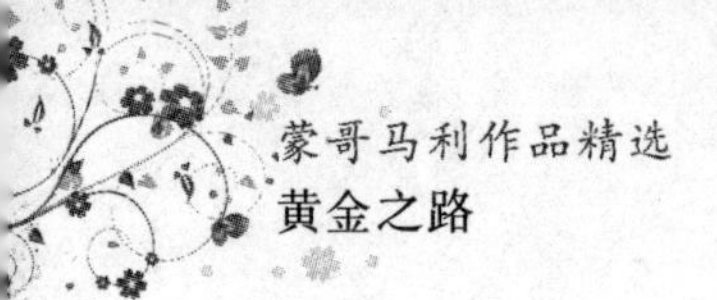

我的心情也跟菲利克一样；不过，看到雪拉哭成泪人一般时，我又不想承认。因此，当大伙儿都在高声交谈时，我却一直保持沉默。

“就算我不必走的话，我也会非常难过。虽然我要走了，但是我实在舍不得相处多年的你们啊！我很想使自己的日子轻松起来，尽量想着——留在这里的人能够快快活活地过日子，时常写信给远方的我，但是，我仍然快乐不起来。”说故事的女孩说道。

“你们走了以后，我们的日子怎么过才好。”菲莉思蒂宁静地表现出了她的失望。

“这样也好！以后，再也没有什么人的父亲要回来啦！”雪莉一本正经地说，惹得大伙儿都笑了出来。

一直到黄昏降临在果树园，我们的心情仍然沉重有如铅块。天空很晴朗，仿佛就要下霜；太阳下沉于遥远山丘的背后，看起来很像燃烧中的一个火球。

在大门前，金色的巨大柳树在晚风里摇曳着。在这个变化无端的世界里，我们并没有到绝望的境地，意气也不算很消沉——只有雪拉跟彼得例外。《我们的月刊》十月号已经快截稿了，然而，彼得仍然没有完成“真正”的小说。

正因为菲莉思蒂嘲笑他所写的小说都不是事实，因此，彼得痛下决心非写一篇真正的创作不可。

但是话又说回来啦，这又谈何容易？彼得曾经要求说故事的女孩助他一臂之力，想不到遭受了无情的拒绝。

接下来，彼得又向我哭诉，我也逃之夭夭。在这种情形之下，彼得才下决心自己来。

“写故事并不像写诗那么困难。”彼得阴沉沉地说。

此后，彼得每天黄昏都把自己关进仓库的阁楼，一心一意地写作。不过，他很明显表露出——不喜欢别人批评他的文学作品，我们也确实知道这一点，因此，一直避免跟他提起写作的事情。但是，这一次的《我们的月刊》截稿在即，于是，我只好问他完成了没有。

“完成啦！”彼得的口气有一种阴沉沉的胜利感，“它并不是什么旷世巨作。但是，好歹是我自己想出来的东西。这个故事没有被印刷过，你们也没有听人说过，到时候你们就会明白的。”

“那么，所有的稿子都齐全了吗？我想在明晚朗读这一期的《我们的月刊》。”

“这是最后一期啦！既然大伙儿都要走了，当然也就办不下去啦。真可惜！”雪莉说着，长叹了一口气。

“伯利有一天会变成真正的新闻记者呢！”那一夜，预言能力突然开花的说故事的女孩这么说。

那时，她坐在苹果树的枝干上摇晃着。她的头上缠着红色的披巾，一双眼睛发散着顽皮的光辉。

“他为什么会变成新闻记者呢？”菲莉思蒂问。

“这个嘛……因为我能够未卜先知啊！”说故事的女孩充满了谜般地说，“我能够预言你们每个人将会发生的事情呢！”

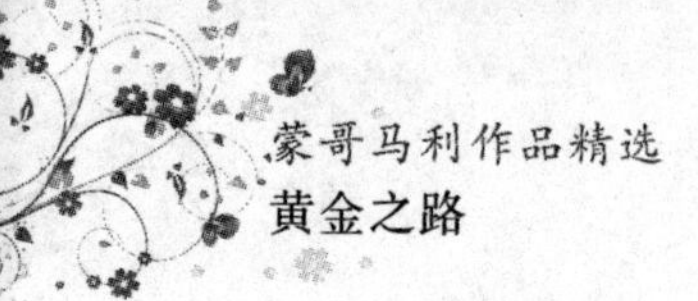

“真的！那实在太有趣了。那么，我会变成什么样呢？”菲利克说。

“你会写好多书，而且还会到世界各地旅行……菲利克，你会毕生都胖嘟嘟的。你在五十岁以前，就能够当爷爷了。而且，你会留很长的黑胡子。”

菲利克大声怒骂起来：“我才不要留胡子呢！我一向最讨厌胡子啦！或许当爷爷是免不了的，可是，我绝对不留胡子！”

“你是做不了主的！那是早就注定了的。”

“什么注定不注定的？我才不信这个邪呢！”

“菲利克爷爷，你凶个什么劲儿啊！”菲莉思蒂大笑着说。

“彼得会变成牧师。”

“是吗？我可能会变成更坏的东西哦。”彼得说。

“达林会变成庄稼汉，将跟名字有K字开头的女人结婚，将生下十一个孩子，而且会投自由党的票。”

“我才不会投票给自由党呢！”达林嚷了起来，“你凭什么说我会投自由党的票？其他的事情说得还不离谱。做一个庄稼汉很不错啊！但如果可能的话，我更想当一名水手。”

“你别三八兮兮的！”菲莉思蒂大唱反调说，“你为什么想当一名水手而死在大海里呢？”

“水手并不是都会淹死。”

“很少有例外的呀！你看看史蒂芬伯父吧！”

“他也不一定是淹死的啊！”

“反正他行踪不明。这样不是更糟吗？”

“嘘！你们别吵。我们来听听她的预言。”雪莉说。

于是说故事的女孩又开始她的预言：“菲莉思蒂会跟牧师结婚。”

雪拉哧哧地笑出来，菲莉思蒂顿时满面飞霞。彼得喜不自胜地跳跃着。

“菲莉思蒂会成为贤妻良母，到主日学校教书，毕生都能够幸福地生活。”

“菲莉思蒂的老公也能够幸福吗？”达林扮着鬼脸说。

“如果我真的嫁给了牧师，我一定能够给他幸福。”菲莉思蒂红着脸说。

“那么，他就会变成世界上第一幸福的男人啰？”彼得已经开始陶醉了。

“那么，我呢？”雪拉问。

说故事的女孩顿时感到茫然。不管在任何情形下，想象雪拉会有美好的未来实在很难。但是，雪拉一直吵着要知道她的未来，说故事的女孩只好勉为其难地应付一下。

“你会结婚的，”说故事的女孩无可奈何地回答，“你会活到将近一百岁，将出席好几十次葬礼，而且时常会有小病发作。你七十岁以后才会懂得不能随便哭泣。另外，你的老公绝对不会进入教会。”

“谢谢你预先告诉我。”雪拉以认真的表情说，“我会在结婚以前就劝他到教会。好了，谢谢你告诉我这些。”

“你劝他也没用，他根本不可能到教会。”说故事的女孩摇摇头说，“啊，冷起来啦！雪莉在咳嗽，我们进屋里去吧！”

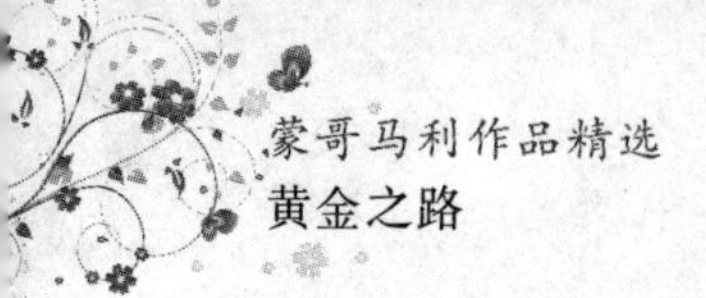

“咦？你还没有对我的将来下预言啊！”雪莉有些失望地说。

说故事的女孩用很温柔的眼光，看着雪莉柔滑的褐色头发、翦翦双瞳、稍微运动就会变成玫瑰色的双颊，以及一直都在忙着干活儿的纤手。说故事的女孩脸上浮现出奇妙的表情。她的双瞳带着悲伤，仿佛是眺望着远处的东西，给人一种好似看透了多年迷雾的感觉。

“雪莉好孩子，你有个很棒的未来，”说故事的女孩用手环抱着雪莉的腰，说道，“你是完美无瑕的女孩。我坦白地告诉你吧！刚才我所说的话，都是信口开河随便说说罢了！至于我们将来会变成怎样，又有谁会知道呢？”

“才不呢！你跟普通人不一样。”对于自己的未来——除了老公不上教会，对其他都很满足的雪拉说道。

“开玩笑也可以，你就预测一下我的将来吧！”雪莉说。

“凡是接触到你的人，在你活着时，都会死心塌地地爱你。”说故事的女孩说，“雪莉，这才是最好的未来呀！至于其他的人是否会跟我的预言一般无二，我实在不敢确定；但是，我对你下的预言绝对会变成事实。好吧，我们都进去吧！”

雪莉虽然有一点意犹未尽的样子，但是，她也随着我们进了屋。

很多年以后，我才明白说故事的女孩为什么在那一夜婉拒雪莉的要求。或许她在半开玩笑中，有一种不可思议的灵感，在那一瞬间点醒了她，告诉她可爱的雪莉在现实中并没有所谓的未来吧？

可怜的雪莉跟漂亮的花环和漫长的人生旅途无缘，在她的漂亮玫瑰花瓣一片也没有掉落以前，她绮丽的人生彩虹正绚烂时，她就匆匆地结束了短暂的人生。

那一夜，集合于故乡果树园的伙伴们，不约地都被赋予了漫长的人生，唯有雪莉在踏出黄金之路后，再也没有回来过。

第三十一章

《我们的月刊》停刊号

社　论

一想到本期是《我们的月刊》的停刊号，我们就心痛不已！这本月刊前后已经刊出十期，比我们预计中的更为成功。今天之所以会停刊，实在是情非得已；但绝非我们对它已意兴阑珊。对于这份月刊，我们每个成员都尽了力。凡是爱德华王子岛所希望我们完成的任务，我们都做到了。

达林开辟了一个不同于《家庭指南》的“礼仪篇”，他的大部分读者来信与解答都是自己一手杜撰出来的；菲莉思蒂开辟了非常有帮助的“家庭栏”，而雪莉的“流行情报栏”一向站在时代尖端；“最新消息栏”更叫人刮目相看，为说故事的女孩负责的版面；至于“故事栏”……由于彼得的一支生花妙笔，写得精彩绝伦，可说非常成功。本期的创作故事为《鹌鹑蛋的战争》，势必更引人注目。

连载的《我的冒险》也是深得人心的部分。

在临解散之际，我们要由衷地感谢一年来协助编排的所有人员。说实在的，这种工作实在使人兴趣盎然。我祈求上苍赐给大家幸福和幸运，并且，希望这一份《我们的月刊》能够成为我们少年时代美好的回忆。

死亡报导

十月十八日，灰色毛的猫——巴弟不幸去世。虽然它只是一只猫，但是长期以来，它一直都是我们的忠实朋友。比起巴弟来，那些不够真诚的人类，实在应该感到惭愧。

巴弟也是捕老鼠的高手。可怜的巴弟被葬于果树园内，但是我们这一伙人永远都不会忘记它的。我们决定在巴弟的忌日，都要为它低头默哀，并再三呼唤它的名字。如果碰巧遇到不便叫它名字的地方，我们也将在心中默念。

再见了，亲爱的巴弟！

不管海枯石烂，

我们永远忘不了你，

你常在我们心中。

我的冒险

我最大的冒险，不外乎是两年前从罗佳伯父家的屋顶掉下来那件事。在一切都结束以前，我根本就没有多余的时间考虑“可

怕”这件事。当时说故事的女孩正跟我一起在谷仓的顶楼找鸡蛋。

因为麦杆堆得有如天花板那么高，而且又很光滑；我一脚踏上顶楼时，脚下的麦杆一滑，就摔下去了。

说故事的女孩说我掉到地面的时间绝对不可能超过三秒钟；但我却觉得相当漫长，长得使我想起了五件事，而且每件事之间都隔了很久！我第一件想到的事情是，这到底是怎么一回事？因为一切都来得那么突然，隔了几秒钟以后，我才想到自己从顶楼掉了下来。

接下来，我想到了撞到地面又会如何呢？再过一会儿，我又想到——完啦！这次非死不可！再下来是——好吧！就让上天去安排吧……我一点儿也不害怕，甚至认为死了也无所谓。

如果那个时候仓库的地面没有堆积麦杆的话，我根本就不可能写这篇文章了。最不可思议的是，那时，我虽然感到自己会死，但是一点也不害怕。一直到危险过去以后，我才觉得害怕而浑身打起了哆嗦。那时，如果没有说故事的女孩扶着我，我根本就不可能走回家呢！

菲莉思蒂·金克

鹌鹑蛋的战争

在很久很久以前，距离森林约半英里的地方，住着一个庄稼汉跟他老婆，以及他们的几个子女跟一个孙女。这对庄稼汉很疼爱小孙女，但是，这个小孙女动不动就逃进森林里面，害

得全家人往往要耗费大半天时间寻找她，这让他们头疼万分。

有一天，这个孙女又逃入森林了，而且更深入，终于迷了路。不久之后，这个孙女感到饥肠辘辘，当森林各家点上提灯时，她便问狐狸到哪儿才能够找到食物。狐狸带着女孩到装满了鸟蛋的鹌鹑巢和松鸦巢，女孩从两个鸟巢各取了五个蛋。

鸟儿回巢时发现蛋少了很多，惊讶得到处乱飞。松鸦以为是鹌鹑偷了它的蛋，穿上薄衣，正想到鹌鹑那儿兴师问罪时，在半路上碰到了准备找松鸦兴师问罪的鹌鹑。两只鸟点起了灯，彼此对骂着，就在这时，五只凶恶的野狼突然展开奇袭，两只鸟立刻扑灭了灯火，让野狼无法得逞。

第二天早晨，女孩在森林里行走时，被两只鸟逮住了。两只鸟责骂女孩偷了它们的蛋，要求与女孩决斗。

除了知更鸟，鹌鹑集结了全部的鸟类，组成一个军队，女孩集合了狐狸、蜜蜂以及知更鸟，双方大打出手。更叫人纳闷的是，女孩不知从哪儿弄来了大炮和弹药。战争的结果，鹌鹑跟松鸦全被歼灭。

事后，那女孩被女巫抓到，被关进爬满了蛇的洞窟，终于被蛇咬死。这以后，走入森林的人都会被女孩的幽魂带到洞窟里，全部被蛇咬死。

一年以后，森林变成黄金的城堡，经过几天后又消失于无形，只留下一棵树。

(达林吹了声口哨:“哇！好棒！看到了这个故事以后，我们就不能说彼得不会写故事了。”

雪拉一面揩泪一面说："这是很好的故事；不过，结局太悲惨啦！"

菲莉思蒂说："故事里面也有松鸦啊！为什么管这篇故事叫'鹌鹑蛋的战争'呢？"

彼得说："那样比较吸引人呀！"

菲莉思蒂说："那女孩子吃了生的鸟蛋？"

雪拉说："真是可怜的孩子！饿坏了的人哪有选择的余地呢？"

雪莉说："为什么不让女孩平安地回家呢？彼得，你不应该残酷地让她死去。"

菲莉思蒂说："真是莫名其妙！女孩从哪儿得到枪炮啊？"

雪莉说："彼得，你难道写不出比较富有人情味的故事吗？"

说故事的女孩说："好啦！你们别那样挑剔啦！那只是一个童话故事罢了！在童话里，什么事情都可能发生。"

菲莉思蒂说："那也算是童话吗？"

雪莉说："童话都有美好的结局，但是它并没有。"

彼得嘟着嘴说："因为她擅自离开家里，我要处罚她。"

达林说："可是，故事写得实在很不错呢！"

雪莉说："嗯……的确很不错，非常有趣。故事必须具有趣味性才行。"）

最新消息

布雷·斯大林氏，前来拜访卡拉尔的亲戚朋友，预定在近日内返回欧洲。他的千金——雪拉小姐也要一块儿走。

安拉·金克预定下月从南美返乡，准备把两位公子带往多伦多。菲利克在卡拉尔有许多好友，他们都感到惋惜。

卡拉尔长老教会布道团，在上周完成了布道用的打褶短裙。雪莉小姐所负责的接布，获得了最高的捐款。恭喜你啦！雪莉。

十月以后，彼得将搬到马克德尔。从今年冬季起，他就要上马克德尔的学校。彼得是难得的好友，我们一伙人都希望他成功与幸运。

摘苹果的工作，大致上已经结束了。今年是难得一见的丰收年，不过洋芋的收成并不好。

家庭栏

现在，市面上有好多苹果派出售，又到盛产苹果的季节了。

鸡蛋的价格正看俏。依照罗佳伯父的看法，以同样的价钱买一打大号鸡蛋，比买一打小号鸡蛋划算多啦！而且，这种状态将持续下去。

菲莉思蒂·金克

礼仪栏

菲莉思蒂问："在教会里吃薄荷糖是好行为吗？"

答："才不是呢！就算是魔女给的，也不可以在教会里吃。"

回答达林："当你拜访年轻女性，而对方母亲请你吃果酱面包时，你应该接受，这才合乎礼节。"

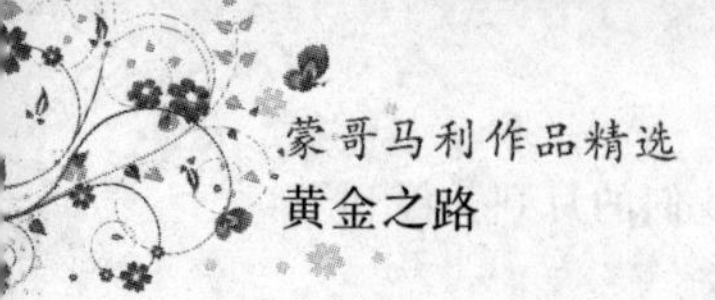

流行情报

罗斯贝利的项链正在流行中。

上学戴的帽子、最好把左边的帽缘拉到左眼上面，这样看起来比较花俏。

现在又开始流行刘海。爱莲佛伦就是采取这种打扮的。她到沙马赛德做客，回来时就梳了刘海。只要母亲们允许，学校的女孩必定会梳刘海。不过，我倒是不准备那样做。

雪莉·金克

（雪拉耸了一下肩膀说："母亲不会允许我梳刘海的……"）

笑　话

达林问："'detail'是什么玩意儿啊？"

雪莉答："我也不太清楚，不过，既然有'tail'这个字眼，会不会是指'多余的东西'呢？"

有问必答

彼得问："未开化的地方住着什么人呢？"

答："那还用问吗？当然是住着食人族啰！"

菲利克·金克

第三十二章

离别前夕

这是发生在说故事的女孩和布雷姑丈离别前一夜的事情。我们聚在度过无数欢乐时光的果树园，举行了一次惜别会。我们恋恋不舍地走过熟悉的地方——山丘的田园、针枞树的林子、挤乳小屋、爷爷的大柳树、说教石、巴弟之墓、史蒂芬伯父的散步小径，今夜，我们都聚在包围古井的枯草上，吃着菲莉思蒂为惜别会而做的果酱派。

“以后，我们还有团聚的日子吗？”雪莉叹了一口气。

“我们还能够吃到这种可口的果酱派吗？”说故事的女孩尽量使自己轻松起来，却很难办到。

“如果巴黎离这里不远的话，我就可以把可口的东西装在盒子里送给你。”菲莉思蒂以落寞的口吻说，“然而，想这些又有什么用呢？那些法国人哪！到底吃些什么来着？”

“噢……听说法国人是世界首屈一指的烹饪专家。不过话又说回来啦！法国人做的食物哪能跟你的果酱派相比呢？我会一直想念你们，以及你的果酱派。”

“就算我们能够再见面，也是在你长大以后啰？”菲莉思蒂没精打采的。

“我们每个人都不能保持现状啊！”

“就是嘛！这点最叫人吃不消。到时，大家将形同陌路，什么事情都会改变呢！”

“菲莉思蒂，去年的除夕夜，我曾经认真地想过，今年一定会发生什么事情。结果真的发生了。”雪莉说。

“如果这个世界没有什么变化，那么，人生不是会变得很无聊吗？”说故事的女孩快活地说，“大家不要那样萎靡不振嘛！”

“既然大家都要走了，再怎样也快乐不起来呀！”雪莉叹了一口气。

“那么，我们就装成很快乐的样子吧！”说故事的女孩坚持着说，“我们不要去想分别的事情，就尽量地想想我们以前的愉快时光吧！我是毕生忘不了这个叫人感到怀念的地方，因为我们在此度过了一段很快活的时光。”

“也有不快活的时光呢！”菲利克想了想又说，“像去年的夏天，达林吃了毒果实的事情，你还记得吗？”

“还有，家里的钟突然响了起来，把我们吓得直发抖。”彼得笑着说。

“记得审判的日子吗？”达林又加上了一句。

“还记得巴弟被诅咒那件事吗？”雪拉也来凑热闹。

“还有，彼得罹患麻疹，差一点就死翘翘那件事。”菲莉思

蒂也说上一句。

“你们还记得大伙儿吃了魔法种子的事情吗？”彼得笑着说。

如此一来，菲莉思蒂也说：“我们实在太愚蠢了。我见比利·鲁宾逊时，竟然不敢正面看他呢！他一定在背后讥笑我。”

“不管是看到我们之中的哪个人，倒是比利·鲁宾逊才应该感到害臊呢！如果叫我去骗人的话，我宁愿受骗。”雪莉以严肃的口吻说。

“还记得买神像那件事吗？”彼得问。

“不知它是否还在我埋它的地方。”菲利克说。

“我曾经在地上压了一块石头，就跟我们埋葬巴弟时一样。”雪莉说。

“如果能够忘记上帝的脸就好了！”雪拉叹了一口气说，“可惜我永远也忘不掉啊！而且，那个‘吓死人的地方’又老是刮着怪风……自从彼得针对那件事说教后，我就无法忘掉它呢！”

“如果是真正的牧师，一定会对那件事再度说教。彼得，你说是不是？”达林笑着说。

“加妮特伯母说过，对人类来说，关于那种地方的说教，有时是不可或缺的。”彼得说。

“你们记得我为了想做梦，而大吃牛奶跟黄瓜的那个夜晚吗？”雪莉说。

我们立刻起身找旧的笔记簿，接着把里面的文字朗读出来。这时，我们都忘记明早就要分离的事实，大笑了起来，使果树园充满了我们的回声。一切都完了以后，我们围绕着

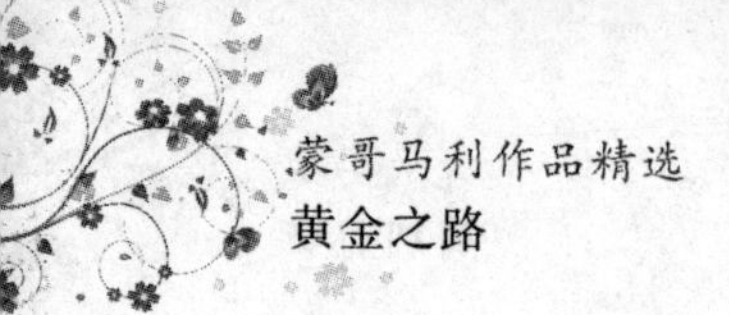

古井站立，传递着一杯世界上最甘甜的古井水，宣誓彼此之间“永远的友情”。

接着，大伙儿手牵着手，唱起了“骊歌”。雪拉并没有唱，而是悲悲切切地在哭。

我们走出果树园时，说故事的女孩很快地说：“啊！大伙儿等一下！我想拜托你们一件事——明天早上，请大家别说再见。”

菲莉思蒂惊讶地叫了出来：“那又是为什么呢？”

“因为那是一句会令人感到绝望的话啊！所以请大伙儿别说它了。你们只要挥挥手相送就行啦！那样，我的痛苦就可以减轻一半。最好，大家都不要哭，因为我想记牢你们的笑容。”

吹拂着果树园的秋夜之风，使红叶树枝奏出了不祥的乐章。我们关闭了小小的篱笆门，急急地走了出来。我们在那儿吵闹的时光，已经成为历史的陈迹。

第三十三章

远去的少女

天亮了。天空一片澄清的玫瑰色，但是很冷。即将远去的旅行者准备搭乘九点的火车，因此，每个人都在一大早就起身了。马已经被套上了车厢，阿雷克伯父正在大门口等着。加妮特伯母在抽泣，但其余的人却努力装出潇洒的样子。德尔夫妇也来送行。德尔夫人带来了一束菊花，德尔先生则送了一本他的藏书。

“当你感到悲哀时，感到沮丧时，充满希望时，不妨阅读这本书。”德尔先生以严肃的口吻说。

“自从结婚以后，他越来越像一般人啦……”菲莉思蒂对我耳语。

说故事的女孩换上了一件漂亮的新旅行装，戴着一顶插着白色羽毛的青色帽子。经过这样的打扮以后，她看起来更像成年人，以致给人一种她已经不再是我们玩伴的感觉。

雪拉在前夜哭成了泪人，而且，一再地保证第二天早晨一定会来相送。想不到在这种重要的时刻，却出现了茱蒂的人影，她告诉我们雪拉又抵抗不了她的命运，咽喉又开始痛了，所以她的母亲才不让她来。在无可奈何之下，雪拉只好在一张三角形的桃色纸片上，写下她的告别之语。

给我的至友：

今早，我不能够亲自到你那儿，由衷地向你说出惜别之词，实在感到非常遗憾。想到我们不可能再相见时，我的心就好像要裂开般。但是母亲不让我去，我又能怎么办呢？你即将远去的事实真叫我肝胆俱裂。

你一直对我很亲切，并不像其他的人那么会伤我的心。正因为这样，你走了以后，我一定会非常寂寞。但是，上天既有如此的安排，我们又能够如何呢？现在我能够做到的是——祈求上苍给你幸运，让你一切都顺利。更希望你到了大海上时不会晕船。此后，我每天都会为你祷告。如果你能够在繁忙的日子里抽出一些时间写信给我的话，我一定会很高兴。

我会永远惦记着你，请你也别忘了我。但愿我们还有见面的机会，就算我们无缘再见，我们到头来也能够在无忧无虑的世界里相会。

你真挚的朋友

“真是可怜的雪拉。”说故事的女孩一面把滴满了泪水的信收入口袋里，一面如此说。她说：“那女孩子并不坏，不能再看

她一次实在非常遗憾；但如果她来的话，一定会哇哇大哭，叫我心乱如麻。现在我绝对不再哭了……所以菲莉思蒂你也要尽量克服啊！我好喜欢你们……不管到什么时候，我一样会非常非常喜欢你们。"

"你再怎么忙碌，每星期也得给我们一封信。"菲莉思蒂不停地眨动眼睛说。

"布雷，你要好好照顾这个孩子。你别忘了她没有母亲！"加妮特伯母说。

说故事的女孩走到了马车旁，再爬上去坐好。接着，布雷姑父也爬了上去。她的脸几乎全部隐藏在德尔夫人所送的一大束菊花里，一双美丽的眼睛透过菊花，很柔和地对着我们看。就有如她所期望的，我们始终不曾说出"再见"。

我们一伙人都装出一副兴高采烈的模样，对着说故事的女孩挥手。他们坐着马车驱下山谷间枫林阴影处的红土道路。虽然如此，我们仍然站在原地不动。因为我们知道这样就能够再多看一眼说故事的女孩。

枫树的下方有一个拐角，我们可以目送到那儿。说故事的女孩答应我们，到了那儿，她就会再向我们挥手一次。

我们在秋日阳光的照耀之下，变成了一群悲伤的人，默默地睁着眼睛瞧着拐角处。我们在黄金之路的那段时光，这个世界的喜悦全部属于我们。有时是雏菊叫我们惊喜，偶尔是玫瑰报答我们的一片热心；花与诗章都成全了我们的愿望。此刻愉快而充满了甜蜜的回忆拥抱着我们。那时，嬉笑是我们的伙伴，

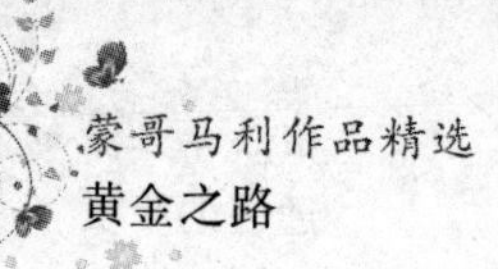

一直都有不知恐惧为何物的女神在引导我们。想不到，变化的预兆罩下了一道黑影子。

“啊！就在那儿！”菲莉思蒂流下了眼泪。

说故事的女孩站了起来，对着我们摇动手里的花束。我们疯狂地挥手，一直到马车拐弯。然后，慢慢地默默走回家。

说故事的女孩终于走了。